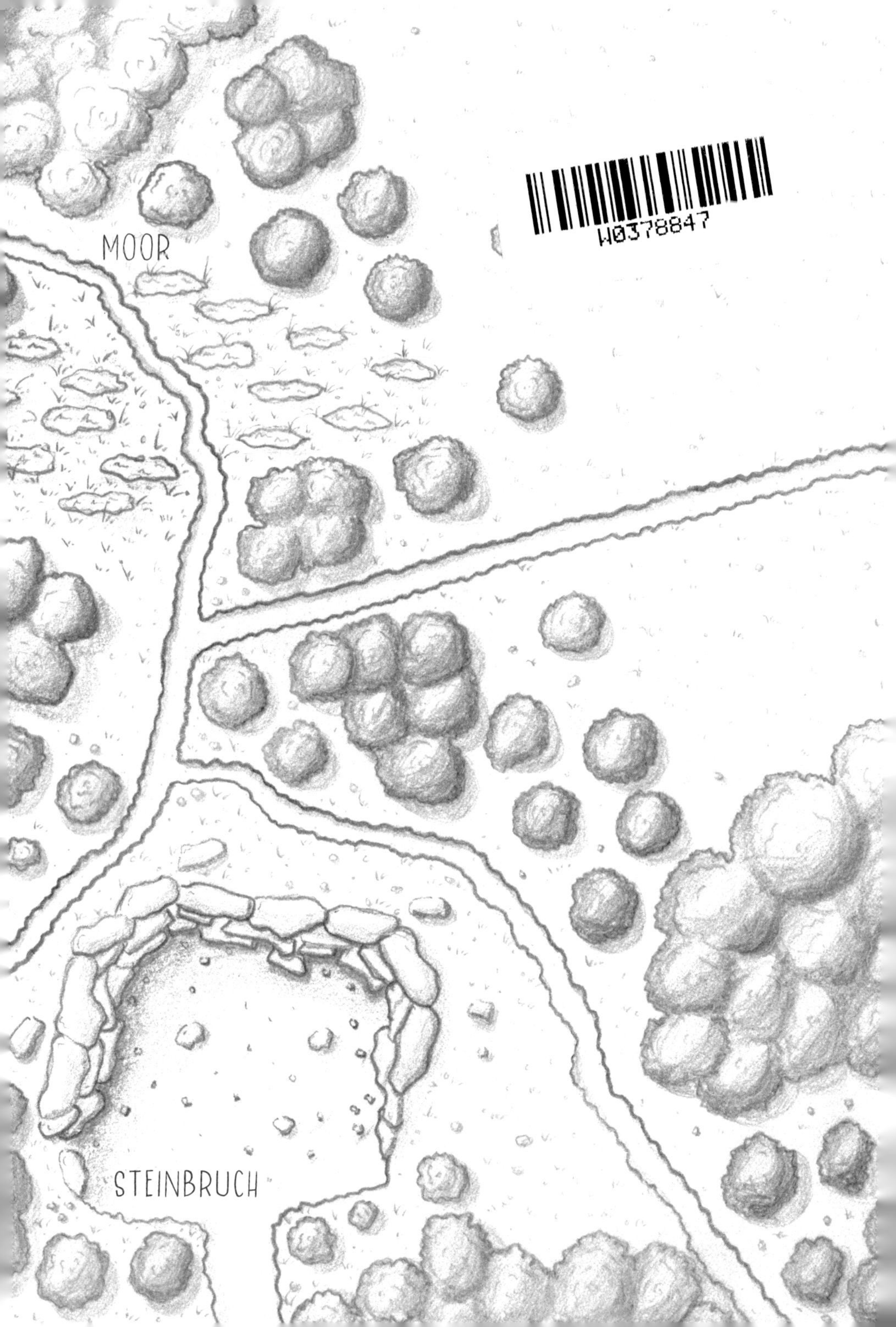
MOOR
STEINBRUCH

SOUL HORSE

MARLA FLEISCHHAUER

SOUL HORSE

BAND 1:

Mein Traumpferd und andere Katastrophen

BAND 2:

Mein Traumpferd, der Ausritt und jede Menge Wolfsgeheul

Das dritte Abenteuer ist in Vorbereitung!

Ruth Rahlff

Soul Horse

Mein Traumpferd, der Ausritt und
jede Menge Wolfsgeheul

Carlsen

Für Bianca,
eine wahre Pferde-Freundin

KAPITEL 1

Orangerote Lichtpünktchen tanzten vor meinen geschlossenen Augen. Ich zog die Beine an, rollte mich auf die Seite und genoss die Wärme der Sonnenstrahlen. Und dazu dieser Duft! Nach Gänseblümchen und Löwenzahn, nach frischer Erde, Stroh und Pferd. Und – na ja – auch nach muffigem Schlafsack, der viel zu lange im Keller gelegen hatte.

Neben mir murmelte Kay etwas im Schlaf, was mich dazu brachte, die Augen zu öffnen. Zu meiner Überraschung lag ich direkt neben dem Weidezaun. Anscheinend hatte ich heute Nacht ordentlich Strecke gemacht.

Auch die anderen waren kreuz und quer auf unserem Strohlager verteilt. Mila lag auf dem Bauch und schnarchte leise. Arme und Beine hatte sie weit von sich gestreckt, als wollte sie die ganze Welt umarmen oder wenigstens den Hollerhof. Ihre vielen schwarzen Zöpfe waren gespickt mit Strohteilchen. Es würde nachher bestimmt ein Weilchen dauern, alles wieder aus den Haaren zu pulen, aber natürlich würde ich ihr wie immer dabei helfen.

Josse konnte ich nur anhand ein paar Strähnen seines blonden Schopfes identifizieren, die wie Antennen in die Luft ragten. Der Rest von ihm war komplett im Schlafsack eingemummelt. Dagegen erinnerte Kay an Schneewittchen in ihrem Glassarg, die langen dunklen Haare ordentlich um sich herum ausgebreitet, die Decke ohne eine einzige Falte. Makellos wie immer.

Ich schälte mich aus meinem Schlafsack, ganz vorsichtig, damit ich niemanden weckte. Dieser allererste Moment heute früh auf der Koppel sollte allein mir gehören. Willow graste in einigen Metern Entfernung und schaute kurz zu mir herüber, als hätte sie meine Gedanken gelesen. In meinem Bauch kribbelte es, wie fast immer bei ihrem Anblick.

Wie elegant sie sich bewegte. Wie seidig ihr Fell schimmerte. Der schöne Kopf mit den großen, klaren Augen ... Ich hätte den ganzen Tag hier sitzen und einfach nur mein Pferd anschauen können.

Na ja, sie gehörte ja leider nicht mir, noch nicht einmal Corinna, der Inhaberin des Hollerhofs. Willows eigentliche Besitzer lebten weit weg, in Florida. Solange Willow bei Corinna und Mila auf dem Hollerhof in Beritt war, durfte ich mich jeden Tag um sie kümmern.

Klar, auf dem Papier war Willow Eigentum der Familie

Isherwood, doch wie könnte ich mich einem anderen Pferd auf der Welt jemals näher fühlen? Willow und ich waren ein Team, auch ohne Eigentumsurkunde.

Ich kletterte über den Zaun und schlüpfte zwischen Mortimer, Gonzo, Lucifer und den anderen Pferden hindurch, die mich allesamt neugierig musterten. Willow dagegen wanderte über die Weide und zupfte dabei eifrig die Grasbüschel aus dem Boden. Endlich sah auch sie mir entgegen, allerdings ohne einen einzigen Schritt in meine Richtung zu tun.

Ob sie wohl irgendwann einmal ans Gatter kommen und mir erwartungsvoll entgegenwiehern würde?

Ich streckte die Hand aus und strich über ihren Hals und Rücken, bevor ich das Gesicht in ihrer Mähne vergrub. Atmen, einfach nur atmen. Manchmal kam sie mir vor wie eines dieser Zauberpferde in einem Fantasybuch.

Besser konnte ein Tag nicht beginnen, vor allem wenn es der erste Ferientag war. Sechs lange Wochen Sommerferien lagen vor uns. Ein Traum!

»Brööötchen!«

Willow riss den Kopf hoch und ich brachte mich mit einem Satz in Sicherheit.

»Bröötchen!«

Ich grinste, als ich Lukas erkannte. Wie schade, dass er gestern Abend keine Zeit gehabt hatte, aber immerhin kam er jetzt zum Frühstück vorbei. Er radelte in Rekordgeschwindigkeit den Weg entlang und brüllte dabei immerzu »Brötchen«.

Ich blieb noch einen Moment bei Willow und kraulte sie hinter den Ohren, was sie mit einem lustigen Brummgeräusch quittierte. Ihre Unterlippe zitterte behaglich und der Kopf senkte sich immer weiter Richtung Boden.

»Bis nachher«, verabschiedete ich mich von Willow und ging über die Weide zurück zum Strohlager.

Dort war das Gelage bereits in vollem Gange. Mila hatte aus dem Backsteinhaus, das sie mit ihrer Mutter bewohnte und das wir alle immer nur »Hexenhäuschen« nannten, Geschirr und Butter geholt. Kay zauberte aus ihrem Rucksack Käse, Brotaufstriche und eine Thermoskanne Holunderblütentee, den sie in Milas Küche gekocht hatte. Sie war immer noch in ihrer Kräutertee-Experimentierphase. Holunder war mir auf jeden Fall lieber als der Fenchel-Anis-Kümmel-Tee von letzter Woche.

Josse überraschte uns alle mit frischer Erdbeermarmelade – selbst gekocht!

»Und?«, fragte Lukas mit vollem Mund, während er versuchte, sich noch einen Bissen Marmeladenbrötchen hineinzustopfen. »Wie sieht's aus?«

»Wie sieht was aus?« Kay zog die Augenbrauen hoch. »Willst du wissen, wie wir geschlafen haben? Fantastisch.

Du hast echt was verpasst. Ich habe gestern fünf Sternschnupp…«

»Nein«, unterbrach Lukas sie, woraufhin Kays Augenbrauen gleich noch ein paar Millimeter höher wanderten. »Ich meine, ja, natürlich, das denke ich mir.«

Ratlose Gesichter, wohin ich auch blickte.

»Es spricht wirr«, bemerkte Kay und erlöste endlich ihre Augenbrauen.

Lukas schluckte die letzten Brötchenreste hinunter. »Ich wollte eigentlich wissen, was ihr für die Ferien geplant habt.«

Josse packte eine Handvoll Stroh und schmiss es ihm an den Kopf. »Alter, es sind *Ferien*. Das bedeutet, endlich mal keine Pläne.«

»Hast du denn welche?«, fragte Mila und zupfte ein paar Strohhalme von ihrem Käsebrot.

Lukas schüttelte den Kopf. »Nicht so richtig. Abgesehen davon, dass ich mit Peanut trainieren will, natürlich.«

Ach ja, das Springturnier. Obwohl ich streng genommen erst vor ein paar Wochen von Birkenmoor auf den Hollerhof gewechselt war, kam mir alles von dort schon unendlich weit weg vor.

Ich warf Lukas einen verstohlenen Blick zu. Er rutschte unbehaglich auf dem Strohballen hin und her und sah alles andere als entspannt aus. Oh Mann! War es jetzt schräg, dass er angesichts unverplanter Ferienzeit so kribbelig war, oder eigentlich ganz niedlich? Schwer zu entscheiden, aber zum Glück musste ich das auch nicht.

»Irgendetwas wird sich schon ergeben«, tröstete ich ihn und fand, dass es nun Zeit für meinen Beitrag zum Frühstück war. Ich klopfte mir die Brötchenkrümel vom T-Shirt und zog eine XXL-Tafel Vollmilch-Nuss-Schokolade aus der Tasche.

»Schon mal was von Vitaminen gehört?«, fragte Kay und musterte die Schokolade kritisch. »Wann hast du das letzte Mal etwas gegessen, das den Namen Gemüse wirklich verdient hat?«

»Wieso? Gestern Abend natürlich. In dem Tsatsiki war doch eine halbe Gurke.«

Zufrieden brach ich einen Riegel ab und reichte die Tafel an Josse weiter, während Kay schon wieder Augenbrauengymnastik machte.

»Wie wäre es mit einem Ausritt zum Ferienstart?«, fragte ich, bevor sie weiter darauf herumhackte, wie ich mich ernährte.

Begeisterte Zustimmung auf allen Seiten, nur Lukas sagte: »Ich würde ja gerne mitkommen, aber ich habe Peanut heute ausnahmsweise verliehen. Hanno wollte ihn für eine spezielle Kundin im Unterricht einsetzen.«

»Du kriegst natürlich ein Pferd von uns«, beruhigte Mila

ihn, großzügig wie immer. »Willst du wieder Tammo nehmen? Mit dem bist du doch neulich schon gut zurechtgekommen.«

»Ja, gern.« Lukas nickte.

Tammo war erst seit ein paar Wochen auf dem Hof, ein ziemlich eigensinniger Fuchswallach, den Corinna aus dem Tierschutz übernommen hatte. Für die kleinen Reitschülerinnen oder Anfänger wie Josse war er nicht geeignet, aber Lukas ließ sich von ihm nicht aus der Ruhe bringen.

Ich widerstand der Versuchung, Lukas zu fragen, warum er Peanut nicht endlich zu uns auf den Hof brachte. Hollerhof gegen Birkenmoor war immer noch ein sensibles Thema zwischen uns. Das wollte ich ausgerechnet am ersten Ferientag lieber nicht anschneiden.

Stattdessen legte ich mich auf den Bauch, stützte den Kopf in die Hände und ließ den Blick über die Weide schweifen.

Verheißungsvolles Wort mit zwölf Buchstaben? Sommerferien!

KAPITEL 2

Zweieinhalb Stunden später zuckelten wir zurück zum Hollerhof. In Gedanken war ich noch bei unserem Abstecher eben zum Fluss.

»Nächstes Mal müssen wir unbedingt die Badesachen mitnehmen!« Ich drehte mich im Sattel um und lächelte Mila an.

Ihre Antwort ging in einem Krachen unter. Das Geräusch schien aus dem Stall zu kommen, aber was war das? Im nächsten Moment rumste es wieder, noch lauter als zuvor. Ich zuckte zusammen und Willow sprang vor Schreck zur Seite, was mich wiederum eiskalt erwischte. Ich verlor das Gleichgewicht und fiel nach vorn. Wie ein nasser Mehlsack hing ich über ihrem Hals.

Instantkarma! Da war ich einmal ein paar Sekunden abgelenkt und schon folgte die Strafe wie ein Donnerschlag. Peinlich!

Noch bevor ich mich aus meiner Verlegenheit herausgearbeitet hatte, kam Corinna aus dem Stall gelaufen.

»Alles in Ordnung?«, rief sie.

Während die anderen ihre Pferde längst im Griff hatten, trippelte Willow immer noch aufgeregt auf der Stelle.

Ich hatte mittlerweile wieder eine Position eingenommen, die entfernt an Sitzen erinnerte, und krächzte: »Alles gut.«

Alles gut, abgesehen davon, dass ich mich gerade vor aller Augen und vor allem vor meiner Reitlehrerin blamiert hatte. Aber das war ja nichts, was mir vollkommen fremd war. Eher im Gegenteil. Zur Abwechslung wäre es trotzdem nett gewesen, wenn jemand anders das mal übernommen hätte.

»Was war das denn für ein Krach?«, fragte Mila.

»Tut mir leid, ich wollte Tammos Boxentür reparieren. Dabei ist sie mir aus den Scharnieren gebrochen und auf den Boden geknallt.« Corinna seufzte. »Ein einziger Flickenteppich ist das hier.«

»Ist die Tür kaputt?«, erkundigte sich Kay.

Corinna nickte. »Das Holz war schon morsch.«

»Wir bringen die Pferde zur Weide und helfen dir dann mit der Tür.« Mila glitt von Gonzos Rücken, auf dem wie immer kein Sattel lag. Selbst im Galopp fiel sie nie hinunter. Neid … Aber nur eine hauchdünne Schnitte! Schließlich war Mila meine beste Freundin.

Corinna lachte auf. »Helfen? Gern. Aber wenn wir nicht

mit Lottospielen anfangen und ein bisschen Geld gewinnen, sieht es allmählich düster aus.«

Als ich im Frühjahr den verwunschenen Hollerhof zum ersten Mal erkundet hatte, war ich sofort verliebt gewesen. Sicher, chic war die Anlage nicht gerade, eher etwas heruntergekommen. Doch alles strahlte eine heimelige Atmosphäre aus, was bestimmt auch daran lag, dass nichts hier so richtig perfekt war.

Die vielen üppigen Holunderbüsche hatten dem Hof seinen Namen verliehen. Er lag am Stadtrand, hinter einem Wohngebiet und einer Kleingartenkolonie. Ringsum gab es Wiesen und Wälder und bis zum Fluss war es nur ein Katzensprung.

Am allerbesten gefiel mir der Stall. Im Gegensatz zu allen anderen Ställen, die ich kannte, waren auf dem Hollerhof die Pferde auf zwei Stockwerken untergebracht.

Im Erdgeschoss gab es große Boxen für die Pferde. Aber der Clou war die breite Steinrampe gegenüber vom Eingang! Über sie gelangte man in den ersten Stock. Dort beherbergte ein riesiger Laufstall die Ponys, denen es nichts ausmachte, eine Etage höher als üblich zu wohnen. In einer Nische am Fenster stand ein Plüschsofa. Das war seit einigen Wochen unser Lieblingsplatz. Der perfekte Rückzugsort! Von hier aus hatten wir einen herrlichen Blick auf das gesamte Gelände bis hinunter zum Fluss.

Zum Faulenzen blieb uns heute aber keine Zeit.

»So viel zum Thema Ferienpläne«, ächzte Josse wenig später, während er mit Lukas ein paar Holzbretter anschleppte, die Mila und ich für die neue Boxentür zurechtsägen wollten. »Du brauchst nur jeden Tag hierherzukommen, dann finden dich die Aufgaben von selbst.«

»Ihr müsst das wirklich nicht tun«, sagte Corinna schuldbewusst.

»Quatsch, das machen wir doch gern!«, beruhigte ich sie.

Zu fünft wuchteten wir die gebrochene Boxentür aus dem Stall. Bis wir die kaputten Bretter ersetzt hatten und die Tür wieder ordnungsgemäß vor Tammos Box hing, war der Nachmittag vorüber. Aber immerhin hatten wir alles selbst reparieren können. Und als Extrabonus war beim Sägen kein Tropfen Blut geflossen.

Ich plumpste auf die Bank vor dem Stall und legte den Kopf in den Nacken. Ein paar weiße Schäfchenwolken huschten über den knallblauen Sommerhimmel, dazu schwirrten die Schwalben im Zickzackkurs über den Hof und jagten halsbrecherisch nach Insekten.

Corinna wischte sich den Schweiß von der Stirn. »Für heute haben wir genug geschuftet. Danke noch mal für eure Hilfe. Ich weiß gar nicht, wie Mila und ich ohne euch zurechtkommen würden.«

»Gar nicht«, entgegnete Kay. »Und das ist auch gut so.«

Corinna lächelte. »Wie wäre es mit einem Lagerfeuer, um den ersten Ferientag gebührend abzuschließen?«

Ein Lagerfeuer? »Unbedingt!«

»Ich glaube, es sind noch ein paar Würstchen und Salat im Kühlschrank«, sagte Mila. »Ich bringe Gonzo zurück zu den anderen und gucke mal, was wir zu bieten haben.«

Gonzo hatte draußen vor dem Stall in der Sonne gedöst und ab und zu zufrieden vor sich hin geprustet. Er folgte Mila wie ein Hund und musste nie angebunden werden. Seufz. Bei Willow war so etwas undenkbar, zumindest zurzeit noch.

Apropos Willow. Ich rappelte mich von der Bank auf. »Warte, ich komme mit.« Das war eine gute Gelegenheit, noch eine Runde Kraulen einzulegen.

Wir schlenderten zur Weide, wo Willow, Sally, Mortimer und die anderen schon am Zaun standen, als hätten sie uns erwartet.

Willow schien sich über Gonzos Rückkehr und unseren Besuch zu freuen. Sie schnupperte erst an meiner, dann an Milas Hand auf der Suche nach einer Möhre.

»Nee, heute hattest du genug.« Mila schmunzelte. Willow ignorierte den Einwand und nahm Kurs auf ihre Hosentasche. »Hey, lass das.«

Mila packte das Gatter und schwang sich mit einem Satz

hinüber. Supersportlich, nur leider ratschte es dabei bedenklich.

»Ach du Schande!« Sie hielt sich den Hosenboden, während ich loskicherte. »Meine Hose ist gerissen. Das war meine beste Reithose!«

Vorsichtshalber öffnete ich das Gatter und ging brav hindurch, denn es war nicht ausgeschlossen, dass mir bei einem Sprung das Gleiche wie Mila passiert wäre.

»Gib mir die Hose mit. Meine Oma repariert sie bestimmt gern für dich.«

»Wirklich?« Mila sah mich hoffnungsvoll an. »Eine neue kann ich mir gerade echt nicht leisten.« Sie seufzte. »Eigentlich ist noch nicht mal das Geld für ein Nähstudio drin.«

»Ach, das brauchst du doch nicht. Oma macht das nichts aus. Versprochen!«

Mila schnaufte beruhigt. »Super! Bis Mama dazu kommt, die Hose zu flicken, bin ich längst rausgewachsen.« Sie schnitt eine Grimasse.

Wir vergewisserten uns, dass das Gatter ausbruchsicher verschlossen war, und schlenderten dann zum Hexenhäuschen, um den ohnehin ziemlich leeren Kühlschrank komplett auszuräumen. Auf der Treppe vor der Haustür saß Mr Mouse und schleckte sich in der Abendsonne die Pfoten. Nur widerwillig ließ er uns durch, als würde er ahnen, was wir vorhatten.

»Dein Katzenfutter rühren wir nicht an«, versprach ich ihm und stieg vorsichtig über ihn hinweg. Die Mühe hätte ich mir sparen können, denn im selben Moment gab mein Handy ein kreischendes Geräusch von sich, das wie eine Kreissäge klang. Mit gesträubtem Fell brachte sich Mr Mouse im Blumenbeet in Sicherheit.

Schon praktisch, diese unterschiedlichen Klingeltöne. So blieb mir wenigstens eine Schrecksekunde, um mich auf Marlene vorzubereiten.

»Wo bleibst du denn?«, rief Marlene empört.

Ich hielt das Handy auf Abstand. »Sag mal, geht's noch? Warum schreist du mich so an?«

»Vielleicht weil wir alle hier schon ewig warten? Ich zumindest habe schon Schimmel angesetzt«, schnauzte sie mich an.

»Hä? Wieso?«

»Wieso wieso? Schwing deine Beine von deinem Gaul und komm gefälligst sofort her. Hast du vergessen, dass Mama und Papa heute mit uns zu Oma wollen?«

»Heute? Das ist doch morgen.«

»Nein, heute.« Marlene klang übertrieben geduldig. Als würde sie mit Flavia sprechen. Die wurde demnächst drei. »Und danach habe ich übrigens noch etwas vor.«

»Du hast mir gestern gesagt, dass wir Oma erst morgen besuchen.«

Ich fasste es nicht. Lagerfeuer am ersten Ferientag – und ich war nicht dabei. Und dazu hatte mir Marlene noch den falschen Tag gesagt und jetzt mussten alle auf mich warten. Die blöde Nuss! Genervt drückte ich sie weg.

In der letzten Zeit war Marlene echt anstrengend. Von mir aus konnte sie lieber heute als morgen ausziehen. Aber mich fragte ja keiner. Zumindest nicht bei diesem Thema.

Ständig stritt sie mit Mama und Papa. Und zwischen uns flogen auch die Fetzen. Dabei war es zu Hause immer so schön gewesen. Lustig, verlässlich, krisensicher. Ganz anders als bei den meisten meiner Freunde, wo sich die Eltern von jetzt auf gleich scheiden ließen oder große Brüder plötzlich zu Zombies mutierten. Doch mit dem Frieden war es anscheinend auch bei uns erst mal vorbei.

»Musst du nach Hause?« Mila berührte meinen Arm.

Ich nickte. »Wir sind bei meiner Oma zum Essen eingeladen. Also zieh deine Hose aus, dann nehme ich sie gleich mit.«

Zum Glück kam Mila mit meinen Gedankensprüngen super klar.

»Danke, aber ich stecke sie vorher noch in die Waschmaschine«, sagte sie nur. »Sonst riecht es in der ganzen Wohnung nach Pferd.«

»Oma liebt Pferde«, versicherte ich ihr. »Sie ist früher sogar selbst geritten. Demnächst will sie sich auch mal den Hollerhof anschauen.«

»Klingt nach einer tollen Oma«, meinte Mila.

»Ich teile sie mit dir.« Als Einzelkind hatte Mila außer ihrer Mutter kaum Verwandte um sich. Ihr Vater war Musiker und immerzu auf Reisen. Seine Familie war zwar riesig, lebte jedoch größtenteils in Ghana, was ja nicht gerade um die Ecke war. Bisher hatte Mila mir immer ein bisschen leidgetan, dass sie die meiste Zeit allein mit ihrer Mutter war. Aber momentan wäre ein Tausch wirklich keine schlechte Option gewesen!

»Dann sehen wir uns morgen.« Mila umarmte mich zum Abschied.

»Viel Spaß beim Lagerfeuer.« Jetzt musste ich mich meiner genervten großen Schwester stellen, was keine besonders tolle Aussicht war.

Tja, leider endete mein erster Ferientag nicht ganz so perfekt, wie ich es mir vorgestellt hatte.

KAPITEL 3

Ich holte tief Luft, vergewisserte mich noch einmal, dass ich wirklich allein war, und knallte dann die Tür meines Spinds zu. Und gleich noch mal, weil's so schön war.

Gut so!

Minimal erleichtert wühlte ich im Schrank nach meiner ausnahmsweise frisch gewaschenen Reithose. Bis mir einfiel, dass die ja noch zu Hause lag. Ausgerechnet heute! Jetzt konnte ich die Reitstunde bei Corinna in Shorts absolvieren.

»Na, du hast ja eine Laune.« Mila quetschte sich zwischen den aufgebockten Sätteln durch und wich dabei einem Zaumzeug aus, das von einem Balken baumelte wie ein Strick vom Galgen. In der Sattelkammer herrschte Überfüllung. »Was ist denn los?«

»Ach, nichts.«

Mila brach in Gelächter aus. »Entschuldige, aber wenn ich das jemandem nicht glaube, dann dir! Man sieht dir aus zehn Kilometern Entfernung an, wenn dir eine Laus über die Leber gelaufen ist.«

Tja. Da war schon etwas dran.

Was Gefühle anging, war ich das allseits bekannte offene Buch. An meinem Gesicht konnten alle immer alles ablesen. Und damit meine ich wirklich *alles.* Anscheinend hatte ich tief und fest geschlafen, als die Götter das Pokerface verteilten.

Mila lehnte sich gegen eine Tonne, die bis obenhin voll war mit Möhren, und verschränkte die Arme. »Erzähl mir alles über die fiese kleine Laus.«

»Wenn sie das hören würde ...« Ich kicherte. »Die Laus ist Marlene. Sie ist total unmöglich. Alles muss immer nach ihrer Nase gehen. Und sie ist so launisch! Dabei wäre das doch meine Sache, schließlich bin ich in der Pubertät. Sie ist schon längst draußen.«

Mila verzog das Gesicht zu einer Grimasse. Ausnahmsweise war es kinderleicht, ihre Gedanken zu lesen: *Einzelkind – und heilfroh darüber!*

»Jedenfalls war Marlene bei dem Essen gestern Abend wieder ein richtiges Stinktier. Zuerst ist sie Mama über den Mund gefahren, als sie das Weihnachtsessen planen wollte.«

»Wie bitte? Das Weihnachtsessen?« Mila starrte mich ungläubig an, und mir ging wieder auf, dass es sich zwar so anfühlte, als wären wir schon ewig befreundet, wir uns aber in Wirklichkeit erst seit dem Frühjahr kannten.

Ich grinste. »Na ja, da ist meine Mutter ein bisschen schrullig. Spätestens nach Ostern fängt sie an, sich Gedanken über die Weihnachtstage zu machen, vor allem übers Essen.«

»Echt?« Mila fielen fast die Augen aus dem Kopf. Ich konnte es ihr nicht verdenken.

»Ja, man kann es nicht beschönigen, aber sie tut ja keinem damit weh.« Genauso sollte Marlene das eigentlich auch sehen, doch die war richtig auf Mama losgegangen. Ich holte tief Luft. »Und danach hat Marlene einen Riesenaufstand gemacht, weil in Papas Suppe ein paar Würstchen schwammen. Dabei waren es Bio-Würstchen. Marlene ist seit drei Wochen Vegetarierin. Jetzt erwartet sie, dass wir uns genauso ernähren.«

Bei der Erinnerung daran kochte ich schon wieder vor Wut. Ein Stück Schokolade zur Beruhigung wäre jetzt ziemlich gut gewesen.

»Na ja, eigentlich war sie sauer, dass Mama und Papa ihr eine Party verboten haben. Weil sie keine Lust haben, nachts um vier Uhr noch zwanzig Kilometer zu fahren und sie dort abzuholen. Für den Rest des Abends war die Stimmung jedenfalls total im Keller. Und heute Morgen hat Marlene sich noch aufgeregt, dass Papa mich auf dem Weg zur

Arbeit hier abgesetzt hat und nicht den Umweg für sie gefahren ist. Dabei ist sie mit dem Rad in null Komma nichts bei Jule.«

Ich nahm Willows Zaumzeug vom Haken, aber anstatt aus der Sattelkammer zu gehen, rutschte ich mit dem Rücken langsam am Spind hinunter. Irgendwie fühlte ich mich auf einmal ganz schön müde.

Mila runzelte die Stirn. »Okay. Marlene hat euch gehörig den Abend vermiest und den Morgen heute gleich dazu.«

Korrekt. Besser hätte ich es auch nicht ausdrücken können.

»Was ich aber nicht kapiere …« Mila fixierte mich aus halb geschlossenen Augen. »Warum ziehst du dir das so rein? Es sind Sommerferien! Vor uns liegen sechs super Wochen. Und du meckerst die ganze Zeit über Marlene.«

Oh.

Spontan fiel mir da jetzt keine Antwort ein. Ich spielte mit den Riemen des Zaumzeugs herum. Interessant, diese feinen Risse im schwarzen Leder. Würde nicht schaden, das mal wieder einzufetten.

»Hallo? Ylvi? Bist du noch da?«

Stumm nickte ich. Ganz ehrlich: Wenn ich mit etwas danebenliege, kann ich das normalerweise ganz gut zugeben. Ich meine, ich habe echt viele Fehler. Und Macken. Aber wenn ich was verbocke, habe ich genug Mumm, auch dazu zu stehen.

Normalerweise.

Aus irgendeinem Grund fiel mir das in diesem Moment jedoch ziemlich schwer. Mila hatte recht. Es war total bescheuert, sich wegen Marlene so zu ärgern. Warum also brachte meine große Schwester mich so auf die Palme? Die wahrhaftige Antwort lautete: keine Ahnung.

»Keine Ahnung«, sagte ich und grinste schief.

Mila streckte die Hand aus und half mir hoch. »Ist auch schnurz. Jetzt bist du hier und gleich hast du Unterricht. Vergiss deine blöde Schwester.«

Ich fiel ihr um den Hals, bevor sie noch Weisheiten aus ihrer Esoterikbuch-Sammlung vom Stapel ließ wie »Lebe den Moment!« oder »Genieße ganz den Augenblick!«.

Aber wo sie recht hatte, hatte sie recht: Ich schob Marlene und ihre Launen beiseite und freute mich endlich auf die bevorstehende Reitstunde bei Corinna.

KAPITEL 4

Die Morgensonne beleuchtete den Pfad, der hinunter zum Fluss führte. Willow schritt aufgekratzt neben mir her, hob den Kopf und blähte die Nüstern, sobald es im Gebüsch raschelte.

Mittlerweile waren die Holunderbüsche zu beiden Seiten des Weges so hoch gewachsen, dass sie weit über unsere Köpfe hinausragten. Deshalb wäre ich auch beinahe an dem schmalen Durchgang in der Hecke vorbeigelaufen, hinter dem sich unser zweiter Reitplatz verbarg.

Der offizielle Platz direkt vor dem Stallgebäude war groß und gut gepflegt. Dagegen war der kleine, versteckte Reitplatz bloß von einem windschiefen Zaun umgeben. Der Boden war ein bisschen uneben und an verschiedenen Stellen wucherte Unkraut in Büscheln. Trotzdem trainierte ich mit Willow am liebsten hier, wo uns nie jemand störte und es schön ruhig war.

Ich stellte Willow neben die Aufsteighilfe. Das war eigentlich Routine, doch heute benahm sie sich, als wollte ich sie neben einem Feuer speienden Drachen platzieren. Immer wieder schob sie ihr Hinterteil Richtung Platzmitte oder trippelte nervös auf der Stelle. Von den vielen kleinen Runden, die wir drehten, um wieder beim Tritt anzukommen, wurde mir fast schwindelig.

Endlich blieb Willow für wenige Sekunden stehen. Das war die Gelegenheit! Ich ließ mich in den Sattel sinken, ganz sachte natürlich, um ihren Rücken zu schonen. Trotzdem schlug sie unwillig mit dem Schweif, als ich die Zügel aufnahm.

Hatte sich meine schlechte Laune von vorhin auf magische Weise auf Willow übertragen? Oje.

Während ich Willow am langen Zügel im Schritt warmritt, betrat Corinna das Dressurviereck. Kay, Mila und Josse ließen sich im Gras außerhalb des Platzes nieder. Sie waren die einzigen Zuschauer.

Da wir so gut wie jedes Problem in der Gruppe besprachen, hatten wir ohnehin kaum Geheimnisse voreinander. Und falls doch, kamen sie sowieso früher oder später ans Tageslicht.

Corinna lächelte mir zu. »Seid ihr so weit?«

»Jipp.«

Mal abgesehen davon, dass Willow gerade den Kopf furchtbar hoch trug, was bestimmt kein schönes Bild abgab und leider auch Corinna nicht verborgen blieb. Ihr Rezept dagegen: selber gut atmen, den eigenen Sitz korrigieren und eine feine Verbindung zum Pferdemaul aufnehmen. Das klang logisch, war aber keine unkomplizierte Medizin, jedenfalls für mich. Immer wieder zackelte Willow kurz an oder wurde langsamer, wenn ich nicht korrekt im Sattel saß. Endlich hatte ich etwas erreicht, was einem raumgreifenden Schritt halbwegs nahekam.

»Dann fangen wir mal an«, sagte Corinna munter.

Anfangen? Ich fühlte mich eher wie am Ende der Reitstunde, so verschwitzt und fertig war ich.

»Reite Schlangenlinien durch die Bahn in drei Bogen, zuerst im Schritt, dann gehst du in den Trab über.«

So oft, wie wir das in letzter Zeit geübt hatten, sollte das ein Kinderspiel sein. Beim letzten Mal war ich die Schlangenlinien richtig sauber geritten. Doch diesmal klappte es nicht so, wie ich es mir vorstellte.

Wir eierten durch die Bahn. Mal waren die Wendungen viel zu eng, mal klebte Willow an der Bande.

»Du verspannst dich so im Rücken«, befand Corinna. »Versuch dir vorzustellen, dass durch deinen Körper ein Fluss fließt.«

Ein Fluss? Seltsam, aber einen Versuch war es vielleicht wert. Ich stellte mir vor, wie klares Wasser durch mich hindurchströmte. Doch so richtig half das auch nicht, denn schon wieder riss Willow den Kopf nach oben, was alles noch schwieriger machte. Ich probierte es wieder und wieder. Als es mir endlich gelang, halbwegs locker im Sattel zu sitzen, hatte ich in der Zwischenzeit die Bahnfigur aus den Augen verloren. Im letzten Moment wechselte ich die Richtung, um Corinna nicht über den Haufen zu reiten.

Nächster Versuch. Mittlerweile langweilte sich Willow sichtlich und wollte schneller laufen. Aber unser Arbeitsauftrag war immer noch Schritt.

»Lass uns etwas anderes probieren«, sagte Corinna. »Trab ein paar Runden auf dem Zirkel. Erst Leichttraben, dann Aussitzen.«

Na klasse, jetzt fühlte es sich an, als wäre es wieder wie ganz am Anfang. Als hätten wir seit unseren ersten Reitstunden gar keine Fortschritte gemacht! Ruhiges Traben – das hatten wir in den ersten Wochen immerzu gemacht. Aber es nützte ja nichts, vielleicht konnten wir uns im Trab wirklich mehr entspannen.

Beim Leichttraben ging es ganz gut, doch als ich mit dem Aussitzen begann, legte Willow die Ohren an. Was hatte ich denn jetzt wieder angerichtet? Ich war doch ganz vorsichtig!

Es war wie verhext. Je mehr ich mich anstrengte, umso mehr geriet ich aus der Balance. Was Willow wiederum überhaupt nicht gefiel. Sie trabte abwechselnd schnell und langsam und schlug dabei mit dem Schweif.

Mist! Dabei waren wir doch schon so viel weiter gewesen! Eine mächtige Woge Frust rollte auf mich zu, doch bevor sie mich unter sich begraben konnte, riss Corinna mich aus meinen Gedanken.

»Und angaloppieren!«

Noch bevor ich die Galopphilfe gegeben hatte, schoss Willow bereits vor. Wenn das kein Beweis war! Mir brauchte jedenfalls keiner zu erzählen, dass Pferde die Menschensprache nicht verstanden. Ich schob alle Enttäuschung beiseite und versuchte, mich auf Willows Bewegungen zu konzentrieren.

Nachdem ich endlich mein Gleichgewicht gefunden hatte – von »wieder« konnte heute ja leider keine Rede sein –, genoss ich den Galopp in vollen Zügen.

Willow holte kraftvoll aus, und es fühlte sich an, als schwebten wir durch die Bahn. Wie schön! Und wie schnell sie war!

»Nimm die Zügel etwas mehr auf«, rief Corinna. »Und immer beim Pferd bleiben, Ylvi, nicht davonträumen.«

Ich nahm die Zügel noch mehr auf und konzentrierte mich wieder auf meinen Sitz. Doch aus irgendeinem Grund brachte uns das aus dem Takt.

Wie konnte das sein? Die paar Momente eben im Galopp

waren richtig entspannt gewesen. War es nicht genau das, worauf es beim Reiten ankam? Es musste sich einfach richtig anfühlen, ohne dass ich die ganze Zeit darüber nachdenken musste, wie ich nun auf dem Pferd saß. Aber warum erreichte ich das in letzter Zeit kaum noch?

Willow legte noch einen Zahn zu.

»Reguliere das Tempo durch halbe Paraden«, wies Corinna mich an. »Du bestimmst, wie schnell ihr seid. Im Arbeitstempo, ihr seid hier nicht auf der Rennbahn.«

Statt Willow gefühlvolle Paraden zu geben, schloss ich meine Hände viel zu fest. Prompt fiel sie in einen ruckeligen Trab und blieb dann unvermittelt stehen. Ich wurde im Sattel nach vorn geworfen, dann nach hinten. Denn jetzt lief Willow stur rückwärts, direkt auf den Zaunabschnitt zu, hinter dem Mila, Kay und Josse saßen.

»Entspann deine Hände«, verlangte Corinna mit strenger Stimme. »Atme tief durch und lege deine Waden vorsichtig an Willows Bauch an, damit sie wieder im Schritt angeht.«

Wieder dachte ich an fließendes Wasser und gleichzeitig achtete ich darauf, dass sich meine Beine entspannt an Willows Seiten anschmiegten, wie ich es bei Corinna gelernt hatte. Nun in die Richtung schauen, in die ich reiten wollte. Und anreiten. Das war eigentlich nicht schwer. Doch Willow spielte nicht mit. Schnaubend zuckelte sie zwar an, lief dann aber eierig hin und her.

»Geht noch mal auf den Zirkel«, sagte Corinna und stellte sich in die Mitte des Platzes. »Und nun reitet ihr im Schritt um mich herum. Ganz entspannt.«

Glückwunsch, jetzt war ich, was das Niveau anging, beim Ponyreiten auf dem Jahrmarkt angelangt.

»Beine etwas länger, die Zügel hingeben, Hände weicher aufstellen …« Wie in Trance hörte ich Corinnas Anweisungen, während in meinem Kopf eine Stimme unaufhörlich mit mir und meinen miserablen Reitleistungen zeterte.

Nach und nach kam trotzdem Ruhe in die Sache. Am Schluss lief Willow sogar lammfromm und mit gewölbten Hals, ohne weitere Zicken zu machen. Immerhin eine komplette Runde lang!

»Prima, jetzt hören wir auf«, sagte Corinna. »Bedanke dich bei Willow, sie hat dir heute wieder viel beigebracht.«

Beigebracht? Na, das konnte man so oder so sehen. Jedenfalls hatte ich nicht das Gefühl, dass ich besonders viel gelernt hatte. Eher im Gegenteil. Ich wollte doch einfach nur sanft reiten und Willow dabei so wenig wie möglich stören. Stattdessen war es ein ganz schöner Kampf gewesen.

KAPITEL 5

Nach der missglückten Reitstunde war ich so schnell wie möglich nach Hause geradelt. Ich hatte noch nicht einmal Lust gehabt, mich zu den Pferden auf die Weide zu setzen, wie ich es sonst oft machte. Nein, ich wollte mich einfach nur verkrümeln und ein bisschen selbst bemitleiden.

Eine halbe Stunde später lag ich im Wohnzimmer auf dem Bauch und schob meinen Arm weiter nach vorn. Nur noch wenige Zentimeter. Blöd, dass der Besen nicht unters Sofa passte. Damit wäre alles so viel einfacher gewesen. Ächzend streckte ich mich noch ein Stück weiter, bis ich es endlich zufassen bekam.

Oder auch nicht, denn als ich meine Hand unter dem Sofa hervorzog, baumelte zwischen meinen Fingern nur eine total verdreckte Wollsocke, die sicher schon einige Jahre unter der Couch verbracht hatte.

Etwas kitzelte an meiner Hinterseite.

»Bella, lass das!«

Das Kitzeln wurde zu einem Bohren.

»Hey, Nase aus meinem Po!«

Ein Bellen, dann ein Kichern. Und dann plumpste etwas schwer auf meinen Rücken.

»Uff!«

Flavia. »Ylvi, machst du sauber?«

Ich krabbelte unter dem Sofa hervor. Wo war eigentlich die Taschenlampe, wenn man sie brauchte?

»Sauber macht Ylvi nur im Stall.« Marlenes Füße tauchten neben mir auf, dann ließ sie sich aufs Sofa fallen.

»Danke, Marlene. Ich hab dich auch lieb.«

Ich klopfte mir Flusen, Staub, Hundehaare, Kuchenkrümel und einige undefinierbare grüne Minibrocken von Shorts und T-Shirt. Mehr Licht wäre jetzt definitiv gut! Also schnappte ich mir die Lampe vom Beistelltischchen und brachte sie in die Waagerechte.

»Dir ist schon klar, dass das Omas gutes Meissener Porzellan ist, oder?«

Täuschte ich mich oder klang Marlene tatsächlich etwas besorgt?

»Ich stelle sie gleich zurück.« Mit dem dünnen Lichtstrahl machte ich die halbe Tafel Schokolade ausfindig, die gestern Abend beim Toben mit Flavia unters Sofa geraten war.

»Ich will auch was!«, schrie Flavia.

»Wuff!«

»Für Hunde ist Schokolade streng verboten. Und für kleine Kinder ist sie auch total ungesund.« Ich versuchte, die Tafel hinter meinem Rücken verschwinden zu lassen.

Flavias Stirn kräuselte sich. Sie stemmte die Hände in die Hüften. Für einen Augenblick verdunkelte sich das Wohnzimmer, so böse guckte Flavia. Was mich daran erinnerte, die teure Lampe wieder auf das Tischchen zu stellen.

Als ich mich umwandte, hatten sich Flavia und Bella nicht vom Fleck gerührt.

»Na schön.« Ich brach ein winziges Stück Schokolade ab. »Das ist eigentlich die Tafel, die Oma mir geschenkt hat. Du hast deine längst aufgefuttert, und zwar ganz allein.«

Wieder dieser unverwandte Blick. Flavia wich keinen Zentimeter von der Stelle. Woher hatte sie nur diese Durchsetzungskraft? Davon hätte ich auch gern mehr!

Ich drückte ihr einen ganzen Riegel Schokolade in die klebrige kleine Hand. »Unterm Waschbecken in der Küche sind noch Leckerlis für Bella.«

Flavia und Bella rasten erst in die Küche, dann zu ihrem Lieblingsplatz unter Mamas Klavier. Sekunden später hörten wir leises (Bella) und lautes (Flavia) Schmatzen.

Marlene baute sich vor mir auf. »Du bist unmöglich!«

»Wieso das denn?« Ich genehmigte mir jetzt endlich auch einen Riegel. Nach der Reitstunde vorhin hatte ich mir das echt verdient. Grässlich, wie das gelaufen war.

»Wir essen gleich«, schimpfte Marlene. »Und du stopfst das Kind vorher mit Süßigkeiten voll.«

»Und warum hast du eben nichts dazu gesagt? Weil du genauso wenig Lust auf Flavias Gequengel hast wie ich.«

»Wenn Flavia nachher Bauchschmerzen bekommt, ist das allein deine Schuld.«

Hätte ich bloß Milas Angebot angenommen, bei ihr zu Abend zu essen.

»Gestern hat sich Flavia ein halbes Kilo Kakaopulver über ihr Müsli geschüttet«, erklärte ich. »Und alles aufgegessen. Glaub mir, die hat einen Magen aus Stahl.«

»Mal sehen, wie es ihr nachher geht. Außerdem ist der ganze Zucker total schlecht für die Zähne.«

»Mmh«, murmelte ich zustimmend. Am nächsten Riegel klebten ein paar Wollflusen, was das Vergnügen ein klein wenig minderte. Am besten spülte ich die übrige Schokolade kurz unterm Wasserhahn ab. Wäre da warmes oder kaltes Wasser geeigneter?

»Hallo, Erde an Ylvi! Stell mal auf Empfang!«, rief Marlene, als ich schon auf halbem Weg ins Bad war. »Warte mal, ich will noch etwas mit dir besprechen.«

Widerwillig drehte ich mich um und ging ein paar Schritte zurück. Sie setzte sich auf den Esstisch und baumelte mit den Beinen. Seufzend plumpste ich aufs Sofa. Was war denn jetzt noch?

»Ich will in den Herbstferien mit Jule nach Griechenland fliegen«, verkündete sie.

»Schön.« Von mir aus konnte sie in Griechenland gleich ein ganzes Austauschjahr einschieben. Wenn sie sie dort so lange behalten wollten.

»Mama und Papa ist der Flug zu teuer. Und im Tierheim verdiene ich nicht genug.«

Vor einigen Monaten hatte Marlene ihre soziale Ader entdeckt. Seitdem half sie regelmäßig im Tierheim aus und kümmerte sich um Hunde, Katzen, Kaninchen und Schildkröten.

»Für einen zweiten Job fehlt mir aber die Zeit.«

Sie starrte mich an. Langsam wurde mir unbehaglich zumute. Worauf wollte sie hinaus?

»Ich möchte, dass du einen Monat auf den Hollerhof verzichtest, damit wir den Flug bezahlen können.«

Vor Schreck verschluckte ich mich an meinem letzten fusseligen Schokoladenstück. Wie bitte? Das war doch wohl ein Scherz!

»Mama und Papa stecken sauviel Geld in dein Hobby.« Marlene fuchtelte mit dem Zeigefinger in der Luft herum. »Ich finde, jetzt bin ich mal dran.«

Waas? In den letzten fünf Minuten musste etwas mit mir passiert sein. Wer hatte mich auf diesen fremden Planeten gebeamt? Klar, wir stritten die ganze Zeit. Aber dass sie so weit gehen würde, mir die Reitstunden zu klauen ...

»Spinnst du? Mama und Papa bezahlen dir doch auch immer alles, was du willst. Klamotten, Schuhe, dein Netflix-Abo ... Ich habe nur den Hollerhof.«

Marlene verdrehte die Augen. Okay, an ihren Gerechtigkeitssinn brauchte ich schon mal nicht zu appellieren.

»Na und? Dein Reitunterricht kostet tausendmal mehr.«

»Aber der Unterricht bei Corinna ist viel günstiger als früher bei Hanno auf Birkenmoor. Außerdem wolltest du doch nie reiten.«

Lahm, ganz lahm. Mehr Feuer! Und mehr Tränendrüse!

Leider war ich immer noch geplättet. Das konnte doch nicht ihr Ernst sein. Ich sollte auf meine Reitstunden verzichten, damit sie mit Jule in Griechenland herumgammeln konnte?

»Ist doch nur für einen Monat.« Marlene stieß sich vom Tisch ab und stolzierte in die Küche. »Ich finde die Idee super. Deswegen werde ich sie nachher mit Mama und Papa besprechen.«

»Vergiss es«, fauchte ich. »Nie im Leben gebe ich den Hollerhof für deine beknackte Reise auf. Nicht einen einzigen Tag lang.«

»Das werden wir ja sehen.«

So ein Biest!

Würde sie das wirklich wagen? Andererseits ... irgendwie hatte sie schon recht. Niemand in der Familie hatte so ein teures Hobby wie ich. Aber dafür tat ich ja auch einiges. Sparte zum Beispiel mein ganzes Taschengeld, wenn ich eine neue Reithose oder Stiefel brauchte. Marlene dagegen gab ihr komplettes Geld jeden Monat aus. Und sie lieh sich am Ende immer noch etwas von Mama, Papa oder Oma.

Beklommen schlurfte ich in mein Zimmer. Mama und Papa wussten doch, wie wichtig mir der Hollerhof war. Aber wenn Marlene etwas wollte, war sie unheimlich überzeugend. Mir wurde ganz schlecht bei dem Gedanken, dass sie sich durchsetzen könnte. Ohne Reitunterricht wären meine Ferien jedenfalls komplett im Eimer!

KAPITEL 6

Ben

Ein Zweig knackte unter seinen Schuhen und er fuhr zusammen.

»Idiot!«, schalt er sich selbst. Wenn er sich so dämlich anstellte, würde er nie einen zu Gesicht bekommen.

Nicht weit von ihm war eine Anhöhe. So leise wie möglich steuerte er die Felsformation darauf an. Dort, so hoffte er, hatte er die Umgebung im Blick, ohne selbst gesehen zu werden.

Er legte sich zwischen zwei großen Steinen flach auf den Boden und schaute nach vorn. Zunächst passierte gar nichts. Ein Rabe zog mit lautem Krächzen seine Kreise über dem Hügel. Sobald er verschwunden war, huschte ein Kaninchen über die Lichtung am Fuß der Anhöhe.

Er starrte ins Gebüsch, bis ihm die Augen tränten. Er war auf jeden Fall an der richtigen Stelle, er hatte sich ja genau an die Beschreibung des Einheimischen gehalten. Nur warum zeigte sich dann nichts?

Seine Gedanken wanderten weiter zu Louis. Er hatte ein Stück weit flussabwärts Ausschau halten und später nachkommen wollen, wenn sich dort nichts tat.

Eine plötzliche Bewegung riss ihn aus seinen Gedanken. Er holte tief Luft und presste sich noch flacher auf den Boden. Da waren sie! Zwei halbwüchsige Gestalten brachen durchs Unterholz. Sie kugelten über die Lichtung, knurrten und ließen dann im nächsten Moment voneinander ab. Stocksteif blieben sie voreinander stehen und stürzten sich wie auf ein geheimes Kommando von Neuem aufeinander. Er grinste. Sie waren so tollpatschig wie Hundewelpen, doch vor allem ihre riesigen Pfoten und die schlaksigen Körper erinnerten ihn daran, was er vor sich hatte: Wölfe.

Jetzt kam es drauf an! Er biss sich auf die Unterlippe. Langsam, ganz langsam, hob er die Kamera und drückte auf den Auslöser.

Die beiden Welpen schienen nichts zu bemerken, so vertieft waren sie in ihr Spiel. Sie balgten sich weiter. Immer wieder sprangen sie einander auf den Rücken und rauften sich, dass kleine Steinchen über den Boden spritzten. Er strahlte und hörte nicht auf zu fotografieren. Volltreffer! Und dieses Mal hatte er sie ganz allein aufgespürt.

Hinter ihm knackte es leise, es war kaum zu hören, doch die Welpen fuhren herum. Dann ging alles blitzschnell. Im

Wald begann ein Wolf zu heulen und schon glitten die beiden Welpen auf das Gebüsch zu und verschwanden aus seinem Blickfeld.

Frustriert stöhnte er auf.

Louis ließ sich neben ihm auf den Boden sinken und grinste. »Na, das ist doch gut gelaufen.«

»Bis du aufgetaucht bist, ja.«

Louis schlug ihm kräftig auf den Rücken. »Mach dir nichts draus. Morgen kommen sie wieder.«

»Woher willst du das wissen? Könnte doch sein, dass sie weiterziehen.«

Louis' Gesicht zuckte kurz, dann antwortete er. »Glaub mir, ich habe recht.«

Als sie eine halbe Stunde später wieder beim Geländewagen waren, entdeckte er etwas Großes, Dunkles im Kofferraum. Das hatte vorhin definitiv noch nicht dort gelegen.

»Was willst du denn damit?«, fragte er.

Louis schlug hastig die Plane darüber. »Zerbrich dir darüber mal nicht dein hübsches Köpfchen.«

Er sagte nichts weiter, doch die paar Sekunden hatten gereicht, um das Ding auf der Ladefläche zu erkennen. Ein Karibu. Er konnte sich keinen Reim darauf machen. Was hatte Louis damit vor? Noch mal fragen wollte er ihn nicht, darauf würde Louis garantiert unwirsch reagieren – zumindest war es bisher immer so gewesen. Aber allmählich kamen ihm einige Sachen auf dieser Tour reichlich seltsam vor.

Er zuckte mit den Schultern und öffnete die Tür auf der Beifahrerseite. Dem würde er schon auf den Grund kommen.

KAPITEL 7

Am nächsten Morgen wachte ich vom Prasseln des Regens auf. Und von Flavias Krakeelen. Sie war eine richtige Frühaufsteherin, besonders an Wochenenden, Feiertagen und in den Ferien. Heute früh hatte es Papa getroffen, der sich anscheinend aus dem Bett gequält und Flavia die gewünschte warme Milch bereitet hatte.

Ich rückte Zorro unter meinem Kopf zurecht, um perfekt zu liegen und noch eine Weile vor mich hin zu dösen. Natürlich war ich längst zu alt für ein Kuscheltier, aber hier sah mich ja niemand. Außerdem konnte ich ein bisschen Trost gebrauchen. Die Sache mit dem Reitunterricht hatte sich bis jetzt nämlich noch nicht geklärt.

Mama und Papa hatten sich gestern Abend Marlenes Vorschlag angehört, ohne ihn weiter zu kommentieren. Papa hatte seine kleine Falte auf der Stirn bekommen und Mama einen ziemlich schmalen Mund gehabt, was darauf schließen ließ, dass sie nicht hundertprozentig begeistert waren.

Allerdings hatten sie den Vorschlag auch nicht gleich vom Tisch gewischt, sondern die Entscheidung erst mal vertagt.

Ich vergrub meinen Kopf im Kissen. Das nervte!

Mit Unsicherheiten kam ich nicht so gut klar. Am besten konzentrierte ich mich also auf die Dinge, die ich beeinflussen konnte: meine Beziehung zu Willow. Und wie ich sie mir wünschte. Vollkommen harmonisch. Innig. Respektvoll.

In der Realität sah es momentan nicht ganz so romantisch aus. Die Beschreibung »verdammt kompliziert« traf es wohl am besten.

Heute würde es jedoch anders laufen als die letzten Tage. Heute würde alles wundervoll sein. Ganz von allein, denn wir waren doch ein Team!

Ich schwang die Beine aus dem Bett, setzte Zorro aufs Kopfkissen und sprintete ins Badezimmer.

Fünfundvierzig Minuten später lehnte ich mein Fahrrad gegen die Stallwand. Inzwischen hatte es aufgehört zu regnen. Die Luft war warm und es roch würzig: nach Heu, frischen Kräutern und feuchter Erde in der Sonne. Diese Mischung gehörte zu meinen absoluten Sommer-Lieblingsdüften.

Beschwingt holte ich Willows Putzzeug aus der Sattelkammer. Auf dem Weg zur Weide kamen mir Mila und Josse mit den Pferden entgegen.

»Wollen wir ausreiten?«, rief ich ihnen zu.

»Klar«, erwiderte Josse. »Hey, wir haben Ferien!« Doch da schien ihm etwas einzufallen. Er sah Mila fragend an. »Was ist mit dem Gehege von Hades und Zeus?«

»Was haben die beiden denn jetzt schon wieder ausgefressen?«, fragte ich und grinste bei dem Gedanken an die zwei eigensinnigen Ziegenböcke.

»Die kleinen Biester sind gestern Abend ausgebrochen und haben Mamas Klematis gefuttert«, erklärte Mila mir. »Vorhin habe ich sie in Sallys Box gesperrt, bis wir den Zaun reparieren. Aber das machen wir nach dem Ausritt. Die beiden können da ruhig noch ein bisschen schmoren.«

Auf dem Putzplatz war Kay damit beschäftigt, Mortimers bereits glänzendes Fell noch weiter zu polieren. Wahrscheinlich mussten wir nachher eine Sonnenbrille aufsetzen, um uns bei seinem Anblick nicht die Augen zu verderben.

Josse und Mila alberten herum und bewarfen einander mit nassen Schwämmen. Mir war gerade nicht nach einer Wasserschlacht zumute, lieber konzentrierte ich mich auf Willow. Ich fuhr mit der Wurzelbürste behutsam über ihre Beine, um den groben Schmutz zu entfernen. Wie konnten die so dreckig sein? Nach dem Regen der letzten Nacht war die Weide eher nass als matschig, trotzdem sah es aus, als hätte sie vier schlammige Kniestrümpfe übergestreift.

Danach kämmte ich die Mähne aus und entwirrte den Schweif. Wie schön, sich so viel Zeit lassen zu können! Wenn Schule war, ging das fast nie.

Einige Dreckstückchen klebten noch in der Sattellage, also bürstete ich weiter, bis alles glatt war, damit keine Druckstellen entstanden. Als ich anschließend den Sattel auf Willows Rücken legte, schüttelte sie unwillig den Kopf und trat einen Schritt zur Seite. Genau auf meinen Fuß.

»Autsch, lass das!« Ich drückte sie weg, doch es dauerte ewig, bis sie endlich zur Seite ging.

Mann, das tat weh!

»Spinnst du? Was ist denn in dich gefahren?« Vorsichtig bewegte ich die Zehen in meinem Reitstiefel. »Pass gefälligst auf! Du bist viel schwerer als ich.« Im nächsten Moment ärgerte ich mich über mich selbst.

Reagierte ich da nicht ein bisschen zu heftig? Ich hatte so lange gebraucht, bis ich endlich ihr Vertrauen gewonnen hatte. Da musste ich doch geduldig bleiben, wenn mal etwas nicht nach Plan lief, und durfte sie nicht gleich anschnauzen.

Willow schien von meinen Gewissensbissen nichts zu merken, sie drängte mich beiseite und begann, den Holzbalken, an dem sie festgebunden war, zu beknabbern.

»Sag mal, ist Willow dir eben auf den Fuß getreten?«, fragte Kay entgeistert.

Der morsche Balken löste sich unter Willows Zähnen auf, kleine und große Teile flogen durch die Gegend. Ich wich einem Holzsplitter von der Größe meines Zeigefingers aus und versuchte, ganz locker zu bleiben.

»Und?«, fragte ich möglichst beiläufig, was auch ausnahmsweise mal richtig gut rüberkam. Abgesehen davon, dass sich mein Kopf anfühlte wie eine Tomate in der Mikrowelle, kurz vorm Platzen, und wahrscheinlich auch die gleiche rote Farbe angenommen hatte.

»Und?« Dramatische Pause. Darin war Kay wirklich gut. »Das lässt du ihr einfach so durchgehen?« Ihre Augenbrauen erreichten fast den Haaransatz. Wenn das kein Rekord war! »Mortimer dürfte sich niemals auf meinen Fuß stellen oder mich einfach zur Seite schubsen!«

Musste sie denn immer gleich mit dem Finger in jeder Wunde herumpulen?

»Mortimer ist doch auch viel schwerer als Willow«, rechtfertigte ich mich und ärgerte mich im nächsten Moment darüber. Konnte ich nicht einfach die Klappe halten?

»Kein Pferd darf dir auf die Füße treten«, predigte Kay. »Weder ein Shetty noch ein Shire Horse. Das ist Basiswissen.«

»Danke, das weiß ich auch.« Jetzt aber Ende der Diskussion.

Kay war sichtlich anderer Meinung, doch bevor sie weiter auf der Sache herumreiten konnte, rief Mila fröhlich: »Wir sind so weit. Wollen wir los?«

Danke, danke, danke.

»Nur noch das Zaumzeug«, antwortete ich und rannte in die Sattelkammer. Das eben mit dem Fuß war bestimmt keine Absicht gewesen. So etwas passierte doch jedem mal, sogar einem Pferd.

Fast hätte es geklappt.

Fast hätte ich damit die raunende Stimme in meinem Hinterkopf zum Schweigen gebracht, die darauf bestand, dass ein Pferd stets wusste, wohin es seinen Huf setzte. Schon rein evolutionär bedingt.

Wie gesagt, fast hätte es geklappt.

KAPITEL 8

Eine halbe Stunde später ritten Mila, Josse, Kay und ich hintereinander durch den Wald. Wie fast immer bekam ich den Kopf sofort wieder frei, obwohl ich die Strecke schon in- und auswendig kannte.

Ich schmunzelte, als eine riesige blau-grüne Libelle ein Stückchen neben uns herflog. Willow spitzte die Ohren und schnaubte leise, als das Insekt um ihren Kopf herumsauste.

Vor uns glitzerte der See in der Sonne.

»Ist das nicht schön?« Kay strahlte uns an.

»Total verwunschen«, rief Mila von hinten.

Ich drehte mich im Sattel um. Sie hatte sich zurückgelehnt und schaute verträumt in das Blätterdach über uns.

»Gehen wir rein«, schlug ich vor und zeigte zum Seeufer. Es war die einzige Möglichkeit weit und breit, an der wir die Pferde hineinführen konnten, alle anderen Stellen waren zu steil oder der See wurde zu schnell tief. Gemächlich ritten wir ein Stück ins Wasser.

Willow ließ sich von allen am meisten Zeit. Immer wieder beschnupperte sie misstrauisch die Oberfläche und schlug aufgeregt mit dem Schweif. Erst als Gonzo übermütig mit den Hufen das Wasser aufwirbelte, ließ sie sich anstecken. Sie schnaubte, dann streckte sie den Hals und trank in langen Zügen.

Ich beugte mich nach vorn und umfing ihren Hals. Ihr Fell war feucht von Schweiß und Seewasser. Eine Weile blieb ich ganz still liegen, bis sie sich schließlich regte und behutsam aus dem See stieg.

Der Rückweg verlief leider nicht so harmonisch. Immer wieder schlug Willow nervös mit dem Schweif und riss an den Zügeln. Irgendetwas stimmte da nicht. Was hatte sie nur?

Keiner von uns hatte Lust, nach dem Ausritt schon nach Hause zu fahren. Auch das Freibad lockte nicht, denn dafür hätten wir erst einmal durch die sengende Hitze radeln müssen. Also verzogen wir uns in Milas Zimmer, das selbst jetzt angenehm kühl war, denn ihre Fenster gingen nach Norden.

Mila bahnte sich einen Weg durch das übliche Chaos zu ihrem Schreibtisch, auf dem sich mehrere Laptops, ein Computer mit zwei Bildschirmen, mindestens zweihundertfünfzig Kabel und diverses andere Technikzeug stapelten. »Ich habe neulich ein tolles Buch gelesen.«

»Welches denn?«, fragte Kay und lümmelte träge in Milas Hängematte. »Die Gebrauchsanweisung für deinen neuen Computer? Oder die Biographie von diesem amerikanischen Yoga-Guru?«

»Haha«, murmelte Mila nur und wühlte weiter auf ihrem Schreibtisch herum, bis sie kurz darauf triumphierend einen fetten Bildband herauszog, woraufhin der übrige Kram bedenklich wankte.

Sie presste das Buch vor den Bauch und sah uns der Reihe nach an.

»Ein endlos langer Ausritt mit lauter Galoppstrecken. Und dazwischen im Schritt die Landschaft an sich vorbeiziehen lassen. Na, wie klingt das für euch?«

»Wie das Paradies.«

»Richtig«, lobte Mila mich. »Das alles könnten wir auch haben. Und zwar jetzt. Na ja, fast. Ein wenig Vorbereitung bräuchten wir schon.«

»Das war aber vorhin nicht ein bisschen zu viel Sonne, oder?«, fragte Kay. »Wovon redest du überhaupt?«

Josse entriss Mila den Bildband und zeigte uns den Titel auf dem Umschlag. »›Der Himmel auf Erden: Wanderreiten‹.« Er grinste. »Hoffentlich versprechen sie nicht zu viel.«

»Bestimmt nicht«, sagte Mila. »Ich weiß jetzt, was wir mit unseren Ferien anstellen! Ich habe den perfekten Plan!«

Kay und ich wechselten einen Blick.

»Wieso Plan?«, fragte Kay misstrauisch. »Ich dachte, wir wären uns einig: keine Verpflichtungen!«

Ich nickte. Von Plänen hatte ich sowieso genug für den Rest meines Lebens. Das war doch einer der Gründe gewesen, warum ich Birkenmoor verlassen hatte.

»Doch nicht so eine Art Plan!« Mila ließ sich nicht aus der Ruhe bringen. »Nein, ich habe eine super Idee für unsere Sommerferien! Wir machen einen Wanderritt.«

»Einen Wanderritt?«, wiederholte Josse. »Geht das denn so einfach?«

»Klar!« Mila grinste. »Wir trainieren vorher ein bisschen, dann legen wir los. Einfach ein paar Tage durch den Wald.«

»Einfach ein paar Tage durch den Wald?«, wiederholte Kay. »Und wo schlafen wir?«

Auch darauf hatte Mila eine Antwort parat. »Unter freiem Himmel.«

Kay sah aus, als hätte ihr jemand etwas Lebendiges in den Kamillentee getan. Der war nämlich seit heute dran.

Josse lachte. »Wir können auch im Zelt schlafen.«

»Genial!« Und das meinte ich wirklich so. Von einem Wanderritt hatte ich schon immer geträumt. »Das wird fantastisch! Und hier in der Gegend gibt es eine Million Reitwege. Ein richtiges Reitwegenetz. Wir könnten wochenlang unterwegs sein.«

Da bemerkte ich Josses Gesichtsausdruck. »Sparsam« war dafür eine treffende Beschreibung.

»Was ist denn? Hättest du keine Lust dazu? Der Vorschlag mit dem Zelten kam doch von dir.«

»Schon«, druckste er herum, »aber ich weiß nicht, ob ich gut genug bin. Ich reite ja noch nicht so lange wie ihr. Und ein eigenes Pferd habe ich auch nicht.«

»Das macht doch nichts. Mama findet, du hast super Fortschritte gemacht. Bestimmt leiht sie dir Sally aus.« Mila lächelte ihn an.

Ich nickte eifrig. Zum Glück war bei uns anderen die Pferdefrage klar. Mila würde auf Gonzo reiten und Kay auf Mortimer. Und ich hatte ja sowieso Willow.

Ein Traum! Mehrere Tage nur reiten – wie toll war das denn? Ich konnte mir nichts Schöneres vorstellen. Seltsam, dass mir die Idee nicht schon längst gekommen war.

»Und was ist mit dir?« Ich stupste die Hängematte an. »Bist du auch dabei?«

Kay ließ sich das in Ruhe durch den Kopf gehen. Typisch, sie machte es mal wieder spannend. »Klar«, erwiderte sie endlich. »Jemand muss doch auf euch aufpassen.«

»Abgemacht!« Nacheinander klatschte ich die drei ab.

»Wahrscheinlich reiten wir ja nicht einfach so los, oder?« Josse streckte die Beine aus. »Wie finden wir denn heraus, wie wir uns vorbereiten?«

»Kein Problem«, meinte Mila. »Das steht alles in meinem schlauen Buch. Ich ackere es noch einmal durch. Und das Internet gibt's ja auch.«

»Gut, also tragen wir alle Infos zusammen«, sagte Kay, »und dann machen wir einen Schlachtplan und fragen Corinna und unsere Eltern um Erlaubnis.«

Ein guter Plan. Was meine Eltern anging, wäre das eine reine Formsache. Es sei denn, Marlene setzte sich durch. Aber selbst wenn Mama und Papa tatsächlich darauf eingingen und ich auf meine Reitstunden für ein paar Wochen verzichten müsste, um das Geld für Marlenes Urlaub zu sparen, wären sie bestimmt niemals so gemein, mich nicht beim Wanderritt mitmachen zu lassen, auch wenn der sicher auch noch ein bisschen was extra kostete.

Plötzlich runzelte Kay die Stirn. »Verdammt, das habe ich total vergessen. Ben kommt doch!«

»Ben?« Wer war denn das jetzt?

»Ben ist mein Lieblingscousin«, kam sie meiner Frage zuvor. »Der einzige Sohn meines Onkels. Seit dem Abi reist er immerzu um die Welt. Er hat in Namibia Geparden gezählt und auf Borneo verletzte Orang-Utans versorgt.« Sie holte ihre Kette unter dem T-Shirt hervor. »Den Anhänger habe ich doch von Ben.« Dann zog sie ihr Handy aus der Tasche und rief die Galerie auf. »Hier sind seine neuesten Fotos. Bis vor Kurzem hat er in Kanada einen Fotografen begleitet, der für ein Magazin Wolfsaufnahmen geschossen hat.«

Alle Achtung. Die Fotos machten wirklich was her. Gestalten in allen Braun- und Grauschattierungen stoben über eine Wiese. Eine Wölfin mit ihren Jungen. Ein heulender Wolf im Mondlicht auf einem Felsen. Und ein Wolfsrudel, das hinter einem Reh oder so etwas herhetzte.

»Wow, Wölfe, das ist ja cool.« Mila geriet sofort ins Schwärmen.

»Da ist er genau richtig bei uns«, bemerkte Josse spöttisch. »Hier wimmelt es ja von großen Raubtieren.«

»Wieso?«, fragte Mila. »Wölfe gibt's bei uns doch auch.«

»Ach, Ben ist nicht wählerisch.« Kay grinste. »Ob Maus oder Wolf, er findet jedes Tier toll.«

»Pferde auch?« Die Frage konnte ich mir nicht verkneifen

»Hm, ja.« Jetzt wich Kay ein bisschen aus, was ihr gar nicht ähnlich sah. »Allerdings hatte Ben bei seinem letzten Besuch einen kleinen Zusammenstoß mit Mortimer. Seitdem ist er ... ein bisschen auf Abstand zu Pferden.«

Oh. Na ja, Mortimer konnte schon einen ziemlich überwältigenden Eindruck machen.

»Und was hat Ben jetzt mit uns zu tun?«, fragte Josse.

Kay guckte ein bisschen verlegen. »Ach, ich mag ihn einfach total gern. Deshalb fände ich es schade, wenn ich ihn verpassen würde.«

»Musst du doch gar nicht«, sagte Mila sofort.

Ich nickte. »Genau. Wir sind nur ein paar Tage weg. Da bleibt genug Zeit für deinen Cousin.«

Kays Miene hellte sich auf. »Stimmt auch wieder, er zieht ja erst mal bei uns ein.« Sie schaute Mila und mich streng an. »Und ihr seid lieb zu ihm, ja?«

Mila und ich sahen uns an und kicherten. Klaro. Als ob da irgendeine Gefahr bestünde. Normalerweise war es schließlich Kay, die man mit ihrer schnippischen Art nicht gefahrlos auf die Menschheit loslassen konnte.

Na, ich war gespannt, was für ein Typ dieser Ben war. Aber tausendmal wichtiger war mir der Wanderritt. Am liebsten hätte ich mit dem Training dafür sofort losgelegt. Tagelang nur mit Willow und den anderen in der Wildnis unterwegs zu sein – das wäre wirklich ein Traum!

KAPITEL 9

Der Unterricht am nächsten Tag fiel aus, weil ein Futterlieferant unangemeldet vorbeischaute. Das war schade, denn den miesen Eindruck von neulich hätte ich lieber früher als später ausgebügelt. Also gingen Mila und ich allein mit den Pferden auf den versteckten Reitplatz. Ein bisschen Training schadete ja nicht, auch wenn ich am liebsten mit Mila ausritt.

Leider lief es bei unserem Training fast genauso schlecht wie beim letzten Unterricht, nur eben ohne Corinna. Hinterher war ich heilfroh, dass sie keine Zeit gehabt hatte. So langsam zweifelte ich an meinem Können, und das Letzte, was ich wollte, war, dass es Corinna ebenso ging.

Vor dem Stall nahmen wir Willow und Gonzo das Zaumzeug ab. Während ich den ganzen Kram zurück in die Sattelkammer schleppte, spritzte Mila die Hufe und Beine der Pferde ab, um sie abzukühlen.

Ich strich über Willows Fell, das bei der Hitze im Nu wieder trocken war.

»Kleine Bürstenmassage gefällig?« Sie schien nichts dagegen zu haben, also legte ich los. Bis mir ein unangenehmer Geruch in die Nase stieg. »Puh, was müffelt hier denn so?«

Mila hatte den Deckel von einem alten Marmeladenglas abgeschraubt. Die mintfarbene Kräuterpaste darin erinnerte ein wenig an Rotz. Ganz unverblümt: Es stank zum Himmel. Auch Willow schien den Geruch nicht zu mögen, sie trat so weit zurück, wie es ihr Halfterstrick erlaubte.

»Ich habe es selbst angerührt«, erklärte Mila stolz. »Es hilft gegen Zecken und Bremsen. Ist hundertprozentig biologisch. Du könntest es auch aufs Brot schmieren.«

»Bloß nicht! Und das hilft wirklich?«

»Probier es aus«, sagte Mila und reichte mir einen Pinsel. »Ich habe bei Gonzo seit Tagen keine Bremse mehr gesehen.«

»Die hat dafür alle Willow abbekommen.« Vorsichtig tupfte ich etwas von der Salbe auf Willows Beine, Brust und Kruppe. Willow legte die Ohren an, als sie begriff, dass es kein Entkommen gab. Doch nach der ersten Schrecksekunde entspannte sie sich wieder.

»Zur Belohnung gibt es gleich eine schöne Möhre«, versprach ich ihr und rannte nach drinnen, um mir die Hände zu waschen. Bremsen hin oder her, ich hatte bestimmt nicht vor, wie ein wandelndes ranziges Kräuterbündel zu riechen.

Auf der Weide trabte Willow sofort davon, ohne mir noch einen Blick zu gönnen. Treulose Tomate.

Gonzo dagegen blieb noch ein wenig am Zaun stehen und schmuste mit Mila, bis Mortimer ihn vertrieb.

»Sag mal, ist dir eigentlich etwas aufgefallen in der letzten Zeit?«

Sie sah mich aufmerksam an. »Was meinst du?«

»Na ja, zwischen Willow und mir.« Ich schluckte. »Ich habe das Gefühl, es ist echt schwierig gerade.«

»Wegen der Reitstunde vorhin? Und dem Unterricht neulich?«

»Ja, aber nicht nur.« Ich zog an meinen Fingern und überlegte, wie ich es am besten sagen konnte. »Ich habe das Gefühl, sie ist fast immerzu gereizt. Sonst klappt es viel besser bei uns.«

Mila dachte einen Moment lang nach. »Aufgefallen ist mir nichts.« Sie legte eine Hand auf meine Schulter. »Das ist bestimmt nur eine Phase.«

»Vielleicht.« So richtig überzeugt war ich nicht, doch da kam Kay angelaufen.

»Ich habe Himbeereis mitgebracht«, rief sie uns zu und machte sofort wieder kehrt.

In Lichtgeschwindigkeit legten wir die Strecke zum Stall zurück und hockten kurz darauf alle auf dem Sofa und genossen den schwachen Luftzug, der durch die Fensteröffnungen wehte. Auch bei der größten Hitze war es durch die dicken Stallwände hier immer noch angenehm kühl.

»Habt ihr mir etwas übrig gelassen?« Josse fegte die Rampe hoch und riss mir den Löffel aus der Hand.

»He, ich war noch nicht fertig!«

Spielerisch kniff er mir in den Bauch. »Wie, du willst noch Nachschub für das kleine Röllchen?«

»Geht's noch?« Doch dann musste ich selber lachen. »Mein Bauch ist super so. Und er kann noch jede Menge Eis vertragen.«

»Sehe ich genauso«, sagte Josse und gab mir die Eisschale zurück, deren Inhalt sich in den letzten zwei Sekunden halbiert hatte.

Kay stellte ihr Schälchen auf den Boden und holte ihr Handy heraus.

»Wollt ihr noch ein paar von Bens Fotos sehen?«, fragte sie.

Und ob! Die von neulich hatten mir schon gefallen, aber nun hielt ich den Atem an. Diese Fotos waren fast noch spektakulärer als die mit den Wölfen. Endlose Steppen, schneebedeckte Berge und hügeliges Grasland bis zum Horizont ... Wie musste es sich anfühlen, dort entlangzureiten?

»Das ist die Mongolei«, sagte Kay. »Da war Ben einige Wochen. Anschließend ist er dann nach Kanada gereist. Und guckt mal hier … Vor ein paar Tagen hat er wieder ein Wolfsrudel gesehen.«

Mila war völlig aus dem Häuschen. »Zwölf, sechzehn … dreiundzwanzig Tiere! So ein großes Rudel! Sind die schön!«

Sie hatte recht. Die schlanken graubraunen Gestalten jagten über eine große, braun bewachsene Fläche. Und erst die Nahaufnahmen!

»Wie süß, die Welpen!« Die Jungen hatten überdimensional große Pfoten, die überhaupt nicht zu den mickrigen Körpern zu passen schienen. Mit den Kulleraugen sahen sie ein wenig wie junge Hunde aus. Nur schlanker und … irgendwie wilder.

»Kaum zu glauben, dass manche finden, die Wölfe hier müssten erschossen werden.«

»Ja, unfassbar.« Mila nickte. »Das ist völliger Quatsch. Wölfe tun schließlich keinem etwas.«

»Das kannst du ja mal den Schafen und Kühen erzählen, die in letzter Zeit von Wölfen gerissen wurden«, sagte Josse ironisch. »Pferde waren übrigens auch schon dabei.«

»Was, echt?«, fragte Mila entsetzt.

Auch mir wurde ganz mulmig zumute. Um die Schafe oder Kälber tat es mir genauso leid, doch wenn ich mir vorstellte, dass Willow oder ein anderes unserer Pferde von Wölfen angefallen wurde ...

»Ich weiß nicht.« Josse kratzte sich nachdenklich am Kopf. »Raubtiere in unberührter Natur sind ja prima. Aber hier leben so viele Menschen. Wer kann denn garantieren, dass ein Wolf nicht doch mal etwas Dummes anstellt und einen Menschen bedroht?«

»Wie viele unschuldige Wölfe werden denn von Menschen bedroht?«, empörte sich Mila. »Das ist viel schlimmer. Die Menschen klauen den Wölfen den Lebensraum, nicht umgekehrt. Sie müssen doch die Chance bekommen, sich wenigstens an einigen Orten wiederanzusiedeln.«

»Stimmt«, sagte Josse. »Aber in der Zeitung stand neulich, dass es tatsächlich schon einige ungemütliche Situationen mit Wölfen gab. Der Wolf ist und bleibt halt ein Raubtier.«

Mila schnaufte nur.

»Jetzt denk mal nach«, rief Josse. »Stell dir vor, es sind Kinder beim Spielen im Wald bedroht. Da hört der Spaß ja wohl auf.«

»Aber bisher ist Menschen noch nichts passiert«, konterte Kay.

»Das muss es aber auch nicht erst, oder?« Josse löffelte den letzten Rest Himbeereis aus der Schale. »Na, und die Schäfer bedanken sich auch, wenn ihnen ständig Schafe gerissen werden.«

»Aber es gibt eine Stelle, bei der sich die Schäfer jedes gerissene Schaf bezahlen lassen können«, wandte Kay ein.

»Ach? Und wie würdet ihr reagieren, wenn euch jemand Geld in die Hand drückt und sagt: ›Kauft euch einfach ein neues Pferd‹, wenn euer Pferd mal verletzt wird?«

»Das ist ja wohl etwas vollkommen anderes«, fauchte Kay. »Wir haben schließlich eine enge Beziehung zu unseren Pferden.«

»Und die Schäfer nicht?«, gab Josse provozierend zurück und schwang die Beine vom Sofa. »Ich muss los. Bis morgen.«

»Bis morgen«, sagte Kay säuerlich. »Und pass auf, dass dich unterwegs kein Wolf beißt.«

Er lachte und zwinkerte ihr zu, woraufhin Kay nur mit den Augen rollte.

Bevor ich nach Hause radelte, machte ich einen letzten Abstecher zur Weide. Irgendwie hing mir die Diskussion von eben nach, obwohl ich mich ja kaum daran beteiligt hatte.

Ich fand es schwierig, zu dem Thema eine klare Meinung zu fassen, denn je länger ich darüber nachdachte, umso mehr konnte ich beide Seiten verstehen. Bestimmt machten die herumstreifenden Wölfe einigen Angst. Und Menschen durften natürlich nicht in Gefahr geraten. Aber andererseits hatten doch die Wölfe auch ein Recht auf ein freies Leben.

Mussten sich nicht eher die Menschen damit arrangieren, dass es hier wieder mehr Wölfe gab?

Es war gar nicht so einfach zu wissen, was man da denken sollte. Ich seufzte. Vielleicht musste ich einfach mehr über Wölfe herausfinden. Aber das eilte ja nicht. Auf unserem Wanderritt würden wir sowieso keine antreffen, so scheu, wie sie waren.

Plötzlich fiel mir Lukas ein. Wie er wohl darüber dachte? Normalerweise sah ich ihn jeden Tag in der Schule, und wir redeten über alles Mögliche, doch seit die Ferien angefangen hatten, war er – abgesehen von dem Frühstück neulich – abgetaucht. Ich holte mein Handy aus der Tasche.

»Hey, wo steckst du?«

Die Antwort kam prompt. *»Auf Birkenmoor. Hanno macht einen Intensivkurs mit uns. Komm doch mal vorbei!«*

Hm, sollte ich? Eine halbe Ewigkeit hatte ich ihm nicht mehr beim Springen zugesehen, dabei hatten wir uns früher so oft gegenseitig geholfen. Und zu Luna würde ich auch gern mal wieder. Aber dann würde ich garantiert auch den Zwillingen über den Weg laufen. Und Hanno.

Ich zögerte. Nein, es war definitiv zu früh für einen Besuch auf Birkenmoor. *»Mal sehen, momentan bin ich hier ganz schön eingespannt.«* Meine Finger verharrten über dem Display. Dann tippte ich weiter. *»Komm du doch mal rüber nach dem Training.«*

Mein Herz klopfte, während ich auf die Antwort wartete – was höchstens ein paar Sekunden dauerte.

»Klar, mache ich, vielleicht morgen. Bis dann!«

Ich lächelte und steckte das Handy wieder weg. Dabei wäre mir fast entgangen, wie Willow mir auf der Weide entgegentrottete. Hey, das hatte sie ja schon ewig nicht mehr gemacht! Ich schlang die Arme um ihren Hals und schmiegte mich an sie. So hätte ich noch lange stehen können, doch nach ein paar Minuten wurde es ihr zu langweilig. Sie wollte zurück zu den anderen, zurück in ihre Herde.

Am Gatter hing etwas über einem Pfosten. Kay hatte Mortimers Halfter vergessen. Ich strich über das edle Leder. Kay hatte immer die beste Ausrüstung. Kein Wunder, ihre Eltern schwammen in Geld und legten außerdem noch Wert auf eine gute Ausstattung. Ich nahm das Halfter mit zum Stall, um es an Mortimers Box zu hängen.

Dann prüfte ich die Tränke in Willows Box. Klar, Mila und Corinna hatten natürlich auch ein Auge darauf. Aber ich hatte es ja nicht eilig.

Auf leichten Druck sprudelte frisches Trinkwasser in das Becken. Das Heu war aufgefüllt und duftete, auch der Salzleckstein war neu. Zu meinen Füßen lag eine dicke, frische Strohmatratze. Alles in bester Ordnung. Länger konnte ich es also nicht hinauszögern. Es war Zeit, mich dem Abendessen zu stellen. Und vor allem dem Streit um meinen Unterricht und Marlenes Herbstferien. Himmel, graute mir davor!

Die beste Strategie wäre: stur bleiben. Mama und Papa würden schon auf meiner Seite stehen.

Hoffentlich.

Ich wusste ja, wie überzeugend Marlene sein konnte. Im Gegensatz zu mir. Die besten Argumente fielen mir immer erst abends im Bett ein. Tja, diesmal musste ich mich richtig anstrengen, schließlich ging es um etwas wirklich Wichtiges.

Und dann wäre diese idiotische Sache mit meiner Unterrichtspause auf dem Hollerhof endlich vom Tisch!

KAPITEL 10

»Wie ist es gelaufen?«, fragte Mila, als ich am nächsten Morgen auf den Hof radelte. »Ich habe dir die ganze Zeit die Daumen gedrückt.« Sie stupste mich vorwurfsvoll an. »Warum hast du nicht mehr geschrieben? Du wolltest mir nach eurem Gespräch doch eine Nachricht schicken.«

»Tut mir leid, das habe ich in der Aufregung ganz vergessen. Flavia ist vom Küchenschrank gefallen, als sie sich heimlich ein paar Süßigkeiten holen wollte.«

»Ach du Schreck, ist etwas passiert?«

Ich schüttelte den Kopf. »Sie hat sich nur eine Schramme geholt.« Zum Glück! Wann immer etwas mit der Kleinen war, stand unsere Familie Kopf. Zwar war Flavias Kletteraktion glimpflich ausgegangen, doch nach dem Besuch im Krankenhaus – Flavia hatte so laut gebrüllt, dass wir uns alle sofort ins Auto gequetscht hatten – waren wir gar nicht mehr dazu gekommen, über Marlenes Vorschlag zu sprechen.

War das jetzt gut oder schlecht? Keine Ahnung. Aber langsam machte mich diese Unsicherheit ziemlich mürbe.

»Was hast du heute mit Willow vor?«, wollte Mila wissen.

»Nicht viel. Vielleicht nehme ich sie mal an die Longe.«

Der Gedanke war mir zwar gerade erst gekommen, doch es war keine schlechte Idee. Ein bisschen Abwechslung konnte nicht schaden.

Ich ging in die Sattelkammer und nickte Kay zur Begrüßung zu. Während ich Kappzaum und Longe zusammensuchte, hörte ich draußen Stimmen. Vertraute Stimmen. Flavia und Marlene. Was machten die denn hier?

»Deine Schwester ist da«, meinte Kay überflüssigerweise. »Also, deine beiden Schwestern. Frag Marlene, woher sie dieses scharfe Top hat. So eins will ich schon lange.«

»Frag sie am besten selbst.« Ich war doch keine Modeberatung. Und auf Small Talk mit Marlene konnte ich auch gut verzichten.

»Ylvchen!« Flavia sprang mir stürmisch in die Arme, als ich nach draußen kam.

Ich stöhnte auf. »Autsch, nicht so doll!«

Flavia plapperte sofort los: »Heute mache ich Ferienprogramm mit Marleni.«

Huch, was waren denn das für Neuigkeiten? Seit wann hatte Marlene Lust auf Kinderbespaßung? Misstrauisch linste ich zu ihr hinüber. War das etwa eine neue Methode, um mir auf dem Hollerhof in die Quere zu kommen? Oder spionierte sie hier herum, weil sie hoffte, irgendetwas gegen mich zu verwenden? Da konnte sie sich aber warm anziehen!

»Mama sind zwei neue Klavierschüler dazwischengekommen«, erklärte Marlene und guckte dabei arglos. »Also dachte ich mir, wir besuchen dich hier mal. Was machst du jetzt?«

Typisch Marlene! Da tat sie tatsächlich so, als wäre unser Streit vor drei Tagen überhaupt nicht passiert. Sollte ich sie anschreien? In den Misthaufen stoßen? Sie mit Pferdeäpfeln einreiben? Oder einfach ignorieren?

Während ich noch stocksteif dastand und die Fäuste ballte, kraulte Marlene den Kater und plauderte unbeschwert mit Mila und Kay.

Na schön. Dann spielten wir eben Theater.

»Ich wollte Willow longieren«, brummte ich. »Wollt ihr zusehen?«

»Jaaa!«, brüllte Flavia so laut, dass sich Mr Mouse umgehend verzog.

»Mach das bloß nicht, wenn Pferde in der Nähe sind«, schärfte ich ihr ein. »Die erschrecken sich dann nämlich.«

»Alles klar«, flüsterte Flavia und hüpfte auf der Stelle. »Gehen wir jetzt endlich?«

Überraschenderweise verhielten sich Marlene und Flavia während des Longierens mucksmäuschenstill. Marlene sparte sich sogar ihre üblichen gönnerhaften Kommentare.

»Sie sieht so schön aus«, bemerkte sie nur am Ende, als ich Flavia eine Möhre in die Hand drückte, die sie an Willow verfüttern durfte. »Wie ein Zauberpferd.«

Huch! Was waren denn das für Töne? Trotzdem konnte ich mir ein stolzes Grinsen nicht verkneifen.

»Ja, nicht wahr? Ich finde, sie ist das schönste Pferd von allen.«

Marlene stupste mich an. »Du, tut mir leid«, raunte sie.

Überrascht drehte ich mich zu ihr um.

»Ich habe so ein schlechtes Gewissen, weil ich neulich diesen Mist erzählt habe. Ich habe Mama vorhin schon gesagt, dass das nicht ernst gemeint war.«

Hatte ich mich etwa verhört? Das kam aber ziemlich plötzlich.

»Wirklich?«, fragte ich misstrauisch.

»Ja, das war eine blöde Idee mit dem Flug und dem Hollerhof«, erwiderte Marlene und senkte den Kopf, was mit ihren fast hüftlangen Haaren wie immer eine dramatische Wirkung hatte. Allerdings war sie diesmal nicht schnell genug. Vorher entdeckte ich nämlich noch die knallroten Flecken, die sich auf ihrem Gesicht ausbreiteten.

»Echt jetzt?«, hakte ich noch einmal nach. »Die Sache

ist wirklich vom Tisch? Neulich klang das aber überhaupt nicht so. Willst du jetzt nicht mehr mit Jule wegfliegen?«

»Doch«, sagte Marlene.

Jetzt knuddelte sie mich sogar noch!

»Wieso hast du es dir denn plötzlich anders überlegt?«

Sie druckste herum. »Ach, einfach nur so.« Sie schwieg.

Ich wartete ab und schaute hinüber zu Flavia, die gerade Richtung Sattelkammer stromerte. War das wirklich schon alles? Vielleicht war es ja gemein von mir, aber Marlene hatte sich in den letzten Wochen ganz schön verändert. Seit sie so dick mit Jule befreundet war, ging sie auf Demos für den Tierschutz anstatt auf Partys oder in Discos. Außerdem half sie seit Neuestem im Tierheim aus. Das fand ich natürlich nicht schlimm, im Gegenteil! Nur ging das alles ein bisschen schnell. Und außerdem war sie in letzter Zeit so oft zickig – aber schwupps: Plötzlich war auch das wieder anders. Wer sollte da noch hinterherkommen?

»Ich habe heute früh mit Oma telefoniert«, fuhr Marlene schließlich fort. Sie strich sich verlegen das Haar aus der Stirn. »Sie hat auch ein, zwei Sachen dazu gesagt. Du kennst ja Oma.«

Allerdings. Hatte ich es doch gewusst, dass hinter Marlenes Sinneswandel mehr steckte. Ein Hoch auf Oma.

»Und Oma hat dir gesagt, dass das total gemein von dir

war und du dich gefälligst nicht so egoistisch benehmen sollst?«, riet ich.

Sie lächelte schwach. »So ungefähr.«

Warum war mir das nicht eingefallen, mit Oma zu sprechen? Dann hätte ich mich die letzten Tage nicht so quälen müssen, sondern mir gleich Rückendeckung geholt. Manchmal lösten sich Probleme einfach von selbst. Ich musste mir keine Gedanken darüber machen, wie ich das Geld für meinen Reitunterricht bei Corinna zusammenkratzen könnte.

Erleichtert umarmte ich Marlene. »Okay, vergeben und vergessen. Aber mach das nie wieder!«

»Nee, versprochen.«

»Das passt eh nicht zu deinem neuen Image.« Ein bisschen foppen musste ich sie jetzt doch.

»Hä, was meinst du?«

»Na ja, Demos für den Tierschutz und das Tierheim … und dann bist du doch wieder so fies?«

Sie schaute mich empört an. »Erstens: Was hat das eine mit dem anderen zu tun? Zweitens: Dass ich mich für Umweltschutz interessiere, ist doch kein Image!« Sie schnaufte. »Und drittens …«

»Ja?«

»Ach, das habe ich vergessen. Ist auch egal. Mehr als entschuldigen kann ich mich nicht.«

»Ist ja gut, ich wollte dich nur ein bisschen ärgern.« Ich

grinste und stupste sie an. In diesem Moment kam Flavia zurück und baute sich vor uns auf.

»Ich will auch mal reiten«, quengelte sie.

»Ja, aber lieber nicht auf Willow«, sagte ich schnell. »Du kannst auf Gonzo reiten. Oder, noch besser, auf Lucifer. Er ist ein Shetlandpony und genau richtig für dich.«

Kurz darauf drehte Flavia Runde für Runde auf dem Reitplatz und quietschte dabei vergnügt, während Marlene und ich nebenhergingen und uns unterhielten. Ich glaube, das erste Mal seit drei Monaten. Mindestens. Vielleicht wurde ja wirklich alles entspannter mit ihr.

Tja, und wenn nicht, dann war jetzt zumindest das Hollerhof-Thema vom Tisch. War ich froh! Und nachher würden wir unseren Wanderritt planen. Grandios!

Endlich war das Sommerferiengefühl wieder so wie am ersten Tag: unbeschwert und federleicht wie eine Wiesenblume im Wind.

KAPITEL 11

Eine halbe Stunde später brauste ein uralter offener Jeep auf den Hof und brachte selbst Gonzo zum Wiehern. Gehörte dieses Modell nicht eher ins Museum?

Ein Typ kletterte aus dem Auto. Für einen Freund von Corinna schien er mir deutlich zu jung, um die zwanzig vielleicht. Mit seinen verwuschelten Haaren und dem Dreitagebart sah er ziemlich gut aus, mein Typ war er allerdings nicht.

Ganz anders als Lukas, schoss es mir durch den Kopf. Bei dem Gedanken wurden meine Wangen heiß, und ich fragte schnell: »Wer ist denn das?«

Mila war genauso ratlos wie wir alle.

In diesem Moment kam Kay aus dem Stall. »Ben!«

Sie drückte Josse Mortimers Sattel in den Arm und sprang dem jungen Mann entgegen.

»Oh, der berühmte Cousin«, sagte Josse, legte den Sattel auf die Bank und griff nach der Mistgabel, die an der Stallwand lehnte. Mit Schwung warf er einen Haufen Pferdeäpfel in die Schubkarre.

Mila stupste ihn an. »Du wirst ja wohl nicht eifersüchtig werden.«

Er fuhr sich affektiert durchs Haar. »Habe ich doch gar nicht nötig. Die Mädels stehen bei mir Schlange.«

Ich stellte mich auf die Zehenspitzen und reckte den Hals. »Wo denn?«

Josse drohte mir mit der Forke. »Bloß nicht frech werden! Ich halte meine Verehrerinnen nur vom Hollerhof fern, damit hier keine von euch nervös wird.«

»Lieb von dir«, gab ich zurück und sah mich nach Marlene um. Die brauchte ganz schön lange, um mit Flavia zur Toilette zu gehen.

Mila ging anscheinend ein ähnlicher Gedanke durch den Kopf. »Hoffentlich ist Flavia nicht ins Klo gefallen«, sagte sie. »Soll ich mal nachsehen?«

Bevor wir uns auf die Suche machen konnten, stellte Kay uns den sagenhaften Ben vor.

»Schön, euch mal kennenzulernen«, grüßte Ben uns. »Kay hat schon so viel von euch erzählt.«

Einen Moment lang herrschte verblüfftes Schweigen.

Kays Wangen färbten sich zartrosa. »Ähm, jetzt übertreib mal nicht«, sagte sie schnell. »Die sind aber echt ganz in Ordnung.«

»So einen Gefühlsüberschwang hätten wir gar nicht erwartet«, meinte Josse trocken. »Aber schön zu hören, dass Kay mit uns klarkommt.«

»Ich muss ja.« Kay hakte sich bei Ben unter. »Jetzt zeige ich dir alles.«

»Zuerst die Sattelkammer!«, rief Josse und schippte die letzten Pferdeäpfel in die Schubkarre.

Die Sattelkammer, sein ganzer Stolz. Die hatte er nämlich im Frühjahr von Grund auf renoviert, sodass wir nun über die schönste Sattelkammer weit und breit verfügten.

»Klar«, sagte Ben. »Ich bin gespannt. Und die Pferde will ich natürlich auch sehen.«

Er wies auf Gonzo, der sich vom Motorengedröhn inzwischen erholt hatte und nun langsam den Reitplatz umrundete.

»Der gefällt dir?« Milas Augen leuchteten.

»Natürlich! Sieht nach einem echt lieben Tier aus. Was man leider nicht von allen hier behaupten kann.« Ben warf Kay einen boshaften Seitenblick zu.

Die lachte. »Ach komm, so schlimm ist Mortimer gar nicht. Er freut sich bestimmt, dich wiederzusehen.«

»Ich wünschte, ich könnte das Gleiche behaupten.« Ben rieb sich theatralisch den Oberarm. »Letztes Mal hat er mich aus heiterem Himmel gegen die Bande gestoßen. Aber na ja, jeder hat eine zweite Chance verdient.«

Plötzlich hielt er inne und sah zum Hexenhäuschen, aus dem soeben Flavia stürmte, mit heruntergelassener Hose und einer verzweifelten Marlene im Schlepptau, die rief: »Warte, Schätzchen, du hast das Händewaschen und Anziehen vergessen.«

Ben machte große Augen. »Wer ist denn das?«

Tatsächlich bot Marlene einen speziellen Anblick. Sie galoppierte hinter Flavia über den Hof, ihre ellenlangen blonden Haare waren total zerzaust. Als sie uns sah, wurde ihr Gesicht im nächsten Moment knallrot wie ein Feuerwehrauto.

»H…Hallo«, hauchte Marlene.

Ben trat einen Schritt vor. »Hi. Ich bin Ben.«

Er berührte ihre Hand, als wäre sie aus Porzellan. Und das eine ganze Weile.

Wir übrigen standen in der Zwischenzeit etwas blöde herum und warteten. Zumindest bekam ich dabei ein ziemlich gutes Bild davon, was wohl »zur Salzsäule erstarrt« bedeutete. So langsam konnte er ihre Hand wirklich mal loslassen.

Doch Marlene und Ben standen weiterhin voreinander und schauten sich in die Augen.

Was ihre Geduldspanne betraf, so lagen Kay und Flavia in etwa auf einer Linie.

»Wollen wir unsere Runde anfangen?«, drängte Kay, während Flavia quengelte: »Ich hab Hunger.«

Marlene bückte sich hastig und nahm Flavia auf den Arm. »Alles klar. Wir müssen sowieso nach Hause. Ich habe Mama versprochen, dass wir zum Mittagessen gebratene Nudeln aus dem Asia-Imbiss mitbringen. Also dann, bis nachher, Ylvi.«

Dabei guckte sie jedoch nicht mich, sondern weiterhin Ben an.

Interessant.

»Bis bald!« Ben ließ sich von Kay über den Hof Richtung Weide ziehen.

Mila, Josse und ich sahen uns an und lachten. Hui. Ganz schön viele Schwingungen in der Luft.

KAPITEL 12

Drei Tage später radelte ich in Rekordgeschwindigkeit zum Hollerhof.

»Ich darf!«, brüllte ich, sobald ich über das unebene Hofpflaster holperte. »Ich bin dabei!«

Mila kam aus der Scheune gelaufen. »Der Wanderritt?«

Jubelnd fielen wir uns um den Hals. Bei der ganzen Aufregung um Flavias Sturz neulich war ich gar nicht dazu gekommen, Mama und Papa zu fragen, und seitdem hatten die beiden fast ununterbrochen gearbeitet. Aber nun hatte ich auch ganz offiziell die Erlaubnis.

»Das muss gefeiert werden«, sagte Mila. »Wollen wir zum Fluss?«

Wir holten Willow und Gonzo von der Weide und waren kurz darauf startklar.

»Ich bin so froh, dass alle Eltern einverstanden sind mit dem Wanderritt«, meinte Mila, als wir wenig später über den sandigen Uferstreifen ritten.

»Und ich erst!«

Eine Fontäne spritzte hoch, als Gonzo in den Fluss walzte. Willow war zurückhaltender. Sie stand am Ufer und tippte zögernd den ersten Vorderhuf ins Wasser.

»Na los, trau dich«, ermunterte ich sie, sprang von ihrem Rücken und ging ein paar Schritte in den Fluss, während Mila und Gonzo vergnügt um uns herumtobten. Endlich gab Willow sich einen Ruck und stolzierte zu mir ins tiefere Wasser.

Ich legte mich halb auf ihren Rücken, halb ließ ich mich von der leichten Strömung treiben. Die Sonne wärmte meine Schultern und Willows Fell, was zusammen mit dem kalten Wasser eine tolle Mischung ergab.

Die Route für den Wanderritt hatten wir zwar noch nicht ausgearbeitet, aber ich musste unbedingt darauf achten, dass unterwegs eine Badegelegenheit dabei war.

»Wirklich klasse, dass das mit dem Wanderritt klappt«, wiederholte Mila und planschte mit den Zehen im Wasser.

»Das dachte ich auch gerade. Ein Glück, dass Kays Eltern zugestimmt haben.«

»Allerdings! Die behandeln ihre Tochter wie ein rohes Ei.« Mila kicherte. »Wenn die wüssten …«

Meine Eltern hatten vorhin sofort eingewilligt. Etwas anderes hätte mich aber auch überrascht. Sogar von Marlene kam Unterstützung: Sie würde die Zeit über meinen

Flavia-Babysitter-Teil übernehmen. Sehr großzügig! Vor allem, weil ich die Stunden später bei ihr nicht abstottern musste. Ob sie wohl immer noch ein schlechtes Gewissen wegen der Flugaktion hatte? Falls ja: Das geschah ihr ganz recht!

Josse durfte sowieso tun und lassen, was er wollte, solange seine Schulnoten gut waren. Seine Eltern und sein älterer Bruder waren vollauf damit beschäftigt, den Lebensunterhalt für alle zu verdienen. Josse besuchte als Einziger in seiner Familie das Gymnasium und war vor den Ferien erstmals mit einem richtig guten Zeugnis nach Hause gekommen. Seitdem platzten seine Eltern fast vor Stolz.

Das nutzte er jedoch nie aus, was ich ihm hoch anrechnete. Im Gegenteil. Mit Ausnahme von Corinna arbeitete auf dem Hollerhof niemand so hart wie er. Den Reitunterricht, den er regelmäßig auf Sally bekam, verdiente er sich bestimmt dreimal.

Dagegen hatte Corinna gezögert, was uns alle erstaunte. Doch nachdem wir immer wieder hoch und heilig geschworen hatten, uns supergut vorzubereiten, hatte sie uns die Erlaubnis erteilt. Großartig!

Allerdings hatte ich nicht damit gerechnet, wie viel Arbeit mit einem Wanderritt verbunden war. Seit Tagen beschäftigten wir uns nur noch damit, elendig lange Listen an Proviant zu erstellen. Wir schleppten Schlafsäcke, Isomatten und ein Zelt in eine unbenutzte Box, die uns bis zur Abreise als Lager diente. Wir organisierten Satteltaschen, Trinkflaschen, Proviant, Karten und Klamotten. Und – der schönste Teil von allem – wir unternahmen täglich ausgiebige Ausritte, denn für den Wanderritt mussten die Pferde richtig fit sein. Abgesehen davon trainierten wir regelmäßig alle auf dem Platz, unter Milas strenger Aufsicht, die uns ein Programm zusammengestellt hatte, das uns und die Pferde ganz schön forderte. Gestern Abend hatten uns dann auch der Tierarzt und der Hufschmied grünes Licht gegeben.

Ich konnte es kaum erwarten, endlich aufzubrechen. Lieber heute als morgen. Nur schade, dass es momentan so schwierig war mit Willow. Meistens kämpften wir uns durch die Reitstunden und auch im Umgang war sie alles andere als leicht zu handeln.

»Deine Schwester ist neuerdings ziemlich oft bei uns«, bemerkte Mila. »Übrigens hat sie sich gestern richtig gut um Zeus und Hades gekümmert.«

»Sie will nachher wieder vorbeikommen.« Ich beobachtete, wie ein Marienkäfer auf meinem Unterarm auf und ab wanderte. »Stell dir vor, sie hat gefragt, ob ich sie mal auf Willow herumführen kann.« Vorhin hatte Marlene tatsächlich erwähnt, dass sie sich auch gern mal auf ein Pferd setzen würde. Nur so zum Spaß.

Hätte ich ja nie gedacht!

»Hey, vielleicht wird ja noch eine Reiterin aus ihr.« Mila grinste vergnügt.

»Wer weiß?« Auf die Idee war ich noch gar nicht gekommen, aber wieso eigentlich nicht? Marlene packte mit an, wann immer jemand etwas brauchte. Vorgestern hatte sie sogar Josse geholfen, Sallys Box auszumisten.

»Oder vielleicht hat Ben etwas damit zu tun?« Mila machte eine kleine Pause und ließ den Strang einer Wasserpflanze durch ihre Hände gleiten. »Er ist ja auch ständig hier. Wie findest du ihn?«

Jetzt war ich dran mit Grübeln. »Eigentlich ganz nett. Obwohl er echt uralt ist.«

»Quatsch, er ist gerade mal zwanzig«, widersprach Mila mir.

»Was? Wann hat er denn dann sein Abi gemacht?«

»Mit siebzehn. Er war ein Überflieger, hat Kay erzählt. Ich finde ihn jedenfalls nett. Und er kann Tiere gut beurteilen. Sogar Pferde.«

»Weil er Gonzo mag?«, zog ich sie auf.

»Nicht nur, aber auch. So jemand ist mir sofort sympathisch. Die meisten haben doch nur ein Auge für so imposante Viecher wie Mortimer oder für Schönheiten wie Sally.«

»Oder wie Willow.«

Mila grinste. »Na gut, wenn du drauf bestehst.«

»Gib sofort zu, dass Willow das schönste Pferd im Stall ist! Auf dem Hollerhof und in allen anderen auch.«

»Was, wenn nicht?«, fragte Mila herausfordernd.

Ich spritzte ihr eine Ladung Wasser entgegen.

»Schon gut, schon gut, ich gebe es zu«, rief sie. »Willow ist die Schönste. Abgesehen von Gonzo. Der ist natürlich am allersüßesten.«

Damit konnte ich leben. War ja auch gut, dass hier jeder seinen eigenen Liebling hatte.

Zufrieden schlenderten wir eine Stunde später zurück zum Hollerhof. Es war Zeit für meinen Unterricht.

Corinna lächelte mir zu, als ich Willow auf den versteckten Reitplatz führte. »Seid ihr bereit?«

»Und wie!«

Doch schon nach ein paar Minuten hakte es an allen Ecken und Enden. Dabei war es eben am Fluss so schön gewesen! Aber plötzlich weigerte sich Willow mitzumachen. Und ich drang nicht zu ihr durch! Sie machte einfach, was sie wollte.

»Lass es mich mal versuchen«, sagte Corinna.

Frustriert lehnte ich mich gegen den Zaun und ließ die beiden nicht aus den Augen. So fröhlich, wie Willow sonst guckte, wenn Corinna sie ritt, schaute sie jetzt auch nicht.

Sie zog etwas die Nüstern hoch. Auch ihr Maul schien verkniffen zu sein und um ihre Augen bildeten sich kleine Falten.

Ich atmete aus. Das bildete ich mir doch nicht ein! Selbst bei Corinna war Willow also angespannter als sonst, obwohl sie lammfromm sämtliche Seitengänge, fliegende Wechsel und alle anderen Übungen mitmachte.

Ich war völlig durcheinander, als Corinna schließlich auf mich zuritt und abstieg.

»Du schaffst das schon, Ylvi«, sagte sie. »Versuch einfach, ein bisschen klarer zu werden in dem, was du willst.«

»Und wie bekomme ich das hin?«

»Achte mehr auf dich und weniger auf Willow. Du musst wissen, was du dir von Willow wünschst. Dann kommt sie auf dich zu, ganz sicher!«

Ich seufzte. »Das hoffe ich.«

»Sie braucht eindeutigere Hilfen von dir.« Corinna nickte mir noch einmal zu und verschwand Richtung Stall.

Ich strich mir eine Locke aus der Stirn. Das klang ja auch alles logisch. Nur – wie setzte ich das um?

Gegen Abend kam Marlene auf den Hof. Gemeinsam stiefelten wir zur Weide und plauderten die ganze Zeit. Langsam wurde die Luft kühler, was nach der Affenhitze der letzten Tage eine Wohltat war. Auch die Pferde waren entspannter, denn die Bremsen piesackten sie weniger als sonst. Dafür schwirrten heute anscheinend alle zu mir.

»Autsch! Verfluchte Mistviecher!« Ich schlug mit der flachen Hand auf meinen Oberschenkel, auf dem sich umgehend ein dicker roter Fleck abzeichnete. Zu spät. Die Bremse flog schadenfroh summend davon auf der Suche nach dem nächsten Opfer.

Ich pfiff und streckte lockend die Hand aus. Willow schaute kurz zu mir herüber, senkte den Kopf und graste weiter.

»Okay, dann bewegt sich der Berg eben zum Propheten.«

Willow wich nicht aus, als ich sie leise ansprach und mich ihr von der Seite näherte. Auch schon ein Erfolg.

Sie schnaubte, als ich mich kurz an sie schmiegte. Ich streifte ihr das Halfter über und ging mit ihr zum Gatter, wo Marlene auf mich wartete.

»Und bist du sicher, dass Corinna einverstanden ist?«

Überrascht sah ich sie an. Seit wann war sie so zögerlich?

»Ja, klar, ich habe sie vorhin extra gefragt«, beruhigte ich sie. »Ich führe dich nur ein bisschen herum. Nach der Reitstunde heute Nachmittag ist das einfach ein ruhiger Ausklang für Willow.«

Die Reitstunde vorhin. Am liebsten hätte ich die ganz unten in meiner letzten Hirnschublade verstaut und diese mit extragroßen Nägeln und einem Holzbalken verrammelt. Leider drängte sich die Erinnerung daran immer wieder nach oben.

Ich straffte die Schultern. Nach dem Desaster kam mir eine Runde Führtraining gerade recht. Abgesehen davon gab es auch keine Alternative zu Willow. Für Gonzo und Lucifer war Marlene zu groß. Mortimer wiederum war temperamentvoll und versuchte ständig, seinen Dickschädel durchzusetzen. Sally war mir ein bisschen zu nervös und Tammo kannte ich noch nicht gut genug, er war ja erst seit Kurzem bei uns. Und von den anderen Pferden auf dem Hof kam auch keines infrage. Daher hatten Mila und ich uns für Willow entschieden. Auf der ritten zwar sonst nur Corinna und ich, aber eine kurze Führrunde sollte mittlerweile gehen.

Also steuerte ich mit Willow den verwitterten Holztritt in der Ecke des kleinen Reitplatzes an. Sie wartete brav, während Marlene ein wenig unbeholfen auf ihren Rücken stieg.

»Bist du bereit?«, fragte ich und blinzelte gegen die Sonne.

Marlene nickte. »Ist ja ganz schön hoch hier. Von unten sieht Willow gar nicht so groß aus.«

»Das Gefühl ist gleich vorbei. Entspann dich und genieße, dass du durch die Gegend getragen wirst.«

Marlene nickte unsicher und hielt sich am Sattel fest, wie wir es besprochen hatten. Willow schlug nervös mit dem Schweif und trat einen Schritt zur Seite.

»Atme mal tief durch«, riet ich Marlene und ließ sie ein paar Augenblicke einfach nur auf Willows Rücken sitzen, bevor wir uns langsam in Bewegung setzten.

Runde um Runde zockelten wir über den Reitplatz. Anfangs wandte Willow immer wieder den Kopf, um zu sehen, wer da Neues auf ihr saß, doch nach kurzer Zeit gewöhnte sie sich an Marlene.

Allein das war eine Leistung. In der Anfangszeit hatte Willow nur Corinna auf ihrem Rücken geduldet. Im Frühjahr war ich auf den Hollerhof gekommen, und Willow hatte zugelassen, dass ich mich um sie kümmerte. Doch es hatte Wochen gedauert, bis ich auf ihr geritten war. Seit dem Frühjahr hatte sie wirklich eine Menge gelernt – und ich noch viel mehr, wenn ich ehrlich war.

Willow trottete entspannt neben mir her und versuchte auch nicht, mich zu überholen. Liebevoll strich ich über ihren Hals. Genau so hatte ich mir das vorgestellt.

»Und, gefällt es dir?«

Marlene nickte. Sie hatte wieder ein bisschen Farbe bekommen und atmete auch ganz normal. »Zuerst kam es mir riesig hoch vor, aber jetzt ist es richtig schön.«

»Warte erst, wenn du galoppierst.«

»Bloß nicht!« Marlene grinste. »Mit dem Tempo bin ich total zufrieden.«

Willow schnaubte und machte den Hals lang. Da piepte es plötzlich in Marlenes Tasche und Willow machte einen Satz zur Seite. Marlene quiekte auf und krallte sich in Willows Mähne.

»Alles gut. Sie hat sich nur erschrocken wegen des Handys.«

»'tschuldigung, hier, nimm du es mal. Das nächste Mal mache ich es gleich aus«, versprach Marlene.

»Ja, unbedingt.« Ich führte Willow noch eine weitere Runde um den Platz, bis Marlene wieder ganz entspannt auf ihrem Rücken saß. Dann ließ ich Willow anhalten und Marlene glitt von ihr herunter.

»Danke für die Runde Karussell«, sagte sie und zerzauste leicht Willows Mähne. Dann schaute sie auf ihr Handy. »Oh, schade, Jule hat abgesagt. Ich wollte mit ihr noch ein bisschen bummeln gehen.« Sie überlegte einen Moment. »Sag mal, musst du hier noch viel machen? Wir können doch Eis essen gehen. Ich lade dich ein, als Dankeschön fürs Reiten heute.«

Keine schlechte Idee. Mama und Papa waren mit Flavia bei Oma, insofern wartete niemand mit dem Abendessen auf uns. Und viel zu tun gab es hier auch nicht mehr. Mila und Corinna waren zum Einkaufen gefahren, was in der

Regel Stunden dauerte, denn die beiden warteten immer so lange, dass sie am Ende nicht um einen gigantischen Großeinkauf herumkamen. Josse hatte etwas von einem Basketballspiel erzählt, bei dem er seine Kumpel anfeuern wollte. Und Kay machte mit Ben einen Ausflug.

»Eis essen? Gute Idee! Da komme ich mit!«

Ich fuhr herum. Lukas lehnte grinsend hinter uns am Zaun.

Marlene lachte. »Klar! Hast dich ja ewig nicht mehr bei uns zu Hause blicken lassen. Neue Freundin?«

Lukas' Ohren färbten sich rot.

Ich kicherte. Seit wann brachte ihn denn so ein Spruch in Verlegenheit?

»Auf dem Hollerhof warst du auch nicht«, schob ich vorwurfsvoll nach. »Du hast doch geschrieben, du wolltest vorbeikommen.«

»Ja, tut mir leid.« Er sah tatsächlich ein bisschen zerknirscht aus. »Aber bei Hanno macht gerade ein Reitlehrer ein Praktikum und gibt auch ziemlich viel Unterricht. Da hatte Hanno plötzlich ganz viel Zeit für uns.«

»Ach, das finden Marie und Sophia bestimmt super, oder?« Ich wusste ja genau, wie ehrgeizig die Zwillinge waren.

Er grinste. »Ich auch! Hanno hat uns die letzten Tage einen Intensivkurs gegeben, das war toll.«

»Na gut, dann verzeihe ich dir.« Ich grinste zurück. »Also, von mir aus darfst du mitkommen. Aber futtere ja nicht das ganze Erdbeereis weg!«

»Ich stehe auf Pistazie, das weißt du doch.« Lukas streichelte Willow über die Mähne. Marlene hatte sich ein paar Schritte entfernt und war schon Richtung Hof gegangen, dabei tippte sie die ganze Zeit auf ihrem Handy herum.

»Und, wie läuft es mit Willow?«, fragte Lukas, während wir ihr langsam folgten.

»Na ja, ganz gut.«

»Begeisterung klingt aber anders.«

Ich schluckte. Typisch Lukas. Er kannte mich einfach zu gut. »Also schön, momentan hakt es ein bisschen bei uns.«

»Oh, das tut mir leid.« Lukas lächelte mich an. »Aber ihr bekommt das bestimmt bald wieder hin, ganz bestimmt!«

In der Eisdiele herrschte Gedränge.

»Dahinten ist noch Platz.«

Energisch schob sich Lukas an Tischen und Stühlen vorbei und marschierte zu einem winzigen Zweiertisch, der als einziger unbesetzt war.

»Darf ich?«, fragte er zwei ältere Damen am Nachbartisch, die ihm ihren dritten, leeren Stuhl gern überließen. »Ist zwar ein bisschen eng, aber Hauptsache, die drei Eisbecher passen auf den Tisch«, sagte Lukas und studierte die Karte. »Ich weiß schon, was ich will. Und ihr?«

Auch wir hatten uns schnell entschieden.

»Und? Wie läuft es sonst so auf dem Hollerhof?«, fragte er und lehnte sich zurück, während wir auf unsere Bestellungen warteten.

»Wir machen einen Wanderritt«, platzte es aus mir heraus.

»Echt?« Lukas beugte sich über den Tisch, musste aber im nächsten Moment schon wieder Platz machen, denn der Kellner brachte unsere Eisbecher.

Marlene lächelte. »Danke, das ging ja schnell.«

»Ein Wanderritt?«, wiederholte Lukas, zog seinen Becher zu sich und verrührte den Krokant mit der Schokoladensoße in seiner Schale so eifrig, dass ein paar Krümel über die Tischplatte flogen. »In ein paar Wochen? Dann könnte ich ja mitmachen.«

»Du?« Mir fiel eine Erdbeere vom Löffel. »Entschuldige, wir haben dich gar nicht gefragt. Du warst ja so auf Birkenmoor beschäftigt.«

»Ab jetzt habe ich wieder jede Menge Zeit. Der Praktikant hat übermorgen seinen letzten Tag und Hanno ist wieder voll eingespannt«, sagte Lukas. »Außerdem macht Hanno ein paar Tage Ferien. Da wird es dann noch ruhiger.«

Marlene guckte amüsiert und zwinkerte mir unauffällig

zu. Ich spürte, wie meine Wangen heiß wurden, und konzentrierte mich schnell wieder auf Lukas.

»Hättest du wirklich Lust auf einen Wanderritt?« Das wäre ja großartig, aber bevor ich mich so richtig freuen würde, wollte ich lieber ganz sichergehen.

Lukas guckte fast ein bisschen beleidigt. »Du weißt doch, wie gerne ich ausreite. Und Peanut würde eine Ferienauszeit bestimmt auch gefallen.«

Stimmt, früher war Lukas ja auch der Einzige auf Birkenmoor gewesen, mit dem ich regelmäßig ausgeritten war.

»Klasse, es wäre echt toll, wenn du mitkommst.« Und das meinte ich wirklich so. Auch die anderen würden begeistert sein. Das musste ich ihnen unbedingt schreiben.

»Wann fangt ihr mit dem Training an?«

»Das haben wir schon. Wir sind die letzten Tage länger ausgeritten oder haben Konditionstraining auf dem Platz gemacht«, erklärte ich. »Du kannst jederzeit einsteigen, wir machen das ja noch nicht so lange.«

»Super.« Lukas lehnte sich zurück und überlegte. »Sag mal, meinst du, ich könnte Peanut in der Zeit bei euch einstellen? Dann müsste ich nicht jeden Tag zu euch reiten.«

»Bestimmt.« Ich kramte mein Handy aus der Tasche. »Hier ist Corinnas Nummer. Ruf sie doch gleich mal an.«

Wir lächelten uns an und ein warmes Gefühl durchströmte mich. Mit Lukas würde der Wanderritt bestimmt noch mehr Spaß machen. In der letzten Zeit hatten wir uns echt wenig gesehen – es wäre schön, wenn das jetzt wieder anders würde.

»Diktierst du sie mir mal eben?«

Während ich ihm Corinnas Telefonnummer gab, lehnte sich Marlene zurück und verschränkte die Hände hinter dem Kopf. »Klingt so, als wäre bei euch alles geritzt. Jetzt muss nur ich mir noch etwas überlegen. Sonst sind die Ferien vorbei und ich habe gar nichts Besonderes gemacht.«

»Na, immerhin hast du schon mal Stallluft geschnuppert und bist heute geritten.« Ich schob mir eine große Portion Erdbeereis in den Mund. Wenn das nicht etwas Besonderes war!

KAPITEL 13

Am nächsten Tag goss es in Strömen, als ich auf den Hollerhof kam. Ich lief die Stallgasse entlang und begrüßte nacheinander jedes Pferd. Kay winkte mir aus Mortimers Box zu und verschwand dann nach draußen. Ich schlüpfte zu Willow in die Box und stellte den Putzkasten ab. Völlig vertieft fuhr ich ihr mit der Kardätsche über den Rücken, anschließend bürstete ich in großen Kreisen ihren Bauch. Sie schlug mit dem Schweif und hob das Hinterbein an.

»Kitzelt das?« Ich hielt inne. Sie schüttelte unwillig mit dem Kopf. »Da ist aber noch eine grüne Stelle, die will ich dir noch ausbürsten.«

Ich musste ziemlich reiben, damit ich die Grasflecken wegbekam, währenddessen schlug Willow immer wieder mit dem Schweif. Heute war anscheinend nicht ihr Tag.

»Bin gleich fertig«, beruhigte ich sie, doch da nahm ich aus dem Augenwinkel eine Bewegung wahr und fuhr überrascht zurück. Willows Ohren lagen eng am Kopf an und im nächsten Moment schlugen ihre Zahnreihen aufeinander. Ich wich aus und prallte mit dem Hinterkopf gegen die Wand. Autsch! Unter meinen Fingern dehnte sich die Haut und in wenigen Sekunden wuchs mir eine dicke Beule.

»Oh Mann!«

Willow senkte den Kopf in die Futterkrippe und fraß ungerührt weiter. Vollkommen geschockt floh ich aus der Box und kauerte mich auf einen Strohballen neben der Tür. Was war das denn gewesen? Ein Albtraum, obwohl ich doch hellwach war? Hatte Willow, meine geliebte Willow, eben tatsächlich nach mir geschnappt?

Ich betastete noch einmal meinen Hinterkopf. Nein. Es war keine Einbildung. Tränen rollten mir über die Wangen, und ich biss mir in den Handrücken, um mein Schluchzen zu unterdrücken.

Wie konnte Willow bloß nach mir schnappen? Das hatte noch nie ein Pferd getan.

Mein Magen zog sich zusammen und mir war hundeelend zumute. Ich ballte die Fäuste und atmete aus. Verdammt! Willow hatte nach mir geschnappt. Aus heiterem Himmel. Und das nach all dem, was hinter uns lag. Ich konnte es immer noch nicht glauben.

Misstrauisch beobachtete ich Willow. Würde sie es noch einmal machen? Zuschnappen? Unvorstellbar, dass sie es überhaupt gemacht hatte! Und warum bloß? Hatte ich etwas falsch gemacht? Bisher hatte Willow das Streicheln und Kraulen noch nie gestört, vor allem nicht beim Fressen.

Ich konnte es mir einfach nicht erklären.

Und jetzt? Ich wischte mir die Tränen vom Gesicht. Was sollte ich jetzt tun?

In diesem Moment hörte ich, wie die Stalltür geöffnet wurde. Sofort setzte ich mich auf, wuschelte mir die Haare zurecht und rieb die Strohhalme vom T-Shirt. Das gelang mir zwar weitestgehend, aber dafür rubbelte ich auch gleich ein paar Dreckflecken in den Stoff. Oh Mist!

Schritte kamen auf mich zu. Das auch noch! Eilig rappelte mich auf. Nicht nötig, dass Corinna mich wie ein Häufchen Elend in Willows Box sah.

»Ist alles wieder gut, Süße?« Ich trat zu Willow, streckte die Hand aus, ließ sie wieder sinken. Versuchte es erneut. Diesmal berührte ich ihr seidenweiches Fell. Willow hob den Kopf. Wie Regentropfen perlten einige Haferkörner von den Haaren rund um ihr Maul und fielen zurück in die Krippe. Ich ließ sie an meiner flachen Hand schnuppern und warf einen Blick zu den Ohren, die nun wieder locker und entspannt nach außen hingen. Nicht mehr eng angepresst wie vorhin zum Glück. Hinter mir hörte ich ein Geräusch.

Corinna stand vor der Box und schaute mich prüfend an. »Guten Morgen, Ylvi. Ist alles okay?«

»Klar«, sagte ich und versuchte, mindestens ebenso locker zu klingen, wie Willows Ohren herabhingen. Was anscheinend nicht so richtig klappte, denn zwischen Corinnas Augen war plötzlich eine kleine, tiefe Falte.

Ich spürte, wie ich rot wurde. Verdammt! Wann würde ich endlich mal einige richtig nützliche Sachen lernen? Wie zum Beispiel lügen, ohne mir das anmerken zu lassen.

»Nee, nee, alles prima«, wiederholte ich. Mit Nachdruck. So, dass auch der Letzte schnallte, wie wunderbar alles war. Schließlich durfte ich auf dem tollsten, schönsten, kompliziertesten Pferd der Welt reiten! Was wollte ich mehr?

Corinna musterte mich einen Moment. »Hör mal, ich habe das Gefühl, dass du ganz schön am Kämpfen bist mit Willow. Und dabei soll es doch für euch beide schön sein, wenn ihr zusammen seid. Brauchst du mehr Unterstützung?«

In meinem Kopf schrillten sämtliche Alarmglocken. Bestimmt spiegelten sich die roten Warnlichter auch außen in meinen Augen. »Na ja, kämpfen … Irgendwie läuft es gerade nicht so gut, aber ich weiß nicht recht, warum.«

»Hm.« Wieder dieser prüfende Blick. »Seit du dich um sie kümmerst, habt ihr beide so gute Fortschritte gemacht. Wird dir das vielleicht doch ein bisschen zu viel? Die ganze Verantwortung? Willow ist ja kein einfaches Pferd.«

»Nein, vielleicht nicht, aber das bekommen wir hin.«

»Du musst keine Angst haben, dass ich dir Willow wegnehmen will. Im Gegenteil! Ich möchte dir helfen.«

Sie legte mir die Hand auf die Schulter und lächelte mich warm an. Ich seufzte. Richtig, sie war doch ganz anders als Hanno. Unter anderem deshalb war ich doch von Birkenmoor zum Hollerhof gewechselt!

»Die letzten Tage bist du fast ein bisschen verbissen an die Sache herangegangen. Wegen des Wanderritts, oder?«

»Ja, auch«, brachte ich hervor. »Aber ich frage mich die ganze Zeit, was gerade so querläuft.«

»Das finden wir heraus«, versprach Corinna mir. »Nur eins muss ich dir jetzt leider sagen. Wenn du mit Willow auf den Wanderritt willst, muss es zwischen euch wieder anders sein. Du musst dich hundertprozentig auf sie verlassen können. Und umgekehrt genauso.«

Ich zuckte zusammen. Das konnte doch nicht wahr sein!

»Es tut mir leid, Ylvi, glaub mir, ich habe mir das seit unserer letzten Stunde gründlich durch den Kopf gehen lassen.«

Jetzt hatte sich in meinem Bauch ein großer, schwerer Klumpen gebildet. Das meinte Corinna ja wohl nicht ernst!

Doch.

»Sieh mal, Ylvi, ihr habt so viel Zeit. Willow ist noch jung und du bist es auch. Ihr entwickelt euch immerzu weiter. Und dann, wer weiß, könnt ihr in den nächsten Sommerferien zusammen wanderreiten gehen. Das ist gar nicht so lange hin, wie es dir jetzt vielleicht vorkommt.«

Das war doch kein Trost!

Corinna drückte meinen Arm. »Aber so weit ist es ja noch nicht. Bis dahin klärt sich bestimmt, was los ist.« Sie überlegte. »Ich hatte das vor einigen Jahren schon mal. Ein Pferd, das immer gut mitmachte, sehr sensibel. Und innerhalb kurzer Zeit veränderte es sich.«

»Und warum?«

»Es lag am Sattel. Er hat nicht mehr richtig gepasst.« Sie lächelte mich an. »Weißt du was? Wir gehen jetzt auf Ursachenforschung. Lass uns bei der Ausrüstung anfangen. Ich lege dir nachher ein Zaumzeug mit einem anderen Gebiss heraus, das müsste Willow passen. Vielleicht ist das angenehmer für sie. Und dann rufe ich noch meine Sattlerin an, sie soll Willows Sattel überprüfen.«

»In Ordnung.« Ich würde jeden Strohhalm nehmen, den sie mir hinstreckte. »Und was ist, wenn das nicht funktioniert?«

»Dann suchen wir weiter. Gemeinsam finden wir drei schon heraus, wo es gerade knirscht.«

Das war ja schön und gut, aber was, wenn es nicht rechtzeitig zum Wanderritt klappte? Corinna schien mir meine Sorge vom Gesicht ablesen zu können.

»Und wenn es bis zum Wanderritt immer noch schwierig

ist, dann müssen wir noch mal sehen. Mit Willow kann ich es dann leider nicht verantworten, das verstehst du doch?« Sie strich kurz über meinen Arm, dann verschwand sie wieder nach draußen.

Ich blieb zurück und starrte ihr hinterher, so taub und leer, dass ich noch nicht mal mehr weinen konnte.

KAPITEL 14

Eine Dreiviertelstunde später hockte ich oben im ersten Stock vor einem der Fenster. Josse und Kay fläzten sich auf dem Sofa, während Mila einen Strohballen heranzog und sich im Yoga-Sitz darauf platzierte.

Neulich, als Willow mir auf den Fuß getreten war, war Verdrängen ja noch problemlos möglich gewesen. Na ja, mehr oder weniger. Aber jetzt war das Maß voll. Jetzt konnte ich mir nichts mehr vormachen. Erst die Sache mit dem Schnappen, dann Corinnas Warnung, dass Willow und ich womöglich nicht gemeinsam wanderreiten konnten. Und dazu die ganze letzte Zeit, in der Willow und ich so gekämpft hatten!

Die anderen schauten mich besorgt an.

»Jetzt mach es nicht so spannend«, sagte Kay. »Erzähl schon, was los ist.«

»Hast du geweint?«, fragte Mila. »Warum das denn?«

Ich schüttelte nur hilflos den Kopf, meine Kehle war wie

zugeschnürt. Und jetzt stiegen mir schon wieder die Tränen in die Augen. Ich räusperte mich und berichtete dann den anderen, was vorhin in Willows Box passiert war.

»Willow hat nach dir geschnappt?« Mila sah jetzt genauso geschockt aus, wie ich mich fühlte. »Ich glaub's nicht!«

Sie sprang auf und nahm mich fest in den Arm. Ich vergrub mein Gesicht in ihrem Pulli.

»War das Absicht?«, wollte Josse wissen.

»Was denn sonst?«, warf Kay ein. »Seit wann machen Pferde irgendetwas mit ihrem Körper zufällig?« Sie rollte mit den Augen. »Willow hat nach Ylvi geschnappt, das ist ja wohl der Hammer!«

»Allerdings.« Mila nickte betroffen und drückte mich noch einmal. Ich schniefte und richtete mich wieder auf.

»Ja, aber warum bloß?« Josse runzelte die Stirn. »Wegen einer Bremse vielleicht?«

»Ich habe natürlich gehofft, dass Willow nach einer Bremse geschnappt hat. Da war nichts. Noch nicht mal eine Fliege.«

»Na ja«, meinte Mila zögernd. »Du hast zwar keine Bremse gesehen, aber das bedeutet ja nicht, dass auch keine da war.«

»Und wenn da zweihundert Bremsen gewesen oder die leckersten Möhren der Welt durch die Box geschwirrt wären«, sagte Kay, »darf Willow trotzdem nicht nach dir schnappen, Ylvi.« Sie pikte mich mit dem Zeigefinger an. »Neulich ist sie dir ja auch schon auf den Fuß gelatscht.«

Ich nickte. Das hatte sie ja direkt mitbekommen. »Das ist aber noch nicht alles.« Jetzt erzählte ich den anderen noch von meinem Gespräch mit Corinna.

»Verdammt!« Kay stöhnte auf. »Es lief ja wirklich nicht besonders gut zwischen dir und Willow in der letzten Zeit. Aber dass sie dir gleich den Wanderritt mit Willow verbietet, das hätte ich nicht gedacht.«

»So weit ist es ja noch nicht«, wandte Josse ein. »Sie hat vor allem versprochen, dass sie herausfindet, was mit Willow los ist.«

»Ja, aber was ist, wenn das nicht rechtzeitig klappt?« Bei dem Gedanken wurde mir wieder ganz schlecht.

»Vielleicht hilft das mit dem Zaumzeug ja schon.« Josse ließ sich nicht aus der Ruhe bringen.

»Möglich.«

»Soll ich noch mal mit ihr reden?«, fragte Mila vorsichtig.

Oh ja, warum nicht? Nachdem ich jedoch kurz darüber nachgedacht hatte, zögerte ich. Corinna hatte sich klar und deutlich ausgedrückt. Es hatte nicht so geklungen, als gebe es noch Spielraum für andere Möglichkeiten. Außerdem wollte ich Mila nicht in eine dumme Situation bringen. Sie sollte nicht zwischen ihrer Mutter und mir stehen.

Andererseits … andererseits wusste ich gerade keine bessere Lösung. Es stimmte ja, momentan hatten Willow und ich eine Pechsträhne. Aber das musste nicht so bleiben. Bis zum Wanderritt waren es noch einige Wochen hin. Corinna würde mir helfen und darauf konnte ich mich verlassen. Aber vielleicht würde ein Gespräch trotzdem nicht schaden?

»Ja, mach das. Vielleicht hilft es.«

Als wir den Stall verließen, gab Corinna gerade einer der Ferienschülerinnen eine Reitstunde. Zu meiner Überraschung saßen Flavia und Marlene auf dem Zaun und sahen gespannt zu.

Wirklich erstaunlich, dass Marlene in letzter Zeit so oft auf dem Hollerhof war. Ich wollte ja gern glauben, dass es an unserem seit Neuestem so grandiosen Verhältnis lag, aber irgendetwas sagte mir, dass es dafür andere Gründe geben könnte.

»Flavia wollte gern noch einmal auf dem Shetlandpony reiten«, erklärte Marlene, als sie uns sah. »Ich hoffe, das ist okay. Flavia gefällt es total gut auf dem Hollerhof.« Sie lächelte verlegen. »Und mir eigentlich auch.«

Unter anderen Umständen wäre ich jetzt vor Freude im Dreieck gesprungen. Ich schluckte, um den Kloß in meinem Hals loszuwerden.

»Klar, ich hole Lucifer von der Weide«, sagte Mila, als ich nicht gleich antwortete.

»Kannst du Flavia heute ausnahmsweise alleine herumführen?«, fragte ich. »Wir wollen noch die neuen Strohballen in der Scheune stapeln.«

Marlene lächelte. »Das schaffe ich. Sollen wir das auf dem Reitplatz machen? Oder kommt da gleich die nächste Schülerin?« Sie wies auf Corinna, die soeben mit dem Reitermädchen und seinem Pferd Richtung Stall marschierte.

Ich warf Corinna einen Blick zu und spürte, wie ich errötete. Doch in dem Moment hob Corinna den Kopf und sah zu mir herüber. Sie lächelte und hob den Daumen. Sofort fühlte ich mich besser.

Da bemerkte ich Marlenes fragenden Gesichtsausdruck. Ich wandte mich schnell ab.

»Nee, du kannst auf den Reitplatz. Mila kommt gleich mit Lucifer und hilft dir dann. Lucifers Putzkasten ist in der Sattelkammer, den könnt ihr ja schon mal holen. Flavia, willst du das Pony dann erst mal putzen?«

Flavia nickte und grinste begeistert über das ganze Gesicht.

»Der Reitplatz ist frei, der nächste Unterricht findet erst heute Abend statt.«

Ich winkte ihnen noch mal zu und ging dann schnell

Richtung Scheune. Dort wartete ein Riesenberg Arbeit – genau das, was mir jetzt helfen würde.

Zwei Stunden später sank ich verschwitzt auf die Bank vor dem Stall. Wie erhofft hatte mir die Arbeit gutgetan, immerhin etwas.

Mila stieß mir den Ellenbogen in die Seite. »Guck mal, Ben. Der ist in letzter Zeit ganz schön oft hier.«

»Genau wie deine Schwester, Ylvi.« Josse grinste.

Ich schaute zum Reitplatz hinüber. Dort standen Ben und Marlene und unterhielten sich. Sie sahen aus, als hätten sie alles andere um sich herum vergessen. Was ein ziemliches Kunststück war, denn soeben wälzte sich Flavia nur drei Meter neben Lucifer im Sand, und dabei produzierten die beiden eine Staubwolke, die mit einem Saharasturm fast mithalten konnte.

Reife Leistung, das zu übersehen. Oder es ins Gespräch einzubauen, denn Marlene hüstelte kurz und Ben klopfte sich abwesend den Staub vom schwarzen T-Shirt.

»Die verstehen sich wirklich gut«, gab ich zu. »Erstaunlich. Sonst ist Marlene bei Fremden zurückhaltender.«

»Nicht wenn die Fremden so aussehen wie Ben«, sagte Kay und quetschte sich zu uns auf die Bank. »Zu große Hoffnungen sollte sie sich allerdings nicht machen. Ben weiß nicht, bis wann er bei uns bleiben will. Sehr lange hält er es nirgendwo aus. Und eine richtig feste Freundin hatte er auch noch nie. Nur immer so On-Off-Sachen.«

Oha. Das klang ja nicht so vielversprechend.

Ins Gespräch vertieft schlenderten die beiden zu uns, während Flavia und Lucifer immer noch über den Reitplatz tollten. Besser, ich behielt sie im Auge, denn offensichtlich war Marlene gerade nicht in der Lage, unsere kleine Schwester zu beaufsichtigen.

»Und, was machst du heute noch, Ben?«, unterbrach Kay ihre Unterhaltung.

»Ich treffe mich nachher mit einem Journalisten, der eine Reportage über Wölfe schreibt«, erzählte Ben. »Er ist an meinen Wolfsfotos interessiert.«

»Ich dachte, du bist in Kanada mit einem Profifotografen unterwegs gewesen«, hakte Josse nach.

»Ja, mit Louis.« Ben nickte. »Ich habe aber auch selbst Fotos gemacht. Über die kann ich natürlich verfügen.« Er holte Luft. »Ich finde es krass, wie hier mit wilden Tieren umgegangen wird. Dabei gehören sie zu unserem Lebensraum. Außerdem waren es Menschen, die die großen Raubtiere vertrieben oder sogar ausgerottet haben. Und nun ist die Natur so dicht besiedelt und zugebaut, dass sich die Wölfe Nischen suchen müssen, um zu überleben.«

An dieser Stelle bemerkte ich, wie Josse den Mund öffnete – und wieder schloss. Anscheinend wollte er Bens Redefluss nicht unterbrechen.

»Es ist gut, wenn Rehe und andere Wildtiere nun bei uns wieder einen natürlichen Feind haben. Die Wölfe suchen sich ja vor allem kranke oder schwache Tiere heraus. Und das ist zum Beispiel bei den Rehen wichtig, denn die fressen jede Menge Triebe von den jungen Bäumen.«

»Ja, aber für die Rehe sind die Jäger zuständig, oder nicht?«, fragte Josse. »Und selbst wenn ich nur ein schwaches Reh oder Schaf wäre, dann würde ich trotzdem an meinem Leben hängen.«

»Das gehört zum Kreislauf der Natur. Fressen und gefressen werden.« Ben sah uns der Reihe nach an und seine Augen glänzten.

Puh, über all das hatten wir ja neulich schon diskutiert. Bei mir hatte sich da nichts verändert. Ich konnte immer noch die Argumente für wie auch gegen Wölfe verstehen. Wie sollte man da entscheiden, was richtig oder falsch war?

»Habt ihr es gehört?«, fragte Mila da. »Vor einiger Zeit ist ein Fohlen auf einer Weide von Wölfen totgebissen worden. Die übrige Herde konnte es nicht beschützen.«

Ich erschrak. Wie furchtbar!

»Ja, im Rudel jagen Wölfe auch große Tiere wie Elche, Moschusochsen oder Hirsche«, gab Ben zu. »Aber hier ernähren sie sich vor allem von Rehen und Hasen.«

»Das hat sich wohl ein bisschen geändert«, entgegnete Josse spitz.

Ben warf einen Blick auf seine Armbanduhr. »Ich muss los, sonst komme ich zu spät zu dem Termin. Wir sehen uns.«

Er lächelte Marlene an und nickte uns zum Abschied zu.

Nachdenklich sah ich ihm hinterher. So richtig einschätzen konnte ich ihn noch nicht – es war ein bisschen so, wie es mir mit den Wölfen auch ging.

KAPITEL 15

Corinna hielt Wort. Gleich am folgenden Nachmittag kam die Sattlerin auf den Hollerhof.

Vroni war mir auf den ersten Blick sympathisch.

»Na, wollen wir uns mal deinen Sattel anschauen?«, fragte sie Willow und streckte ihr zur Begrüßung die Hand hin.

Willow beschnupperte Vroni und senkte dann entspannt den Kopf.

Ich fing einen Blick von Corinna auf.

»Vroni ist die beste Sattlerin weit und breit«, sagte sie. »Wenn etwas mit dem Sattel ist, dann findet sie es.«

Vroni sah zu, wie ich Willow behutsam den Sattel auf den Rücken legte und langsam den Gurt befestigte.

»Zuerst überprüfe ich die Auflagefläche«, erklärte sie und fuhr mit der flachen Hand unter dem Sattel entlang. »Das wirkt schon mal ganz gut. Auch die Sattelkammer ist weit genug.«

Gemeinsam gingen wir zum Reitplatz.

»Reite sie in allen Gangarten, damit ich sehen kann, wie der Sattel in der Bewegung liegt.«

Mit gerunzelter Stirn beobachtete sie, wie ich Willow über den Platz dirigierte. Mein Magen kribbelte vor Aufregung. Ob sie irgendetwas finden würde?

»Nein, ihre Schulter hat im Schritt und im Trab genügend Bewegungsfreiheit unter dem Sattel. Und der Schwerpunkt liegt auch genau dort, wo er sein muss«, rief Vroni mir zu. »Das schaue ich mir jetzt aber auch noch mal im Galopp an.«

Für einen Moment lang vergaß ich beim Galoppieren alles um mich herum. Fast war es so wie früher – wir schwebten geradezu durch die Reitbahn.

Nach zehn Minuten rief sie uns zu sich.

»Und?«, fragte ich und gab Willow eine ganze Parade zum Halten.

»Alles bestens.« Sie grinste. »Ist das keine gute Nachricht? Du guckst ja nicht gerade begeistert.«

»Doch, klar, das ist eine gute Nachricht …«, begann ich.

»… aber eigentlich wäre es uns lieber gewesen, du hättest etwas gefunden«, beendete Corinna für mich den Satz. »Dann wüssten wir, wo das Problem liegt.«

»Tut mir leid, damit kann ich nicht dienen.« Vroni strich Willow über den Hals. »Diese Dame hat genau den Sattel, der optimal zu ihr passt.«

Später quälten Josse, Mila und ich uns durch die Stallarbeit, was bei dem schwülwarmen Wetter ausnahmsweise keine Freude war.

Während ich die Pferdeäpfel aus Willows Box sammelte, atmete ich tief ein. Es roch nach frisch geschnittenem Gras und irgendwie würzig. Kamille vielleicht? Verschwitzt stützte ich mich auf die Mistgabel. Die Luft war so dick und schwer, dass jeder Atemzug ein bisschen Kraft kostete. Bestimmt würde es heute ein Gewitter geben.

Ich beobachtete, wie im Hof die Schwalben im Sturzflug über das Pflaster schossen. Noch ein Anzeichen für Regen. Hing das nicht irgendwie mit dem Luftdruck zusammen, wie hoch die Insekten flogen? Ich zog die Stirn kraus.

»Was ist los?«, fragte Josse und boxte mich im Vorbeigehen spielerisch in die Seite. »Starrst du nur Löcher in die Luft und drückst dich vor der Arbeit oder brütest du über einem mathematischen Problem?«

»Keins von beidem.« Ich zögerte und erzählte ihm, was mir durch den Kopf ging.

Josse lachte. »Ich glaube, du liegst richtig. Es wird Regen geben.«

»Aber erst heute Abend«, sagte Mila. Gonzo stand im Mittelgang und schnoberte über meine dünne Stallweste.

»Da ist nichts, Moppelchen.« Ich zog spielerisch an seiner hochstehenden Mähne.

»Und wenn da etwas wäre, würdest du es nicht bekommen«, sagte Mila streng. »Du bist auf Diät! Wie weit seid ihr? Ist Kay schon da? Wir wollten doch wieder Ausdauertraining machen.«

»Bin schon zur Stelle.« Kay kam aus der Sattelkammer in den Stall und schulterte Mortimers Halfter. »Holen wir die anderen Pferde von der Weide?«

Mortimer wieherte, als er Kay sah, und Sally trabte sogar auf Josse zu. Nur Willow trottete ans andere Ende der Weide und zeigte uns das Hinterteil.

Na, herzlichen Dank!

So langsam reichte es mir mit diesen Zicken. Einigermaßen genervt knallte ich das Gatter zu. Aber heute würde sie nicht nach mir schnappen, auf keinen Fall!

Ich stapfte mit Kay über die Wiese, während Josse bereits Sally von der Koppel zu Mila und Gonzo führte, die auf der anderen Seite des Zauns auf uns warteten.

Kay marschierte auf Mortimer zu und legte ihm umstandslos das Halfter an. Sie machte ein paar Schritte Richtung Gatter, blieb dann jedoch stehen und warf mir einen Blick zu.

»Kommst du allein klar?«

Was sollte das denn heißen? Traute sie mir jetzt gar nichts mehr zu?

»Natürlich«, entgegnete ich beleidigt. »Ich bin durchaus in der Lage, ein Pferd von der Weide zu holen.«

Kays Mund wurde schmal. »Natürlich bist du das. Ich dachte nur …« Sie ließ den Rest des Satzes in der Luft hängen.

Ich wusste genau, worauf sie anspielte. Und eigentlich war ich auch dankbar für ihre Besorgnis. Sonst war sie ja nicht so der fürsorgliche Typ. Aber nach gestern lagen meine Nerven nun mal blank und das bekam nun Kay zu spüren.

Na ja, besser sie als Willow.

Und wo wir schon bei dem Gedanken waren … Entschlossen stiefelte ich auf sie zu.

»Also los, Süße, packen wir es«, stieß ich hervor, während ich den Strick vom Halfter schwingen ließ, was hoffentlich ganz locker und entspannt wirkte. »Hast du Lust auf einen Ausritt?

Anscheinend nicht.

Willow zuckte mit den Ohren und trabte aus meiner Reichweite. Verdammt … Ich biss die Zähne zusammen. Nächster Versuch. Dieser endete wie der erste und die folgenden drei ebenfalls. Jedes Mal, wenn ich mich ihr näherte, sauste Willow davon. Ob das an der Hitze lag? Tja, am liebsten hätte ich mich auch ausgezogen und wäre zur Abkühlung in den Fluss gesprungen. Enttäuschung und Frust ließen mich jetzt noch mehr schwitzen. Und ich wurde wütender. Obwohl ich genau wusste, wie sinnlos das war. Trotzdem nahm ich Anlauf und rannte auf Willow zu, um ihr den Weg abzuschneiden.

Es war nichts zu machen. Willow ahnte jeden meiner Schritte voraus. Sie schoss an mir vorbei und schloss sich Lucifer und den anderen Ponys an, die das Schauspiel aus sicherer Entfernung beobachteten.

Aus dem Augenwinkel bemerkte ich Josse, Kay und Mila am Zaun.

»Hey, Ylvi, hör auf«, rief Kay mir zu, doch ich ignorierte sie und jagte weiter im Zickzack hinter Willow her.

»Warte, Ylvi, ich helfe dir«, sagte Mila, als wir an ihr vorbeikamen.

»Nur über meine Leiche«, zischte ich im Vorbeirennen. »Das muss ich allein schaffen.« Und das würde ich auch!

Das nächste Verfolgungsmanöver schlug fehl. Verdammter Mist! Ich stieß einen Schrei aus. Einen Schrei, der all meine Gefühle auf einmal hervorbrachte. Zorn, Enttäuschung, Hilflosigkeit, Trauer ... Alles hatte sich zu einem gärenden Eintopf zusammengebraut und quoll nun aus mir heraus.

Jetzt galoppierten die Pferde über die Koppel. Und zwar alle!

Mortimer wieherte durchdringend hinter dem Zaun und Sally trippelte nervös auf der Stelle.

Keuchend stützte ich die Hände auf die Knie. Wie zum Kuckuck kam ich nur an Willow heran?

Da spürte ich eine Hand auf der Schulter. Ich zuckte zusammen.

Kay. Konnte sie mich nicht in Ruhe lassen?

»Was ist?«

Kays Blick wurde hart. »Du machst die Pferde verrückt. Jetzt lass dir gefälligst helfen.«

Ich presste die Lippen aufeinander, doch es half nichts: Kay versetzte mir einen Schubs Richtung Gatter. »Los, geh zu den anderen. Ich mache das für dich.«

Plötzlich fühlte ich mich wie ein aufgeblasenes Badetier, aus dem plötzlich der Stöpsel gezogen wurde. Mit gesenktem Kopf stapfte ich zum Gatter.

»Hey, ist doch nicht so schlimm«, sagte Josse leise, und Mila strich mir sanft über den Arm.

Doch, das war es. Es war schlimm! Ich war nicht in der Lage, mein Pferd allein von der Koppel zu holen. Wenn noch nicht mal das klappte, konnte ich mir den Wanderritt wirklich abschminken.

Ich fing an zu schluchzen, und Mila nahm mich fest in die Arme, doch auch das tröstete mich nicht. Ich konnte Willow nicht mal überzeugen, mit mir von der Weide zu kommen. Wie sollte da alles andere funktionieren?

Ich weinte und bemerkte dabei gar nicht, wie Kay hinter

mir Willow durch das Gatter führte und sie direkt neben mich stellte.

Und dann passierte das Unglaubliche: Willow brummte leise und beschnupperte sanft mein Haar. Jetzt weinte ich noch mehr. Es war nicht zum Aushalten! Mal war es wie früher zwischen uns, dann wieder fühlte es sich an, als würde ich dieses Pferd überhaupt nicht kennen. Was sollte ich nur tun?

KAPITEL 16

»Nenn mir deinen Herzenswunsch«, verlangte die Fee und kratzte sich mit dem spitzen Ende ihres Zauberstabs hinter dem Ohr, bevor sie dazu überging, sich damit die Fingernägel zu säubern.

»Meinen ... meinen Herzenswunsch?«, stammelte ich. Das kam ziemlich unerwartet.

Die Fee wippte ungeduldig auf den Fußballen.

»Jetzt oder eben gar nicht«, schnauzte sie. »Glaubst du, ich kann meine Zeit mit dreizehnjährigen Mädchen vertrödeln? Ich habe heute noch ein paar Prophezeiungen zu erledigen. Und zwei verdammt komplizierte Flüche. Wenn ich mich nicht ranhalte, kann ich meinen Feierabend vergessen. Also, dein Herzenswunsch?«

Sie trat einen Schritt vor und pikte mir mit dem Zauberstab in die Wange.

»Lass das!« Ich drehte den Kopf weg, doch das Piken wurde zu einem unangenehmen Stechen, direkt unterhalb des Auges. Ich schlug nach dem Zauberstab, der sich im selben Moment in einen Bleistift verwandelte.

Keuchend riss ich die Augen auf. Draußen war es dunkel, es musste mitten in der Nacht sein. Ich schaltete die Nachttischlampe ein. Um mich herum türmten sich Kissen, Decken, Bücher, meine blaue Hasen-Wärmflasche und Zorro – all das vertraute Zeug, das ich gestern in meinem Bett verstreut hatte, um besser einschlafen zu können. Die Fee war verschwunden.

Tja, wahrscheinlich kein großer Verlust. Wobei ... ein bisschen schade war es schon, die Sache mit dem Herzenswunsch. Was hätte ich ihr antworten sollen?

Den einen, einzigen Herzenswunsch hatte ich ja nicht, stattdessen liefen lauter Sachen schief und ich wollte sie alle geradebiegen! Oder musste ich mich entscheiden?

Ich rollte mich auf die Seite und zog die Beine an den Bauch. Auf jeden Fall sollte mit Willow alles wieder so sein wie vorher. Wir hatten uns doch blind verstanden! Und beim Wanderritt wollte ich auch unbedingt mitmachen. Aber nur mit Willow! Plötzlich fiel mir Lukas ein ... Übermorgen würde er Peanut auf den Hollerhof bringen, bei der Vorstellung musste ich lächeln. Auf Birkenmoor waren wir ja jeden Tag zusammen bei den Pferden gewesen, jetzt würde es wieder so sein. Während ich noch darüber nachdachte, schlief ich wieder ein.

Als ich das nächste Mal aufwachte, stand Marlene vor meinem Bett.

»Was ist los?«, schnaufte ich. Mein Kopf brummte, und es fühlte sich an, als hätte ich kaum ein Auge zugetan. Mühsam versuchte ich, den Wecker zu erkennen. Acht Uhr? Oh Mann, und das in den Ferien.

»Was ist denn los?«, wiederholte ich und zog die Decke bis zur Nasenspitze.

»Tust du mir einen Gefallen?« Marlene ließ sich auf die Bettkante fallen, mit so viel Schwung, dass ich auf der Matratze einen kleinen Satz machte. Sie lehnte sich an mich und zog die Beine an.

»Was denn?« Hatte das nicht Zeit bis später? Ich wollte einfach nur weiterschlafen.

»Ich bin dran mit Einkaufen. Und mit Rasenmähen. Aber ich habe mich heute früh spontan mit Jule verabredet. Beides schaffe ich nicht.« Sie machte eine Pause.

»Und?«, grunzte ich und gähnte.

»Übernimmst du das Mähen für mich?«

Rasenmähen? Ich seufzte. Eigentlich hatte ich gleich nach dem Frühstück zum Hollerhof radeln wollen. Da fiel mir die Nachricht von Mila ein, die sie mir gestern Abend geschickt hatte.

»Morgen 11 Uhr will Mama mit dir noch ein anderes Zaumzeug ausprobieren. Hast du Zeit?«

Perfekt, je eher es voranging, desto besser. Aber das Rasenmähen würde ich locker vorher schaffen.

»Okay«, willigte ich ein und strampelte die Decke weg. »Ist quasi schon erledigt.«

»Jetzt geh endlich an!« Ich versetzte dem Rasenmäher einen weiteren Tritt. Der war anscheinend überzeugender als die beiden vorangegangenen Misshandlungen, denn nun sprang der Rasenmäher blubbernd an.

Na also. Wenigstens mit der Maschine kam ich zurecht, wenn es schon mit Pferden nicht funktionierte. Speziell mit einem ganz bestimmten Pferd.

Ich zerrte am Griff und donnerte mit dem Rasenmäher über das kleine Stück Wiese im Vorgarten. Krachend zerbrach eins von Flavias Sandspielzeugen.

Huch. Na ja, Schwund war immer.

Anschließend drehte ich das Ding um hundertachtzig Grad und gurkte damit nach hinten. Dort war der Rasenteil wesentlich größer, denn bei unserem Haus gab es als einzigem in der Straße weder liebevoll gehegte Blumenrabatten noch gepflegte Gemüsegärten.

Das Gras wuchs ziemlich hoch, weil Papa ewig nicht zum Mähen gekommen war. Und jetzt, kurz bevor man eine Sense gebraucht hätte, hatte Marlene das ausgerechnet mir aufs Auge gedrückt.

Keuchend und schimpfend fuhr ich kreuz und quer durch den Garten. Schön sah es zwar nicht aus, aber wenigstens kurz, jedenfalls an den meisten Stellen, also konnte ich jetzt guten Gewissens losradeln.

Auch auf dem Hollerhof verbesserte sich meine Laune nicht, denn der Test mit dem neuen Zaumzeug brachte genau: gar nichts!

»Vroni hat neulich gesagt, dass Willows Sattel perfekt sitzt«, sagte ich zu Mila. »Und die beiden Zaumzeuge haben auch nichts geändert. Was zum Teufel ist dann los?«

Mila hob die Schultern und schnitt eine Grimasse. »Es ist mir echt ein Rätsel.«

KAPITEL 17
Ben

Leises Klopfen. Er hob den Kopf. »Ja?«

Kay schob die Tür auf. »Hey, du, machst du gerade was Wichtiges?«

»Kommt drauf an, wie du ›wichtig‹ definierst.« Er drückte auf »Speichern«, um die bearbeiteten Fotos zu sichern. »Was gibt's?«

»Kannst du mir dann einen Gefallen tun?«

»Klar, worum geht's?«

Kay kam herüber und lehnte sich gegen den Schreibtisch. »Mama hat einen Zahnarzttermin für mich gemacht. Aber in der Praxis dauert es immer ewig. Würdest du heute Nachmittag ausnahmsweise für mich nach Mortimer sehen?«

Nach Mortimer? Ausgerechnet! Für Kay hätte er fast alles getan. Aber ihr Pferd betüddeln ... das war jetzt nicht unbedingt sein Liebstes.

Er verzog das Gesicht. »Kann Mortimer nicht ein paar

Stunden ohne dich auskommen? Die engsten Freunde sind wir ja nicht gerade.«

Kay kicherte. »Ach was, das schaffst du schon.« Sie zögerte. »Gestern war seine eine Fessel etwas warm. Ich will nur sichergehen, dass da nichts ist. So kurz vor unserem Wanderritt muss ich wissen, dass er auch wirklich fit ist.«

Er riss die Augen auf. »Ich soll seine Beine anfassen? Weißt du, mit Wölfen, Orang-Utans oder Geparden habe ich keine Probleme, aber bei Mortimer …«

Kay trat einen Schritt vor. »Das weiß ich doch. Normalerweise hätte ich dich ja auch nicht gefragt. Aber ich erreiche Ylvi nicht. Josse begleitet seine Eltern zu irgendeinem Amt und Mila ist mit Corinna unterwegs.« Sie sah ihn flehentlich an.

Er seufzte. »Ist gut, ich mache es.« Er konnte ihr sowieso nie etwas abschlagen. »Welches Bein ist es denn?«

»Vorne links«, antwortete Kay. »Aber schau dir sicherheitshalber auch die anderen drei an.«

Klasse. Dann gab es ja noch drei Möglichkeiten mehr, dass ihn das garstige Biest mit einem Tritt erwischte.

»Keine Bange, ich zieh mich kurz um, dann düse ich los«, beruhigte er Kay. »Ich schicke dir dann eine Nachricht, wenn ich alles erledigt habe.«

Vielleicht hatte er ja Glück und Marlene war auch auf dem Hollerhof. Er hatte sie die letzten zwei Tage gar nicht zu Gesicht bekommen. Plötzlich gefiel ihm die Idee, den Nachmittag auf dem Hollerhof zu verbringen. Er schwang die Beine aus dem Bett.

»Danke«, rief Kay und umarmte ihn. »Dafür hast du bei mir etwas gut.«

Mortimer legte zur Begrüßung die Ohren an, als er den Paddock betrat.

»Sag mal, warum bist du so voreingenommen? Gib mir doch wenigstens eine Chance. Außerdem will ich nur kurz nach deinen Beinen sehen. Einmal alle vier Gräten anfassen, schon ist der Fall erledigt.«

Zur Antwort drehte Mortimer ihm das Hinterteil zu.

Puh, das fing ja gut an. Also noch mal von vorn. »Bist ein braver Junge. Wenn du gut mitmachst, bekommst du auch eine Möhre.«

Kay hatte ihm eingeschärft, Mortimer seine Möhre ja nicht auf dem Paddock zwischen den anderen Pferden zu verabreichen, damit diese nicht futterneidisch wurden.

Aber über Möhren reden und Mortimer den Mund wässrig machen konnte ja nicht schaden.

Der sprang jedoch nicht besonders auf seine Lockversuche an. Er reckte den Hals und rupfte ein dickes Büschel Gras hinter dem Zaun ab. Dann schwenkte er unerwartet schnell zu ihm herum.

Pferdespucke und abgebissene Grasstückchen spritzten ihm ins Gesicht.

»Hey! Das ist aber nicht die feine Art«, beschwerte er sich. »Benimm dich!«

Vielleicht hätte er lieber anstelle von Kay zum Zahnarzt fahren sollen. Aber dann gab er sich einen Ruck. Er würde doch wohl mit einem Pferd fertigwerden, auch wenn es noch so widerspenstig war.

Er sah sich um. Heute war es ungewöhnlich ruhig auf dem Hollerhof. Ein paar der jüngeren Reitschülerinnen hatten sich vor dem Stall um ein winziges Shetlandpony versammelt. Abgesehen davon sah er nur Ylvi in der Sattelkammer verschwinden, ansonsten wirkte der Hof wie ausgestorben. Gut so!

»Also, mein Lieber«, brummte er versöhnlich. »Wir können das entweder hier regeln oder ich nehme dich mit auf den Putzplatz und schaue dich angebunden an.«

Um seinen Worten Nachdruck zu verleihen, wedelte er mit dem Halfter herum.

Mortimer trat einen Schritt zurück. Er setzte ihm nach. Doch bevor er ihn erwischte, wieherte Mortimer und trabte einige Schritte weiter.

Ben lehnte sich gegen den Zaun und wischte sich über die Stirn. Verdammt, das hatte er sich leichter vorgestellt.

»Kann ich dir helfen?«

Er fuhr herum. Auf frischer Tat ertappt.

Ylvi. Ein Glück! Wäre es ihre Schwester gewesen …

»Ähm, eigentlich nicht.«

Das Mädchen mit der verstrubbelten kurzen Lockenmähne sah ihn prüfend an. »Wirklich?«

Er hob die Schultern. »Na ja, vielleicht doch. Weißt du, das Wolfsrudel in Kanada, dem wir wochenlang gefolgt sind, hat mir keine Angst gemacht. Aber Mortimer …«

Er deutete in Richtung des schwarzen Wallachs, der einige Meter von ihnen entfernt stand und sie misstrauisch beäugte.

»Also, vor Mortimer habe ich schon ein bisschen Respekt.«

Ein Grinsen breitete sich auf Ylvis Gesicht aus, so unbeschwert und lustig, dass er automatisch mitgrinsen musste.

»Weißt du, was, so ging es mir mit Mortimer am Anfang auch«, erzählte sie und nahm ihm das Halfter ab. »Aber eigentlich musst du nur wissen, wie du Mortimer nehmen musst.«

Plötzlich verdüsterte sich ihr Ausdruck. Er stutzte. Irgendetwas schien ihr Kummer zu bereiten. Was wohl dahintersteckte? Doch noch während er sie forschend musterte, verzog sich der traurige Anflug ebenso schnell wie eine Wolke vor der Sonne.

»Ich helfe dir«, sagte sie energisch.

Er schaute noch einmal Richtung Stall. Sollte er das wirklich zulassen? Eigentlich sollte er doch wohl in der Lage sein, einem verdammten Gaul die Beine zu fühlen.

Doch dann folgte er Ylvi. Ein bisschen Unterstützung konnte schließlich nicht schaden.

Ylvi ging zu Mortimer und hielt ihm zur Begrüßung die Hand unter die Nase. So weit, so bekannt. Etwas anderes hatte er eben auch nicht gemacht.

Aber was war das? Mortimer senkte willig den Kopf und ließ sich von Ylvi das Halfter samt Führstrick anlegen!

Wenige Sekunden später standen die beiden grinsend vor ihm. Wirklich! Er hätte schwören können, dass auch Mortimer von einem Ohr zum anderen grinste. Dieser Satansbraten! Wortlos griff er nach dem Führstrick, den Ylvi ihm hinhielt, und marschierte mit dem nun lammfrommen Mortimer zum Hofplatz.

»Willst du reiten?«, fragte Ylvi neugierig.

Er und Reiten? Nie im Leben. Höchstens auf einem der Robustpferde in der Mongolei, um die Steppe zu durchqueren.

Ja, wenn es um so etwas ging, dann würde er sich aufs Pferd schwingen. Aber auf einem schnöden Ponyhof? Und dann noch auf Mortimer?

Er lachte und schüttelte den Kopf. »Nee, ich tue nur Kay

einen Gefallen. Sie hat dich nicht erreicht und deshalb soll ich seine Beine untersuchen.«

Nun sah Ylvi besorgt aus. »Oje, mein Akku war vorhin leer. Wenn du nichts dagegen hast, schaue ich ihn mir gleich auch noch mal an. Wir wollen ja bald den Wanderritt machen. Wobei …«

Wieder dieses Zögern. Diesmal war es keine Einbildung. Im Gegenteil. Jetzt sah Ylvi aus, als würde sie sich die Tränen verkneifen.

»Alles in Ordnung?«

»Ja«, sagte sie mit belegter Stimme, wich einen Schritt zurück und nickte gleichzeitig.

Sie gingen zum Anbindebalken vor dem Stall.

»Weißt du, wie du ihn festbindest?«

»Palstek? Höhlenknoten? Kreuzknoten?« Er zwinkerte ihr zu. »Welcher Knoten darf's denn sein?«

Sie lachte auf. Schön. Wenigstens hatte er sie ein wenig aus ihrer düsteren Stimmung gelockt.

»Keiner von den dreien. Wir machen einen Panikknoten. Und der geht so.«

Beim fünften Mal hatte er es endlich begriffen. Na ja, sie wusste ja zum Glück nicht, wie viele Stunden er an den anderen Knoten gesessen hatte, bis er die beherrschte.

»Dann wollen wir mal«, sagte er und bückte sich, um Mortimers Vorderbeine zu befühlen.

Hm. Das eine Bein schien ihm einen Tick wärmer als das andere zu sein. Aber welches hatte Kay vorhin erwähnt?

Sicherheitshalber tastete er auch die Hinterbeine ab. Was nicht so einfach war. Mortimer riss ihm das Bein aus der Hand und setzte den Huf donnernd auf das Hofpflaster. Es dauerte eine ganze Weile, bis er so still hielt, dass Ben auch die Hinterbeine entlangstreichen konnte.

Alles normal – keine Beule, keine übermäßige Wärme.

»Ich bin ja fast fertig, du Unhold«, beschwerte er sich, als Mortimer ihm ungeduldig seinen Schweif durchs Gesicht fegte.

Nur zur Sicherheit noch einmal vorn gegenchecken.

»Und?«

Wieder war Ylvi zur Stelle. Wie eine gute Fee. Ob ihr das schon mal jemand gesagt hatte?

Er richtete sich auf. »Das linke Vorderbein ist etwas wärmer.«

Ylvi fuhr das Bein entlang, einmal links, einmal rechts, dann wieder links.

»Sehr gut«, sagte sie. »Kaum zu merken, aber ich glaube, du hast recht.« Sie runzelte die Stirn. »Hm, vielleicht hat er sich nur ein bisschen vertreten. Einen Insektenstich habe ich jedenfalls nicht gespürt.«

»Ich auch nicht. Und was machen wir jetzt? Soll ich Kay

vom Zahnarztstuhl holen? Sie hätte bestimmt nichts dagegen.«

Wieder dieses glucksende Lachen. Marlenes schien ihm eine Nuance heller, aber sicher war er sich nicht. Er musste sich unbedingt merken, dass er sie schnellstmöglich wieder zum Lachen bringen wollte.

Ylvi schüttelte den Kopf. »Nee, das ist nicht nötig. Geh doch rüber zum Abspritzplatz und kühle das Bein vorsichtig mit einem Wasserstrahl.« Sie wandte sich ab. »Und ich suche die Nummer vom Tierarzt raus. Sicher ist sicher.«

Er nickte. Das Bein kühl abspritzen? Ob Mortimer das gefallen würde? Er seufzte. Das würde er sicher ziemlich schnell herausfinden. Und wenn nicht, hatte er keine Zweifel, dass Mortimer ihm auch das unmissverständlich klarmachen würde.

»Hallo!«

Er fuhr herum. Anscheinend lag es in dieser Familie, unvermutet hinter einem aufzutauchen.

»Hallo.« Er lächelte.

Marlene stellte sich auf die Zehenspitzen und schaute über Mortimers Rücken. »Ist Ylvi hier?«

»Sie wollte eine Telefonnummer suchen.«

Marlene betrachtete ihn neugierig. »Und was machst du hier?«

Ihre blonden Haare leuchteten vor Mortimers dunkler

Mähne ganz besonders. Für einen Moment geriet er ins Träumen.

Er riss sich los, als Marlene ihn fragend musterte.

»Kay hat mich hergeschickt«, erklärte er. »Sie ist besorgt wegen Mortimers Bein. Es ist etwas warm.«

Marlenes Miene hellte sich auf. »Und jetzt kümmerst du dich um Mortimer? Das ist ja lieb! Wo du doch Angst vor ihm hast.«

Ah, das hatte sie sich also gemerkt?

»Ich würde es eher gesunden Respekt nennen.« Er klopfte Mortimer grinsend auf die Kruppe, was dieser prompt mit einem weiteren Schweifschlag ins Gesicht quittierte.

Danke, Kumpel! Echt cool.

Marlene lachte. »Wenn du magst, halte ich Mortimer fest, während du das Bein kühlst.« Sie nahm den Führstrick in ihre Hand.

»Gern!« Das lief ja besser als erwartet. Ylvi konnte sich ruhig noch etwas Zeit lassen.

KAPITEL 18

»Du machst ja ein Gesicht wie sieben Monate Regenwetter«, sagte Kay, als ich am nächsten Morgen in den Stall kam.

»Sieben Tage«, verbesserte ich automatisch.

»Weiß ich, Süße«, meinte Kay lässig. »Aber wenn man etwas verändert, achten alle gleich viel mehr auf das, was man sagt. Solltest du dir merken.«

Mila und Josse tauchten in der Stalltür auf.

»Ich brauche eine Eingebung«, verkündete ich. »Was soll ich denn jetzt machen?«

»Was meinst du denn?« fragte Josse.

»Zaumzeuge, Sattel, das hat bei Willow alles nichts gebracht.«

»Solltest du da nicht noch etwas geduldiger sein?«, fragte Kay.

»Mir läuft die Zeit davon«, widersprach ich.

Mila legte mir die Hand auf den Arm. »Was immer du vorhast, ich bin dabei.«

»Ich auch«, sagte Josse.

»Gut, wie gehen wir das jetzt weiter an?«, überlegte Kay.

»Keine Ahnung. Aber ich will mit Willow auf den Wanderritt gehen. Abgesehen davon habe ich sowieso kein anderes Pferd.«

»Leicht wird das wahrscheinlich nicht.« Kay fuhr sich durchs Haar. »Ich habe das Gefühl, Willow tanzt dir ganz schön auf der Nase herum. Vielleicht ist es das. Du musst einfach mehr bestimmen, wo es langgeht.«

Ich schnitt eine Grimasse. Ob das wirklich die Lösung war?

In diesem Moment fuhr ein Transporter rumpelnd über das Kopfsteinpflaster, direkt dahinter folgte Corinna in ihrem klapprigen Kombi.

»Lukas«, sagte Josse. »Passt genau, Peanuts Paddock ist gerade fertig geworden.«

Kay verkrümelte sich zu Mortimer auf die Weide, während Josse und Mila mit Corinna im Stall verschwanden. Ich schlenderte zum Transporter.

Lukas' Mutter ließ das Fenster herunter. »Ylvi, wie schön. Wann kommst du endlich mal wieder zum Pizzaessen vorbei?«

»Ähm, bestimmt demnächst«, stotterte ich überrumpelt.

»Ihr habt euch doch nicht etwa gestritten?«, fragte sie und grinste.

»Nein, natürlich nicht«, antworteten Lukas und ich gleichzeitig. Lukas' Wangen färbten sich knallrot – wahrscheinlich sah ich genauso aus, so heiß, wie mir plötzlich wurde. Bevor seine Mutter noch etwas sagen konnte, liefen wir nach hinten und öffneten die Ladeklappe. Kurz darauf stand Peanut auf dem Hofplatz und schaute sich mit hocherhobenem Kopf um.

»Dann bis heute Abend, Schatz.« Lukas' Mutter winkte uns noch einmal zu, bevor sie über das ramponierte Kopfsteinpflaster davonrumpelte.

Während wir Peanut zum nächsten freien Paddock führten, warf Lukas mir einen Blick zu. »Alles okay?«

»Ja, wieso?«

»Weil du so blass bist.« Er blieb stehen und versperrte mir dabei halb den Weg. »Und richtig glücklich siehst du auch nicht aus.«

»Ach, es ist immer noch schwierig zwischen Willow und mir.« Ich berichtete kurz, was passiert war, seit wir uns das letzte Mal gesprochen hatten.

Sobald ich aufhörte zu reden, trat er einen Schritt auf mich zu. »Hey, das schaffst du schon.«

Er lächelte mich an und in meinem Bauch kribbelte es, als wimmelte es darin von Ameisen. Hatte er schon immer dieses Grübchen in der Wange gehabt? Jetzt fing mein Gesicht schon wieder an zu glühen.

»Wenn jemand überzeugend ist, dann ja wohl du«, sagte er zuversichtlich und stupste mich sanft an.

»Ja, vielleicht.« Er war mir so nah, dass ich plötzlich seinen Geruch wahrnahm, ein bisschen Minze, dazu das frisch gewaschene Sweatshirt und noch etwas anderes, Herbes. Ich schluckte und sah ihm in die Augen, doch plötzlich ruckte Peanut ungeduldig am Halfterstrick.

»Ist gut, es geht ja schon weiter.« Lukas wandte sich um und kraulte Peanuts Hals, was mir die nötigen Sekunden verschaffte, damit ich einmal kräftig durchatmen konnte. Was war das denn eben gewesen?

Kurz darauf vergewisserten wir uns noch einmal, dass Peanut auf dem Paddock gut untergebracht war, dann gingen wir zu den anderen, die schon vor der Sattelkammer warteten.

Mila studierte wieder einmal den dicken Bildband über das Wanderreiten. »Wir fangen heute mit Konditionstraining an. Und nachher treffen wir uns auf dem Sofa und üben den Umgang mit dem Kompass.«

»Wieder Konditionstraining?«, fragte Kay und stöhnte leise.

»Aber nur für die Pferde, oder?« Josse setzte sich auf die Bank vor dem Stall und streckte die Beine aus.

»Was denkst du?« Mila grinste boshaft. »Zuerst joggen wir zum Fluss und zurück, dann legen wir mit den Pferden los.«

»Oh Mann, ernsthaft?« Kay raufte sich die Haare. »Na, was soll's, ich habe sowieso nichts Besseres vor. Seit Ben deine Schwester kennengelernt hat, bekomme ich ihn eh kaum noch zu Gesicht.« Sie stupste mich mit der Fußspitze an.

»Geht mir mit Marlene genauso«, gab ich zurück.

»Also, dann legen wir los«, unterbrach Mila uns und schaute in die Runde. »Habt ihr eure Turnschuhe und Sportsachen dabei?«

Sie erntete zustimmendes Gemurmel, auch wenn es nicht gerade begeistert klang.

Eine Stunde später war das Schlimmste überstanden. Jedenfalls dachte ich das, als wir unsere Pferde auf den großen Reitplatz führten.

Zunächst übten wir Wendungen im Schritt. Dann folgten Trab und Galopp im Wechsel, unterbrochen von kurzen Schrittphasen am hingegebenen Zügel. Ich war ziemlich beeindruckt. Mila hatte ein richtiges Intervalltraining zusammengestellt.

Nach einer halben Stunde beorderte sie uns zu sich.

»Peanut, Sally und Mortimer haben schon eine gute Kondition«, stellte sie fest.

Kay ließ Mortimer anhalten. »Also müssen Josse, Lukas und ich kein besonderes Training mehr absolvieren?«

»Das könnte dir so passen. Keine Bange, ihr habt auch noch genug zu tun.«

»Und was?« Kay runzelte die Stirn. Wie es schien, hielt sie Mortimer nicht für besonders trainingsbedürftig.

Mila war da eindeutig anderer Ansicht. »Mortimer will immer die Gruppe anführen, aber auf dem Wanderritt geht das nicht. Außerdem sollte er noch ein kleines bisschen wendiger werden. Sally hat zwar eine ganz gute Kondition, braucht aber noch mehr Durchlässigkeit und Geschmeidigkeit, um Josse über längere Distanzen und unebenes Gelände zu tragen.«

»Meine Güte, du hörst dich an wie ein verdammtes Lehrbuch«, rief Josse.

Mila schnitt ihm eine Grimasse und fuhr fort. »Peanut muss trittsicherer werden. Er ist ja nur den Boden auf dem Reitplatz und in der Halle gewöhnt.«

»Gar nicht wahr!«, protestierte Lukas. »Wir reiten auch aus.«

Ungerührt fuhr Mila fort. »Willow braucht noch etwas mehr Kondition für die längeren Distanzen. Und sie muss vor allem wieder mehr Vertrauen zu Ylvi haben«, zählte sie auf. »Richtig toll ist es zwischen den beiden auch heute nicht gelaufen.«

Ich schluckte, widersprach aber nicht.

Mila warf mir einen versöhnlichen Blick zu. »An dem Thema sind wir ja sowieso dran.«

»Und was muss Gonzo lernen?«, fragte Kay spitz.

Mila lächelte entwaffnend. »Jede Menge, keine Sorge. Vor allem muss er fitter werden, er kommt ja schon nach zehn Minuten aus der Puste. Und er muss sich auf seine alten Tage daran gewöhnen, dass ich mit Sattel und Satteltaschen reite.«

»Da haben wir ja ganz schön was zu tun«, stellte Josse fest.

Lukas verzog das Gesicht zu einer Grimasse. Ob er die Idee mit dem Wanderritt schon bereute? Tja, nun war es zu spät. Die Pläne für die Sommerferien waren so fest geschmiedet wie eins von Peanuts Hufeisen.

KAPITEL 19

Wenig später fuhr Corinna auf den Hof, gleich danach folgte noch ein Wagen.

»Was macht denn der Tierarzt hier?«, wunderte sich Mila, als Corinna und ein Mann ausstiegen und langsam auf uns zu kamen. »Es sind doch alle gesund.«

»Ich möchte, dass sich Dr. Kemmholz mal Willow ansieht«, erklärte Corinna, die Mila gehört hatte. »Nur für alle Fälle.« Sie lächelte mir zu. »Bisher hatte ja alles andere keine durchschlagende Wirkung.«

Ich nickte erleichtert. Das war eine echt gute Idee! Schnell nahm ich den Sattel ab und hängte ihn über den Zaun des Reitplatzes.

»Den bringe ich schon mal weg«, bot Josse an und führte Sally Richtung Putzplatz. Kay und Lukas folgten ihm mit ihren Pferden.

»Sie hat mich quasi aus der Praxis entführt«, sagte Dr. Kemmholz und zwinkerte Corinna zu. Die lachte. »Eigentlich habe ich Bereitschaftsdienst«, erzählte er uns, während er Willow eine Hand hinstreckte, damit sie ihn beschnuppern konnte. »Ich kann jederzeit einen Anruf bekommen. Komplizierte Fohlengeburt. Aber wenn es so läuft wie sonst, wird das sowieso erst heute Nacht um drei etwas.«

Dr. Kemmholz nahm sich Zeit. In aller Ruhe befühlte er Willows Beine und tastete ihren Bauch ab. Dann holte er ein Thermometer aus dem Koffer. »Alles bestens. Auf mich macht sie einen richtig fitten Eindruck.«

»Schön, aber irgendetwas muss es ja sein«, sagte ich. Keine Frage, es war großartig, dass Willow gesund und munter war. Andererseits hätte es mich echt erleichtert, wenn wir endlich mal einen Schritt weiter gewesen wären. Doch sobald mir der Gedanke bewusst wurde, bekam ich ein schlechtes Gewissen. Ich wünschte ihr doch nichts Böses!

Dr. Kemmholz fasste Willow ins Maul. »Dann schauen wir mal, wie es hier aussieht …«

In diesem Moment ertönte ein Klingeln.

»Das kommt aus Ihrem Koffer.« Mila deutete auf die große braune Arzttasche auf dem Boden.

»Wenn man vom Teufel spricht.« Dr. Kemmholz zog die Hand zurück. »Das wird mein Notfall sein.« Während er sich die Hände an einem Tuch abwischte, sagte er: »Oberflächlich kann ich da nichts fühlen, aber um es genau zu sagen, muss ich mir das an einem anderen Tag noch mal ansehen.« Er griff zum Handy und sprach kurz, dann wandte er sich wieder an uns. »Jetzt muss ich leider los, bis bald.«

Mit ein paar Handgriffen packte er seine Sachen ein, dann eilte er zum Parkplatz und Sekunden später startete der Motor.

»Na, das haben wir auch abgeklärt.« Corinna seufzte erleichtert. »Willow ist kerngesund, das ist das Wichtigste.«

Ich nickte stumm. Sie hatte recht, das war es natürlich. Ich wünschte nur, ich hätte mich gebührend darüber freuen können.

»Kommst du mit schwimmen?«, fragte Mila, nachdem wir die Pferde versorgt und auf die Koppel gebracht hatten.

»Nein, heute nicht. Ich muss nach Hause. Ich habe meiner Mutter versprochen, dass ich heute mal zum Abendessen komme.«

»Oh, schade.« Mila grinste. »Ich dachte, deine Mutter kocht nie. Hast du nicht neulich gesagt, sie bräuchte Brotkrumen, um den Weg zum Herd zu finden?«

»Na ja, Käsebrote schafft sie schon.«

»Na gut«, gab sie sich geschlagen. »Dann bis morgen.«

Ich drückte sie kurz zum Abschied, stieg aufs Rad und strampelte los.

Als ich durch die Toreinfahrt radelte, hörte ich leises Gelächter. Seltsam, es war niemand zu sehen. Da fiel mir die Holzbank ein, nur wenige Meter von der Einfahrt entfernt und lauschig zwischen den dichten Holunderbüschen versteckt. Dort hatte ich schon längst auch mal sitzen wollen, aber es hatte sich bis jetzt nie ergeben. Ich rollte langsam einige Meter weiter.

Zwischen den Blättern blitzte korallenroter Stoff auf. Diesen Farbton kannte ich doch.

»Und warum passt du gerade so oft auf deine kleine Schwester auf?«

Ich drückte so abrupt auf die Bremse, dass ich fast über den Lenker gekippt wäre.

»Das Babysitten mache ich nur den Sommer über«, antwortete Marlene. »Ich spare für eine Reise in den Herbstferien und passe deshalb auf Flavia auf.«

Ach, das hatte sie ja schlau eingefädelt. Ob ich auch Geld nehmen konnte, wenn ich auf Flavia aufpasste? Na ja, mit Willow und dem Hollerhof hatte ich momentan genug zu tun. Den Nachteil eines ewig leeren Portemonnaies nahm ich dafür gern in Kauf.

»Wo soll's denn hingehen?«, fragte Ben interessiert.

»Ach, das ist längst nicht so aufregend wie deine Reisen«, wehrte Marlene ab. »Ich fahre nur nach Griechenland.«

Pause. Ich überlegte weiterzufahren. So spannend war

die Unterhaltung ja nun nicht. Aber etwas ließ mich warten. Vielleicht die Furcht, doch noch etwas zu verpassen?

»Allein?«

»Nein, ich fahre mit meiner Freundin Jule. Wir wollen vor dem Winter noch ein bisschen Sonne tanken.«

»Gute Idee, das habe ich vor zwei Jahren auch so gemacht. Ach, übrigens, hier ist meine Nummer. Falls du mal weiter wegwillst und noch eine Frage hast.«

»Danke«, gurrte Marlene.

Oh Mann! Wie peinlich wurde es denn noch?

Kurz darauf machten die beiden Anstalten, sich zu verabschieden, also spurtete ich schleunigst los. Der Tag war schwierig genug gewesen, da musste ich mich nicht noch beim Lauschen erwischen lassen.

KAPITEL 20

»So, meine Liebe, jetzt ziehen wir mal andere Saiten auf«, murmelte ich, als ich mich am nächsten Morgen in den Sattel setzte und die Zügel aufnahm. Willow schnaubte unwillig.

Ich wechselte die Gerte, die ich mir von Kay geliehen hatte, von einer Hand in die andere. Seit ich Hannos Reitstall verlassen hatte, hatte ich nie mehr eine in der Hand gehabt. Ich hasste das Gefühl, wieder eine zu benutzen. Als hätte ich versagt. Aber gleichzeitig hatte ich keine Ahnung, was ich sonst tun sollte. Kay hatte vielleicht ja doch recht, ich musste mich mehr durchsetzen. Und ich würde Willow damit ja nicht wehtun.

Ich bemerkte eine Bewegung am Zaun. Mila war allein zum versteckten Reitplatz gekommen. Zum Glück! Deshalb hatte ich mir ja diesen Moment ausgesucht. Kay und Lukas waren mit Springübungen beschäftigt und Josse sammelte Pferdeäpfel auf den Paddocks ein.

»Bist du sicher, dass du mit Gerte reiten willst?«, fragte Mila zweifelnd und stützte die Arme auf den wackeligen Holzzaun.

Natürlich nicht!

»Ich weiß es nicht«, gab ich zu. »Aber irgendetwas muss ich ja anders machen.«

»Wenn du meinst.«

So sah er also aus, der Vorwurf in Person. Ärger stieg in mir hoch. Konnte ich es eigentlich überhaupt jemandem recht machen? Laut Kay sollte ich mich endlich durchsetzen. Mila wiederum hielt mich mit Gerte schon für eine Pferdequälerin.

»Falls du einen Vorschlag hast, bin ich dankbar«, schnauzte ich und trieb Willow energisch an, um das hier zu beenden.

Langsam reichte es mir. Am besten ritt ich so viele Bahnfiguren hintereinander, dass sie gar nicht auf die Idee kam, Dummheiten zu machen. Das Traben auf dem Zirkel klappte tatsächlich ganz gut, doch als ich eine einfache Schlangenlinie an der langen Seite reiten wollte, riss Willow an den Zügeln. Ich nahm sie kürzer und drückte die Fersen fest in ihre Flanken. Sofort wich Willow aus, allerdings zur falschen Seite. Wie ein Matrose bei schwerem Seegang wogten wir von einer Seite zur anderen – mit Schlangenlinien hatte das nicht viel zu tun, es war der reinste Kampf. Willow schüttelte den Kopf und versuchte, mir die Zügel aus den Händen zu reißen. Wieder fasste ich nach und trieb sie gleichzeitig entschieden an. Mit einem Satz fiel sie in Galopp, aber ich wollte traben! Doch jetzt schoss sie wie ein Pfeil um die Bahn und legte dabei die Ohren nach hinten.

»Hoooo.« Ich setzte mich schwer in den Sattel, aber das schien sie gar nicht zu beeindrucken. Im Gegenteil, sie lief noch schneller!

Kurz vor der Ecke wölbte sie den Rücken. Das war ein Buckeln! Sie hatte tatsächlich leicht gebuckelt! Ich konnte es kaum fassen. In dem Moment fiel mir die Gerte wieder ein. Also touchierte ich Willows Hinterhand. Prompt erhielt ich eine Reaktion. Willow machte eine Vollbremsung und ich fiel im Sattel nach vorn. Nun rührte sie sich nicht vom Fleck.

»Wir hören gleich auf, aber diese Runde drehen wir noch«, versuchte ich, sie zu überreden, bevor ich innerlich zusammenzuckte. Jetzt fing ich ja schon wieder an! Dabei musste ich doch sagen, wo es langging!

Ich trieb Willow erneut an, doch sie verweigerte sich komplett. Dann machte sie eine Kopfbewegung.

Nicht schon wieder. Diesmal nicht! Noch einmal würde ich mir nicht die Zügel aus der Hand reißen lassen. Das war ja wohl das Letzte! Nach allem, was ich für dieses Pferd getan hatte.

Wut durchflutete mich in heißen roten Wellen. Wut und Frust. Genug jetzt!

Bevor ich wusste, was ich tat, holte ich aus. Ein Sirren, dann ein Klatschen. Willow wieherte und machte einen Satz nach vorn. Ich wurde nach hinten geschleudert, klammerte mich an die Zügel und angelte hektisch nach dem einen Steigbügel, den ich verloren hatte.

»Ylvi!«

Das Entsetzen in Milas Stimme war fast das Schlimmste. Jetzt erst realisierte ich, was ich eben getan hatte. Ich? Ich hatte Willow geschlagen? Das war nicht nur ein kleiner Klaps gewesen, sondern ein richtiger Schlag.

Verzweifelt bemühte ich mich um eine Verbindung zu Willow, doch sie reagierte nicht auf meine Hilfen.

Irgendwann brachte ich sie zum Stehen. Ich sprang aus dem Sattel und blieb neben ihr stehen. Ich zitterte, weinte, spürte, wie Willow mir die Zügel aus der Hand zog und einige Schritte von mir wegtrabte.

Willow, schrie es stumm in mir. *Verzeih mir!*

Ich hatte noch nie ein Pferd geschlagen. Wie konnte ich nur?

Wie in Trance ging ich zu Willow, nahm die Zügel und wankte Richtung Stall. Durch dicke Watteschichten hörte ich Milas leiser werdende Rufe.

KAPITEL 21

»Ylvi? Ylvi. Ylvi!«

Erschrocken blickte ich auf.

Ich hockte auf unserem Stallsofa, umringt von Mila, Kay, Josse und Lukas. Wie war ich hierhergekommen?

Kay entriss Mila eine Wasserflasche und drückte sie mir in die Hand. »Trink!«

Nach Trinken war mir gar nicht zumute, aber Widerstand kostete tausendmal mehr Kraft, als sich einfach zu fügen. Also trank ich gehorsam die Flasche leer.

Es half. Allmählich sah ich wieder klarer. Ich erinnerte mich an die letzten Minuten.

Wie ich Willow vom Reitplatz gezogen, abgesattelt und mit Möhren versorgt hatte. Wie Mila dabei unaufhörlich auf mich eingeredet hatte. Wie ich Willow zur Weide gebracht hatte, ohne mich um die anderen zu kümmern, die sich uns nach und nach angeschlossen hatten. Als wäre ich der Rattenfänger von Hameln.

Und da war ich nun. Wieder ganz klar im Kopf.

Verflixt, das andere wäre mir lieber gewesen.

So überflutete mich nun die Scham, eine viel größere Welle als die Wut vorhin.

Was hatte ich getan? Willow geschlagen! Was war nur in mich gefahren? Da hatte ich endlich mein absolutes Traumpferd gefunden, hatte so viele Wochen um Willows Vertrauen gerungen und nun alles zunichte gemacht. Ausgerechnet ich hatte ein Pferd geschlagen. Das durfte nicht wahr sein! Stöhnend vergrub ich den Kopf in den Händen.

»Ist ja gut!« Mila nahm mich tröstend in den Arm.

»Was soll ich denn jetzt machen?«, wimmerte ich. »Am besten gehe ich zu Corinna und sage ihr, dass ich mich nicht länger um Willow kümmere.«

»Bist du jetzt total verrückt geworden?«, fragte Kay empört. »Nur über meine Leiche!«

»Aber ich habe sie nicht verdient!«

»Du hast ihr ein Mal einen Klaps auf die Hinterhand gegeben.«

»Das war kein Klaps. Kapierst du das nicht? Ich habe sie geschlagen!« Es zu verniedlichen, machte alles schlimmer. Das konnte ich nicht auch noch ertragen.

Kay legte mir plötzlich die Hand auf die Schulter. »Das war wirklich blöd. Aber auch menschlich. Nur willst du

Willow wegen dieses einen Fehlers aufgeben? Das ist mir mit Mortimer auch schon mal passiert, wenn es dich tröstet.«

Ich schwieg.

»Du machst es das nächste Mal besser«, sagte Josse sanft.

»Und benutz einfach keine Gerte mehr«, ergänzte Mila. »Deshalb brauchst du doch nicht Willow aufzugeben.«

Lukas setzte sich neben mich aufs Sofa. »Hey, jeder macht mal was falsch beim Reiten.«

»Aber nicht solche Fehler.« Ich vergrub das Gesicht in den Händen. »Das war so ... idiotisch!«

»Na und? Das passiert eben.«

»Nicht mir.« Ich wischte mir eine Träne von der Wange. »Nicht mit Willow.«

Lukas beugte sich vor und sah mir ins Gesicht. »Ich habe ganz schön lange gebraucht, bis ich kapiert habe, warum du von Birkenmoor weggegangen bist. Es war bestimmt richtig so.«

Erstaunt starrte ich ihn an. So etwas hatte er noch nie gesagt. Und im nächsten Moment sah ich klar. Richtig, deshalb war ich von Birkenmoor weggegangen! Weil ich es anders machen wollte. Nicht mehr so ehrgeizig sein, nicht mehr unter solchem Druck reiten. Doch genau das war eben auf dem Reitplatz passiert. Wie hatte ich es nur vergessen können? Ich musste meinen eigenen Weg finden.

»Und was ist jetzt mit dem Wanderritt?«, riss mich Kay aus meinen Gedanken.

»Wieso, was hat das denn jetzt damit zu tun?«, fragte Mila verwirrt.

Im Gegensatz zu ihr wusste ich sofort, was Kay meinte. Und sie hatte recht. Willow und ich brauchten mehr Zeit, das war klar.

Eigentlich gab es nur eine Lösung.

Kay rollte mit den Augen und sprach es aus. »Wäre es nicht am besten, wenn du für den Wanderritt ein anderes Pferd nimmst?«

Ich seufzte. Ja, natürlich wäre das am schlauesten. Auf dem Hollerhof gab es einige Pferde, mit denen ich gut zurechtkam und die ich auch mochte. Aber das war nicht dasselbe. Und dann fiel mir noch etwas ein. Der Pferdetausch kam sowieso nicht infrage, denn in der kurzen Zeit würde ich es niemals schaffen, es für den Wanderritt ausreichend zu trainieren.

»Ich habe keine Wahl«, sagte ich heiser.

Kay stöhnte. »Warum bist du bloß so verbohrt?«

»Ach, wenn das so einfach ist, dann reite ich auf Mortimer. Und du suchst dir ein anderes Pferd.«

»Das kann man ja wohl nicht vergleichen. Mortimer ist mein Pferd.«

»So wie Willow meins.«

Einen Moment lang war es still. Bis auf Lucifers Schmatzen, der gerade einen Berg Heu vernichtete, hinter dem er fast verschwand.

Verflucht! Ich hob die Hände. »Okay, okay, auf dem Papier ist Willow nicht mein Pferd.«

»Zwischen mir und Mortimer funktioniert es im Vergleich zu dir und Willow prima«, erinnerte mich Kay. »Ihr habt schon öfter auf dem Reitplatz für Chaos gesorgt. Wie soll das erst im Wald werden? Wir müssen uns aufeinander verlassen können, falls es mal schwierig wird.«

Ich schaute ihnen in die Augen, einem nach dem anderen. Kay starrte mich unnachgiebig an. Josse lächelte schief. Lukas schnitt eine entschuldigende Grimasse und hob die Schultern.

»Ich bin da voll bei Kay«, sagte Mila mit fester Stimme.

»Ja, natürlich.« Kay band sich die Haare zu einem Zopf zusammen und schaute ungeduldig in die Runde. »Aber willst du es dir nicht wenigstens mal überlegen? Vielleicht tut Willow und dir die Pause sogar ganz gut.«

»Da ist was dran«, gab Lukas zu, und Mila und Josse nickten.

Genervt sprang ich auf. »Ich brauche eure Hilfe, damit ich mit Willow den Wanderritt machen kann. Und keine Vorschläge, gegen welches Pferd ich sie austausche!«

»Reg dich doch nicht auf, Kay meint es nur gut«, versuchte Josse, mich zu beschwichtigen.

»Wenn ich nicht auf Willow reiten kann, dann findet der Wanderritt ohne mich statt.« Enttäuscht drängte ich mich an ihnen vorbei.

»Warte doch, Ylvi, lass uns reden!«, rief Lukas mir nach.

»Es gibt nichts mehr zu reden!«, zischte ich und marschierte die Rampe hinunter.

KAPITEL 22
Ben

Zweige knackten. Er duckte sich und wich einem Ast aus, übersah dabei jedoch einen zweiten. Autsch! Er tastete über seine Stirn, die Fingerspitzen fühlten sich klebrig an. Blut? Vorsichtshalber suchte er nach einem Taschentuch, doch natürlich hatte er keines dabei. In Kanada, Australien oder Namibia wäre er nur mit seinem Survival-Kit unterwegs gewesen. Aber hier, in der deutschen Provinz? Lächerlich. Zumindest hatte er das gedacht, bevor er zu seiner kleinen Waldwanderung aufgebrochen war. Er hatte sein Smartphone dabei und ein Taschenmesser und das war es auch schon.

Er wandte den Kopf. Nicht weit entfernt verlief der festgetretene Waldweg. Sollte er den wieder nehmen? Oder sich weiter querfeldein durchschlagen? Er schnaufte, was in der Stille seltsam laut klang. Das machte ihn stutzig. Seit wann hörte er keine Vogelstimmen mehr? Das übliche Rascheln, Knistern und Quieken war verstummt. Merkwürdig.

Er verharrte einen Augenblick, dann gab er sich einen Ruck. Es war außergewöhnlich still, das ja, aber hier gab es doch keinen Grund zur Beunruhigung! Er hatte sich vorgenommen, durch den Wald zu streifen, schließlich war es nicht weit.

Nur zwei, drei Stunden, dann wäre er wieder beim Parkplatz, wo er den Jeep geparkt hatte. Langsam stieg er weiter durch das dichter werdende Unterholz. Erst ein schmatzendes Geräusch ließ ihn aufhorchen. Mist. Er fluchte und zog seinen Fuß aus dem modrigen Untergrund.

Um ihn herum wurde der Wald noch dichter. Nach und nach kehrten auch die Geräusche zurück: das Keckern eines Eichelhähers, dessen blau schillernde Flügelspitzen vor dem satten Grün einer Tanne leuchteten. Das Klopfen eines Buntspechts. Eine Maus, die blitzschnell im trockenen Laub verschwand.

Früher hatte ihn die heimische Tierwelt nicht besonders interessiert. Er hatte immer Tiere wie Bären, Löwen und Gorillas spannender gefunden, denn so weit er zurückdenken konnte, hatte er von der Wildnis geträumt. Es hatte ihm kaum etwas ausgemacht, als seine Eltern sich vor zwei Jahren getrennt, ihr Haus aufgelöst und in möglichst weit voneinander entfernte Riesenstädte gezogen waren – seine Mutter nach New York, sein Vater nach Rom. In keiner dieser Metropolen hatte er sich besonders wohlgefühlt. Seine Heimat waren die unberührten Wälder, weiten Steppen oder Savannen mit einfachen Zelten oder Buschhütten. Erst seit Kanada hatte sich etwas verändert.

Er runzelte die Stirn. Diese letzte Reise war nicht gerade erfolgreich gewesen. Bei dem Gedanken daran trat er mit Wucht gegen einen abgestorbenen Baumstumpf. Holzstücke und Rindensplitter flogen ihm um die Ohren und empört krächzend stob eine Krähe von einer Tanne auf.

Der Fotograf, sein großes Idol, hatte sich als ziemlich skrupellos entpuppt. Seine Einwände waren zur Seite gewischt worden. Am Ende war es so weit gekommen, dass Louis ihn aufgefordert hatte, sich zu entscheiden: entweder weiter mit ihm und dem Wolfsrudel umherzuziehen oder sich zu verpissen.

Mitten in der Einöde? Eine richtige Wahl hatte er nicht gehabt. Es hätte Wochen dauern können, bis ein Mensch vorbeikam, der ihn zur nächstgelegenen Siedlung hätte mitnehmen können. So war ihm nichts anderes übrig geblieben, als zähneknirschend einzuwilligen. Doch der erzwungene Frieden hatte nur wenige Tage angehalten. Eines Nachts, bei Vollmond, war es zu einer erneuten, weitaus heftigeren Auseinandersetzung zwischen ihnen gekommen …

Lautes Geheul riss ihn aus seinen Gedanken. Er hob den

Kopf. Hier? Das konnte nicht sein. Dann fiel ihm wieder ein, dass sich in den letzten Jahren einiges getan hatte. Es gab in der Gegend tatsächlich wieder Wölfe. Wild lebende Wölfe. Trotzdem, er konnte es kaum glauben. Wölfe?

Wieder ertönte das Geheul, kurz darauf beantwortet von einem zweiten. Mit zittrigen Knien lief er einige Schritte weiter, bis er zu einer Anhöhe kam. Von hier aus konnte er einen Teil des Waldes überblicken, denn die Bäume wuchsen weniger dicht als zuvor. Immer wieder ertönte das Geheul, schwoll an und ebbte ab. Nicht aufhören, macht weiter. Nur noch ein Mal.

Er kramte in der Hosentasche nach seinem Smartphone, drückte auf die Aufnahmetaste und hielt das Handy in die Luft.

Bitte, heult weiter.

Wenn ihn nicht alles täuschte, waren es drei. Inuk, ihr Scout in Kanada, hätte jetzt bestimmt sagen können, ob Weibchen oder Männchen, aber so weit war er noch nicht. Er stand auf dem Hügel, mit ausgestrecktem Arm. Nachher würde er die Aufnahme an Inuk mailen.

Wie zur Antwort ertönte wieder das Geheul. Als es verebbte, beendete er die Aufnahme. Am liebsten hätte er sie sich sofort noch einmal angehört. Wieso hatte sich eigentlich die Lautstärke nicht verändert? War das Rudel am selben Platz gewesen? Hatte er ihren Rückzugsort gefunden? Unwahrscheinlich. In der Regel verbargen Wölfe ihre Schlafplätze zu gut, als dass ein Wanderer über sie stolperte. Aber warum waren sie dann immer am selben Fleck geblieben? Warum waren sie nicht heulend weitergezogen? Hatten sie ihn beobachtet?

Die Haare auf seinem Unterarm stellten sich auf. Und doch war er neugierig. Menschen zählten in der Regel nicht zu den Beutetieren von Wölfen. Und jetzt, mitten im Sommer, gab es Wild in Hülle und Fülle. Es war unwahrscheinlich, dass er in Gefahr war. Zögernd, aber wie von einem starken Gummiband angezogen, ging er in Richtung des Geheuls. Plötzlich brach es abrupt ab. Und nun? Er zögerte, doch dann lief er weiter.

Es vergingen zwei, drei Minuten, mehr waren es bestimmt nicht, bis er etwas bemerkte. Er kniff die Augen zusammen. Schatten glitten durch das Unterholz. Schlanke Schatten mit fließenden Bewegungen. Die Gestalten bewegten sich hin und her, hin und her. Er tat noch einige Schritte, bis er plötzlich auf einen hohen Metallzaun stieß, dessen oberer Rand in etwa einem halben Meter Stacheldraht endete. Der Zaun schepperte leise, als er ihn mit dem Fuß berührte, es war nur ein feines Geräusch, doch laut genug, dass die Gestalten sofort reagierten. Lautlos huschten sie davon. Er lief ein Stück am Zaun entlang, doch der schien sich noch weiter durch den Wald zu ziehen. Nach etlichen Metern machte der Zaun einen Knick. Fassungslos starrte er in den Wald hinein.

Wölfe. Da waren tatsächlich Wölfe. Hinter Gittern.

KAPITEL 23

Ich steckte mir den letzten Rest der Zweihundert-Gramm-Tafel Trauben-Nuss-Schokolade in den Mund und zog wieder die Bettdecke über den Kopf. Bisher hatte nur der Teil mit der Decke funktioniert, das mit dem Vergessen leider gar nicht. Ständig hatte ich die Szene vor Augen, in der ich Willow mit der Gerte schlug.

Ich gähnte. Eigentlich brauchte ich noch mein Schlafzeug, und Zähneputzen wäre auch nicht schlecht gewesen, doch ich war so müde. Am liebsten wäre ich sofort eingeschlafen, aber dann raffte ich mich doch auf.

Auf dem Weg zur Tür fiel mein Blick auf den Computer. Der Bildschirmschoner zeigte in Dauerschleife Fotos aus den letzten Monaten. Mila auf Gonzo vor dem Misthaufen. Kay auf Mortimer beim Springen. Josse an der Longe mit Sally. Und mich auf der Weide mit Willow. Dann uns vier ohne Pferde am Fluss. Und uns alle mit unseren Pferden auf der Reitbahn. Mila und Corinna. Mila, Gonzo und Corinna.

Zeus und Hades. Eine schöne Auswahl. Daraus könnte ich eigentlich noch etwas machen. Ein Fotoalbum vielleicht? Später, noch lag mir unser Streit zu sehr im Magen. Bisher hatten Josse, Kay, Lukas und Mila immer zu mir gehalten. Aber taten sie das denn nicht immer noch? Plötzlich fühlte ich mich furchtbar schlecht. Klar, vorhin war ich noch wütend auf sie alle gewesen, doch eigentlich hatten sie mir nur helfen wollen. Dass sie anderer Meinung waren als ich, war ja kein Verbrechen.

Ich schaltete den Computer aus und schlurfte ins Bad.

Als ich zurückkam, nahm ich mir das Handy und schrieb ihnen eine Nachricht. *»Tut mir leid, dass ich vorhin so ausgeflippt bin!!! Das war nicht okay.«*

Kaum abgeschickt, kamen auch schon die Antworten.

»Hey, du Pflaume, du musst echt nicht gleich beleidigt sein, nur weil wir mal ein paar kritische Fragen stellen. Treffen morgen im Stall? Bussi, K.«

»Okay, Entschuldigung angenommen. See you, Josse.«

»Alles gut! Wir helfen dir natürlich mit Willow! Kuss, Mila.«

»Hey, kein Ding! L.«

Jetzt kamen mir schon wieder die Tränen. Diesmal waren es allerdings Freudentränen. Ich schmiegte mich an Zorro und schloss die Augen. Irgendwie würde schon alles gut ausgehen.

Am nächsten Morgen versammelten wir uns in unserer Ecke im ersten Stock.

Kay lehnte sich auf dem Stallsofa zurück und schaute mich fragend an. »Und du bist wirklich sicher, dass du bei Willow bleibst?«

»Ich weiß, dass es riskant ist, wenn ich mit Willow auf den Wanderritt gehe, so, wie es jetzt ist. Aber trotzdem will ich irgendwie das Ruder herumreißen.«

»Das musst du wirklich zuallererst. Und danach musst du Corinna überzeugen«, sagte eine Stimme von unten. Wir fuhren herum.

Lukas kam die Rampe herauf und baute sich vor mir auf.

Mir wurde plötzlich ziemlich warm. Sonst war immer alles entspannt zwischen uns gewesen, aber nun wurde ich manchmal schon nervös, sobald ich nur in seine Nähe kam.

Er schaute mir in die Augen. »Du musst Corinna überzeugen«, wiederholte er. »Und Willow natürlich auch. Aber am allerwichtigsten ...«

»Was ist am allerwichtigsten?«, platzte es aus mir heraus.

»Du musst dir selbst vertrauen.«

Das überrumpelte mich. Mit allem Möglichen hatte ich gerechnet, aber damit? »Ähm. Was meinst du denn? Ich vertraue mir doch. Schließlich bin ich ... ich.«

Lukas schüttelte den Kopf. »Irgendwo tief im Inneren zweifelst du an dir. Und das spürt Willow.«

Wie kam er denn darauf? Abgesehen von Corinna war ich die Einzige, die auf Willow reiten durfte. Und nun erzählte er mir, dass Willow mir nicht vertraute, weil ich mir selbst nicht traute? Blödsinn!

»Ich glaube, Lukas hat recht«, sagte Mila. »Wenn du dir und Willow wieder vertraust, wird alles besser. Ganz bestimmt!«

Ich starrte aus dem Fenster und fühlte mich elend. Meine ganze Energie war verpufft. Was alles hinter mir lag! Wie weit ich schon mit Willow gekommen war! Wie schwierig alles gewesen war! Und jetzt musste ich in der kurzen Zeit eine Lösung finden, dabei war selbst Corinna ratlos. War der Wanderritt das wirklich wert?

»Es geht nicht nur um den Wanderritt«, sprach Mila meine Gedanken aus. »Du musst auch sonst mit Willow zurechtkommen.«

»Ja, stimmt schon.« Ich hockte mich neben Kay aufs Sofa.

»Du bist ja nicht allein.« Lukas setzte sich neben mich – und mein Herz machte einen Sprung. »Wir helfen dir.«

»Das ist echt lieb von euch.« Wenn ich nur nicht so mutlos gewesen wäre!

Lukas sah mich von der Seite an. Er war mir so nah, dass ich seinen Atem auf meinem Gesicht spürte. Mein Magen fing an zu kribbeln.

Er lächelte. »Es ist so: Wir machen den Wanderritt nur,

wenn du dabei bist. Wenn das mit Willow diesmal nicht geht, dann holen wir den Ritt eben nächstes Jahr nach.«

Ich schluckte – und dann fing ich richtig an zu heulen.

KAPITEL 24
Ben

Das Ferkel raste auf ihn zu, schlug dann einen Haken und flitzte an ihm vorbei. Jetzt war es ihm schon zum vierten Mal entwischt! Langsam wurde es peinlich. Unauffällig schielte er zum Gehege nebenan, wo Marlene damit beschäftigt war, acht zerrupfte Hühner und zwei Gänse ohne Schwanzfedern zu füttern.

Also noch ein Versuch. Dieses Ferkel musste zu seinen Kumpels in den Streichelzoo.

»Nachher ist Tag der offenen Tür«, hatte Marlene ihm vorhin erklärt. »Da ist im Tierheim immer besonders viel los.«

Bevor die ganzen Besucher zum Gehege strömten, musste er also dieses kleine Vieh einfangen. Auch wenn es das partout nicht wollte!

Er vergrub die Hände in den Taschen und schlenderte Richtung Stall, wobei er unterwegs unauffällig ein paar Grashalme abrupfte. Er zerpflückte die Grashalme und streute sie vor sich auf den Boden. Aus dem Augenwinkel sah er das Ferkel nähertrotten und interessiert den Boden beschnüffeln.

Noch etwas Grasregen. Komm schon, Kleiner, nicht so schüchtern!

Das Ferkel machte einen Bogen um ihn und beschnupperte aufgeregt den Boden.

Besser würde es nicht werden. Das war seine Chance. Jetzt oder nie!

Mit einem Hechtsprung warf er sich nach vorn und packte das Ferkel, das erschrocken quiekte. Er rutschte auf dem glitschigen Boden aus und landete bäuchlings im Gras. Doch er hielt fest. Das Ferkel zappelte und versuchte, sich aus seinem Griff zu befreien.

»Vergiss es, Kleiner, jetzt bist du fällig.«

Marlene kicherte und auch er fing an zu lachen.

»Der Großwildjäger verfrachtet dich jetzt in den Streichelzoo.«

»Das hat noch keiner geschafft«, sagte sie anerkennend. »Im Ernst, normalerweise warten wir so lange, bis Fred im Stall ist. Bisher hat ihn noch niemand eingefangen. Das war richtig super.«

Er grinste. »Gut, dass ich mich mal nützlich machen kann.«

»Hast du das auch bei deinem Praktikum mit dem Fotografen gelernt? Ich dachte, da ging es nur um Wölfe«, erkundigte sie sich.

»Ja, das war auch so.« Doch dann fiel ihm etwas ein. Er straffte die Schultern. Marlene schien seine Anspannung sofort zu bemerken, denn sie fragte: »Was denn?«

»Tja, einmal hatte ich tatsächlich mit einem Ferkel zu tun.« Bei dem Gedanken daran wurde ihm wieder schlecht.

»Mit einem Ferkel? In der Wildnis?«

Er seufzte. »Es hat ein bisschen gedauert, bis ich dahinterkam, was quer lief. Häufig erleben Fotografen über Wochen oder sogar Monate Fehlschläge, bis sich die Tiere, die sie ablichten wollen, vor der Kamera zeigen.«

»Und deiner nicht?«

»Er ist nicht mein Fotograf. Bloß nicht!« Er atmete aus. »Der Idiot wollte nicht warten. Er hat Köder ausgelegt und die Wölfe damit angelockt.«

»Das gibt's doch nicht!« Sie starrte ihn entsetzt an.

Er nickte. »Seriöse Fotografen und Wissenschaftler würden das nie tun.«

»Kein Wunder, dass du nicht gut auf ihn zu sprechen bist.«

Bevor er es richtig begreifen konnte, stellte sie sich auf die Zehenspitzen und hauchte ihm einen Kuss auf die Wange. Dann schlüpfte sie durch das Gatter, nahm ihm behutsam Fred aus dem Arm und steuerte mit dem kleinen Schwein den Streichelzoo an.

Den Rest des Tages verspürte er ein Kribbeln im Bauch,

besonders wenn ihre Blicke sich trafen. Was erstaunlich oft vorkam, dafür dass heute das Tierheim vor Besuchern aus allen Nähten platzte.

Er mistete den Meerschweinchenkäfig aus, übernahm für zwei Stunden in der sengenden Mittagssonne den Eisstand, verteilte Hundefutter in den Käfigen und schrubbte und desinfizierte sämtliche Näpfe und Tröge.

Die ganze Zeit über hatte er dabei einen Ohrwurm im Kopf, eines dieser hartnäckigen Liebeslieder, die sein Vater an guten Tagen seiner Mutter vorgespielt hatte. Das war in den letzten Jahren ziemlich selten passiert, denn die guten Tage waren fast unmerklich den schlechten und dann den noch schlechteren gewichen, bis alles nur noch eine einzige Katastrophe gewesen war. Besser also, den Ball immer schön flach zu halten und cool zu bleiben. Auf jeden Fall cool bleiben.

Doch als sie sich später beim Lagerfeuer an ihn schmiegte, während sie sich einen Schluck Wein aus einem Plastikbecher teilten, war ihm zumute wie seit Langem nicht mehr. Es dauerte einige Minuten, bis er das Gefühl richtig zuordnen konnte. Glück. Unglaublich, aber wahr: Er fühlte sich wohlig, warm – und rundum glücklich.

KAPITEL 25

Ich zog mein Sweatshirt aus dem Rucksack, streifte es über und lief aus der Sattelkammer. Draußen wurde der Abendhimmel langsam tiefblau. Wie kleine Flugakrobaten wirbelten die ersten Fledermäuse durch das offene Scheunentor und flogen hinaus, um Insekten zu jagen. Eine Weile schaute ich ihnen bei ihren waghalsigen Manövern zu, bis ich mich schließlich losriss und aufs Rad stieg.

In Rekordzeit war ich zu Hause, was natürlich mit der Aussicht auf Marlenes selbst gemachte Lasagne zusammenhing. Wahrscheinlich hatte sie die mit irgendwelchem Grünzeug garniert, aber das ließ sich ja wegnehmen. Und so, wie Marlenes Stimmung momentan war, würde sie das wahrscheinlich nicht einmal bemerken. Ganz traute ich dem Frieden immer noch nicht. Wahrscheinlich würde es sich schneller ändern, als mir lieb war …

Ich schob das Rad in den Schuppen und nahm gleich drei Treppenstufen auf einmal. Im Flur schlug mir schon der

Duft von warmer Pasta, Tomaten und Knoblauch entgegen. Perfekt!

»Hände waschen und Reitklamotten ausziehen«, befahl Marlene, als ich in die Küche tappte.

»Ich habe mir schon die Hände gewaschen«, wehrte ich ab und wollte mich an ihr vorbeidrängeln. Vergebens.

»Dein Shirt ist voller Dreckflecken. Und wann hast du das letzte Mal deine Reithose gewaschen?«

»Lohnt sich sowieso nicht, die wird doch sofort wieder dreckig. Abgesehen davon ist das noch gar nicht lange her.«

Doch Marlene stand mit gekreuzten Kochlöffeln vor mir, als wäre ich der Teufel höchstpersönlich. Also gab ich auf und trollte mich ins Badezimmer. Was tut man nicht alles für eine Lasagne?

Wenig später waren wir alle um den Tisch versammelt und ließen uns von Marlene riesige Portionen auf die Teller füllen.

»Womit haben wir eigentlich diese Ehre verdient?«, fragte Mama und nippte an einem Glas Rotwein.

»Wieso?« Überrascht sah Marlene auf. Als sie unsere erwartungsvollen Blicke bemerkte, wurde sie rot wie die Tomaten in ihrer Soße.

Aha.

»Ach Quatsch, ich hatte euch doch schon ewig versprochen, mal wieder zu kochen.« Marlene stellte meinen Teller vor mich hin. »Guten Appetit.«

Sie setzte sich an ihren Platz und schaufelte sich umgehend eine Gabel voll Lasagne in den Mund.

Netter Versuch, aber völlig sinnlos. Glaubte Marlene wirklich, damit wäre das Thema beendet? Doch nicht bei uns! Unsere Familie war ein Rudel Terrier. Und wenn wir einmal Witterung aufgenommen hatten ...

Oma griff zur Rotweinflasche und schenkte sich ein.

»Also, meine Liebe, wie sieht es denn so bei dir aus?«, erkundigte sie sich leutselig. »Irgendetwas Possierliches in Aussicht?«

Ich verschluckte mich an meiner Lasagne und prustete los. Oma war einfach spitze!

Marlene runzelte die Stirn, machte aber keine Anstalten, Omas Frage zu beantworten.

Na schön. Wenn sie es so haben wollte.

»Oma will wissen, wie es an der Männerfront aussieht«, half ich nach. Nur für den Fall, dass sie wirklich eine Übersetzung brauchte.

Unterm Tisch stieß sie mir kräftig gegen das Schienbein.

»Autsch!«

»Wenn ich heirate, erfahrt ihr es früh genug«, sagte sie spitz. »Und jetzt: Können wir bitte über das Wetter reden?«

Mama lachte und wechselte mit Papa einen Blick. »Natürlich. Ich weiß ein neues Thema. Was wollt ihr an Weihnachten essen?«

»Mama«, rief ich. »Das gibt's doch nicht!«

»Wieso? An Weihnachten kann man nicht früh genug denken, das habe ich euch neulich schon gesagt. Außerdem müssen wir die Ente rechtzeitig vorbestellen.«

»Nicht schon wieder Fleisch«, stöhnte Marlene. »Können wir nicht mal etwas anderes essen? Etwas Vegetarisches?«

»Vegetarisch?« Papa zog das Wort so in die Länge, als hätte Marlene etwas Unanständiges gesagt, und genauso sah er auch aus. »Aber wir essen doch so oft Ente zu Weihnachten.«

»Eben. Das könnten wir auch mal ändern«, blaffte Marlene. »Ben sagt, es ist nicht gut für unser Klima, so viel Fleisch zu essen. Und gesund ist es auch nicht.«

»Ben?« Oma zwinkerte mir zu. »Wusste ich's doch. Das ist doch schon mal ein sehr ansprechender Name.«

Ich kicherte und trank schnell einen Schluck Apfelschorle, bevor ich noch den nächsten Tritt abbekam.

»Und was ist das hier in der Lasagne? Braune Algen oder was?« Anklagend hielt Papa Marlene eine Gabel Hackfleisch unter die Nase. Er schien nicht gewillt, das traditionelle Weihnachtsessen so schnell aufzugeben. Auch wenn gerade erst Juli und damit die ganze Diskussion komplett albern war.

Marlene blieb genauso hartnäckig. »Ach, das ist doch nur eine Ausnahme. Wie wäre es, wenn wir alle mal eine Zeit lang auf Fleisch verzichten? Zum Beispiel bis Silvester. Was haltet ihr davon?«

Die Begeisterung hielt sich bei uns in Grenzen. Das bemerkte auch Mama, die die letzten Minuten still vor sich hingeschmunzelt und dabei ihre Portion Lasagne erstaunlich schnell vertilgt hatte.

»Keine schlechte Idee. Darüber denken wir alle in den nächsten Tagen nach und reden dann noch einmal über das Thema«, sagte sie versöhnlich und hob ihr Glas. »Auf die Köchin!«

»Auf die Köchin«, riefen wir und stießen an, wobei Flavia ihren Kirschsaft umstieß und das Tischtuch tränkte. Womit sich jegliche weitere Diskussion sowieso erst einmal erübrigt hatte.

»Hast du Ben noch mal getroffen?«, fragte ich später beim Abwasch.

Marlene blickte verstohlen zur angelehnten Küchentür, hinter der sich Oma, Mama und Papa angeregt unterhielten. Sie nickte, nachdem sie sich vergewissert hatte, dass keine unerwünschten Zuhörer in Reichweite waren.

Jetzt war sie ja schon wieder so rot. Langsam wurde die Sache spannend.

Sie stieß einen Seufzer aus und flüsterte: »Wir schreiben uns gerade ständig. Und vorgestern hat er im Tierheim ausgeholfen.«

»Beim Tag der offenen Tür?« Surprise, surprise. Hatte Ben nicht neulich erzählt, dass er Menschenmengen nicht ausstehen konnte?

»Ich glaube ...« Wieder ein Blick Richtung Küchentür. »Ich glaube, da ist wirklich etwas zwischen uns.«

Wow, das klang ja dramatisch. Und wenn ich sie mir jetzt so ansah: Es war auch dramatisch, aber eher in einem gruseligen Sinn. Denn Marlene wischte einen Teller, der eigentlich nur kurz vorgespült werden musste, so zärtlich ab, als wäre es Haut statt Porzellan.

»Also, das ...«

Was sagte man in so einem Fall eigentlich? Es war schließlich das erste Mal, dass Marlene für jemanden schwärmte. Bisher war es immer andersherum gewesen. Die Jungs standen Schlange bei ihr. Sie warteten wochenlang auf eine Gelegenheit, in ihrer Gegenwart einen Hamburger, eine Kugel Eis oder auch nur ein Kaugummi verspeisen zu dürfen. Sie trugen Marlenes Schultasche oder die Einkaufstaschen, reparierten ihr Rad oder ihren Computer. Sie luden sie ins Kino, zum Essen, ins Schwimmbad ein.

All das hatte Marlene stets gnädig zugelassen, doch nie, wirklich nie, schien sie für irgendjemanden mehr als nur freundliche Zuneigung zu empfinden. Bis jetzt. Bis der wunderbare, charismatische Ben aufgetaucht war.

»… freut mich für dich«, beendete ich meinen Satz, selbst ein bisschen erstaunt, wie ehrlich ich es meinte.

Doch je länger ich darüber nachdachte, umso großartiger fand ich es. Marlene war verliebt. Das erste Mal in ihrem Leben. Und schon war sie liebenswert, freundlich und vertraute sich mir an, was ungefähr seit der Steinzeit nicht mehr vorgekommen war. Und sie machte ihre – also: meine – heiß geliebte Lasagne. Wenn das kein Grund zur Freude war!

»Erzähl mir alles«, sagte ich. »Habt ihr euch geküsst?«

»Na ja, so halb.«

»So halb? Wie geht das denn?«

»Also, ich habe ihm einen Kuss gegeben, auf die Wange.«

Ah. Aufregend. Da hätte ich jetzt eigentlich mehr erwartet. Marlene schien meine mäßige Begeisterung nicht zu stören, denn in diesem Moment fiepte ihr Handy.

»Ben!« Sie drückte es an sich, flüsterte: »Machst du hier fertig?«, und fegte aus der Küche.

Machst du hier fertig? Klar. Seufzend griff ich zum Putzschwamm und begann, die fettige Auflaufform zu schrubben.

KAPITEL 26

»Versuch es noch einmal. Halte einfach bei A an und achte dabei darauf, dass sie geschlossen steht«, sagte Mila am nächsten Tag, »und dass sie weiterhin am Zügel bleibt.«

Ich spürte Schweißtropfen auf der Stirn. Einfach anhalten? Mila hatte gut reden! Trotzdem biss ich die Zähne zusammen und hielt Willow bei A an, doch im selben Moment versuchte sie, zur Seite auszubrechen, und zackelte wieder im Schritt an.

»Nichts da!« Ich setzte mich noch ein wenig aufrechter hin und schloss meine Hände. Willow schlug gereizt mit dem Schweif. Tja, mir gefiel das auch nicht. Warum sollte es ihr da anders gehen?

Ich nahm die Zügel noch ein wenig mehr auf und drückte die Schenkel fester an Willows Bauch. Sie legte kurz die Ohren zurück und signalisierte mir damit, dass ihr das alles überhaupt nicht passte.

Sofort bekam ich Gewissensbisse. Hatte mir die Sache mit

der Gerte nicht genug Ärger eingebracht? Dabei war ich im Gegensatz zu neulich noch nicht einmal wütend. Aber gereizt. Wenn ich so weitermachte, würde ich bald enden wie Marie und Sophia und all die anderen superverbissenen Reiterinnen auf Birkenmoor.

Ich dirigierte Willow in die Mitte der Bahn, hielt an und ließ die Zügel lang. Vor lauter Nachdenken hatte ich gar nicht mitbekommen, dass Mila inzwischen weitergeredet hatte. Ich hob den Kopf und sah sie fragend an.

»Steig ab«, wiederholte sie ungeduldig.

»Absteigen? Wir haben doch gerade erst angefangen.«

»Steig ab, wir machen Bodenarbeit.«

Sicherheitshalber umrundete ich Mila noch einmal im Schritt. Heute war Corinna ständig irgendwo in der Nähe beschäftigt. So, wie die Dinge momentan standen, wollte ich es nicht riskieren, dass sie sich mein Training genauer ansah. Oder besser, mein Versagen. Ich seufzte.

Eigentlich war das alles Quatsch! Corinna wollte mir nur helfen, das wusste ich ganz genau. Doch obwohl ich ihr vertraute, hatte ich trotzdem Angst, dass ich nicht mehr auf Willow reiten durfte, wenn es so weiterging. Also ritt ich mit Willow wieder zur Platzmitte, streichelte kurz ihren Hals, nahm die Füße aus den Steigbügeln und schwang mein rechtes Bein über den Sattel. Bevor ich jedoch auf meinen beiden Füßen landen konnte, warf Willow sich unvermittelt herum und ich plumpste auf den Boden. Fluchend rappelte ich mich wieder auf und holte Willow ein, die ein paar Schritte weitergetrabt war und nun mit hängenden Zügeln vor Mila stand. Ich nahm ihr die Zügel wortlos aus der Hand und wandte mich ab.

Seit drei Tagen war jede Reitstunde einfach katastrophal gewesen. Zwar hatte niemand mehr von meinen Freunden etwas gesagt oder meine Teilnahme am Wanderritt infrage gestellt, trotzdem spürte ich, wie unruhig die anderen waren. Mir ging es ja genauso!

»Warte.« Mila legte die Hand auf meinen Unterarm. »Du konntest es nicht sehen, aber da war eine Bremse auf Willows Kruppe. Wahrscheinlich hat sie zugebissen, deshalb hat Willow sich herumgeworfen.«

Ich nickte, unfähig, etwas herauszubekommen.

»Das hätte also jedem passieren können«, sagte sie eindringlich. »Zieh dir das jetzt bloß nicht rein.«

»Gib dir keine Mühe. Seit wann ist hier auf dem Hollerhof je jemand vom Pferd gefallen, weil eine Bremse es gebissen hat?«

Vielleicht sollte ich einfach zu Corinna gehen und meine Reitbeteiligung an Willow beenden. Aber etwas hielt mich zurück. Wie sollte ich es mir jemals verzeihen, wenn ich Willow jetzt aufgab? Bevor ich es nicht wenigstens noch einmal richtig versucht hatte?

Ich blickte mich um, und Mila erriet sofort, was los war.

»Niemand hat das eben mitbekommen. Mama ist zum Telefonieren ins Haus gegangen und die anderen sind im Stall und helfen Josse beim Ausmisten.«

»Danke«, murmelte ich.

»Nicht der Rede wert«, sagte sie. »Los, jetzt sattle Willow ab und dann gehen wir mit ihr auf den kleinen Reitplatz. Da üben wir in Zukunft weiter.«

Wir führten Willow zum Putzplatz, sattelten sie ab und legten ihr ein weiches Lederhalfter an, das ich ihr geschenkt hatte. Anschließend gingen wir mit ihr zum versteckten Reitplatz.

»Also, was machen wir jetzt?« Ich sah Mila auffordernd an. Mein Kopf war nämlich leer. Ich hatte keine Idee, wie es mit Willow weitergehen sollte.

Sie nahm mir den Strick und auch Willow ab. »Erst mal machen *wir* gar nichts. Du stellst dich da an den Zaun und entspannst dich.«

Gehorsam trottete ich an die gewünschte Stelle. Was hatte sie jetzt vor? In die Rolle der Pferdeflüsterin zu schlüpfen?

Nein, das war wirklich gemein. Sie wollte mir ja einfach helfen! Und darüber war ich verdammt froh.

»Also, was hast du vor?«

»Ich gehe erst einmal nur über den Platz mit ihr«, antwortete Mila. »Mal sehen, ob sie mir überhaupt folgt. Vielleicht gibt es ja nicht nur mit dir, sondern auch mit uns anderen Probleme. Du hast ja erzählt, dass sie bei Corinna neulich auch nicht ganz auf der Höhe war.« Sanft korrigierte sie Willow, als sie an ihr vorbeirennen wollte. Dabei hob sie nur ganz leicht die Hand. Unglaublich.

Ich nagte an meiner Unterlippe, als Willow sich augenblicklich zurücknahm und mit ihrem Kopf genau auf Höhe ihrer Schulter blieb. Genau so, wie es im Lehrbuch stand.

Auch der Rest der Übungen funktionierte wie am Schnürchen. Willow ließ sich anhalten und ein paar Schritte rückwärtsrichten. Sie wartete auch sofort, sobald Mila die Hand hob. Sie ließ sich willig am ganzen Körper mit der Gerte abstreichen, die Mila hinter dem Zaun hervorzauberte.

Je länger ich den beiden zusah, desto hingerissener fühlte ich mich. Wie bereitwillig und aufmerksam Willow sich bei Mila verhielt. Ich überlegte, wann Willow bei mir das letzte Mal so gewesen war. Es musste Wochen her sein.

Und nun? Sollte ich mich wieder in Selbstmitleid suhlen? Das kam nicht infrage!

Ich stieß mich vom Zaun ab und marschierte geradewegs zu den beiden. »Jetzt kapiere ich, wo das Problem ist. Ich bin es nämlich. Bei dir klappt ja alles mit Willow.«

Ihre Miene hellte sich auf. »Echt, das siehst du genauso? Bin ich froh! Ich hatte schon gedacht, du bist anderer Meinung.«

Sie wandte sich zu Willow um und strich sanft über ihren Hals. Da passierte es. Wir sahen es beide, im gleichen Moment. Willow legte die Ohren an, nur ein wenig, doch es war trotzdem deutlich genug. Mila und ich guckten uns an. Langsam hob sie die Hand und strich ihren Rücken ab. Sofort kam die Reaktion erneut. Willow zog die Nüstern hoch und kniff ein wenig die Augen zu.

»Hm.« Mila drückte mir den Führstrick in die Hand und ging um Willow rum. Wieder streichelte sie Willows Hals, worauf die ein wenig mit dem Schweif schlug.

»Also, die Führübungen haben eben ja super funktioniert ...«, begann sie.

»Aber das jetzt ist schon ein wenig merkwürdig, nicht wahr?«, beendete ich ihren Satz. »Sieht aus, als wäre sie irgendwie verspannt, oder?«

Ich konzentrierte mich auf Willow. Vertrauen ... Vielleicht fing ich am besten mit etwas ganz Einfachem an. Ich strich nacheinander ihre Beine entlang und ließ mir die Hufe geben. Sie tat es, aber nur unwillig. Obwohl das nun wirklich Standard war! Das fragte ich doch jedes Mal beim Putzen ab!

Und obwohl ich es eigentlich besser wusste, fragte ich: »Wollen wir nicht lieber etwas anderes üben? Das mache ich doch nachher sowieso alles noch einmal, wenn ich ihr die Hufe säubere. Beim Stall funktioniert das gut.«

Sie schüttelte den Kopf. »Genau das ist doch der Punkt«, erklärte sie. »Beim Stall verbindet sie das mit dem üblichen Putzablauf. Aber hier, in der dafür ungewohnten Umgebung, gibt sie sie dir nicht.«

»Und das bedeutet genau das, was Lukas neulich schon meinte …« Ich stockte. »Es bedeutet, dass sie mir nicht richtig vertraut.«

Ich raufte mir die Haare. Es war zum Verrücktwerden!

Nach unserem Training lief Mila hoch zu Corinna, während ich Willow versorgte. Plötzlich stand Lukas hinter mir.

»Und, wie läuft's?«, fragte er.

Ich schnitt eine Grimasse, erzählte dann aber trotzdem von meiner Übungsstunde mit Willow und Mila. Wir redeten und redeten und landeten schließlich irgendwann bei mir zu Hause.

Normalerweise hätte Lukas längst losgemusst. Doch seine Eltern waren heute Abend im Kino und würden vor Mitternacht nicht wieder zu Hause sein. Und meine Eltern waren auch mit irgendwelchen Sachen beschäftigt. Abgesehen davon, dass sie immer froh waren, wenn ich zu Hause war. Wen ich mitbrachte und wie spät es war, interessierte sie dann meist weniger.

Wir verzogen uns in mein Zimmer, und ich kramte in meiner untersten Schrankschublade herum, bis ich die

Fruchtgummis fand, die ich dort für Notfälle aufbewahrte. Ich reichte Lukas die Tüte und wir plumpsten gleichzeitig aufs Bett. Einen kurzen Moment lang schauten wir uns verblüfft in die Augen, dann guckten wir beide schnell woanders hin.

»Ich lese nachher mal ein paar Sachen nach«, sagte Lukas, nachdem wir kurz geschwiegen hatten. »Hanno hat mir ein bisschen Material zum Thema gegeben.«

Ich traute meinen Ohren nicht. »Hanno? Zu Bodenarbeit?«

»Stell dir vor. Er ist längst nicht so vernagelt, wie du immer denkst.«

»Tue ich doch gar nicht!«, protestierte ich.

Lukas grinste nur. »Bis morgen kann ich dir jedenfalls auch noch ein paar Übungen zusammensuchen, die vielleicht weiterhelfen.«

Ich nickte und lächelte ihn an. Mit einem Mal ging es mir schon viel besser.

KAPITEL 27

»Mensch, stinkt das hier«, beschwerte sich Marlene zwei Tage später, als sie Willows Box ausmistete. Gestern Abend hatte sie beim Rommé gegen mich verloren und jetzt löste sie ihre Spielschulden ein.

Ich stützte mich auf die Forke und sah zu, wie Flavia mit Mr Mouse im Stroh spielte.

»Wie oft soll ich es dir noch sagen?« Ich imitierte den Tonfall unseres Biologielehrers, unter dem Marlene und ich ein paarmal die Woche litten. »Pferdemist stinkt nicht, er duftet. Das ist der beste Geruch der Welt. Abgesehen von Pferdeschweiß natürlich.«

»Igitt!« Sie schüttelte sich und gabelte dann einen weiteren Haufen Pferdeäpfel auf. Während Mila und ich frisches Stroh in den übrigen Boxen verteilten, schippte sie weiter. Nachdem sie den nächsten Berg Mist in die Schubkarre befördert hatte, ließ ich eine Riesenladung Stroh auf sie niederregnen. Flavia kringelte sich vor Lachen.

»Spinnst du?« Marlene guckte empört, dann kam sie rüber, klaubte einen Armvoll Stroh zusammen und rieb mich damit ab. Kreischend und kichernd wälzten wir uns in der leeren Box.

»Hey, Stallarbeit kann ja richtig Spaß machen.«

Verdutzt blickten wir auf. Marlene wurde blass. Vor uns lehnte Ben lässig an der Box, die Arme verschränkt.

Marlene rappelte sich auf. »Wir ... äh ... wir helfen ein bisschen.«

Ich kicherte. Mila hatte ein bisschen mehr Mitleid, sie nahm Marlene die Mistgabel aus der Hand und sagte: »Den Rest übernehme ich. Draußen steht selbst gemachte Zitronenlimonade.«

»Super!« Flavia rannte sofort nach draußen, gefolgt von Ben und Marlene, die mir beim Rausgehen heimlich die Zunge rausstreckte. Ich winkte ihr grinsend nach.

»Na, du hast aber gute Laune«, stellte Mila fest.

»Als du gestern mit Corinna im Kino warst, habe ich wieder mit Willow geübt. Lukas und ich haben mit ihr Bodenarbeit gemacht«, antwortete ich und verfolgte, wie eine Schwalbe durch das geöffnete Stallfenster segelte.

»Und? Ist es gut gelaufen?«

»Schon besser. Willow ist mir viel öfter gefolgt als beim ersten Mal. Und sie hat mich nur zweimal angerempelt.«

»Willst du es Mama zeigen?«

Ich fuhr mir durch die verschwitzten Locken. »Nein, das ist noch zu früh.«

»Mama macht sich Gedanken«, sagte Mila. »Sie will dir unbedingt helfen. Aber sie hat auch Angst, dass etwas schiefgeht. Sie möchte auf keinen Fall, dass jemand beim Wanderritt verletzt wird.«

Ich senkte den Kopf und schob einige Strohhalme mit der Fußspitze zu einem Kreis zusammen. »Das kann ich ja nachvollziehen. Verstehst du mich trotzdem?«

Impulsiv nahm Mila mich in die Arme. »Natürlich! Ich will doch auch kein anderes Pferd als Gonzo.«

Ben und Marlene saßen dicht beieinander auf der Bank vor dem Stall. Marlenes Wangen glühten und auch Ben sah nicht ganz so cool aus wie sonst. In der Nähe werkelte Josse an Corinnas altem Traktor. Kay hockte auf dem Zaun des Reitplatzes und unterstützte ihn mit schlauen Sprüchen. Nur Lukas fehlte.

Ich schenkte mir ein Glas Limonade ein und stürzte sie hinunter. Eigentlich hatte ich jetzt zur Weide gehen wollen, doch die Stimmung schien plötzlich seltsam. Warum sahen denn alle so angespannt aus? Auch Mila spürte es, wir guckten uns verwundert an.

»Ich sage doch gar nicht, dass man alle Wölfe einsperren sollte«, meinte Josse gerade.

»Nein, aber du hast gesagt, es gäbe einen guten Grund, diese Wölfe einfach einzusperren«, ereiferte sich Marlene.

»Nein«, gab Josse zurück. »Ich meinte, dass es *vermutlich* einen guten Grund gibt, diese Wölfe einzusperren. Was weiß denn ich, warum da ein paar Wölfe im Gehege sind?«

»Eben.« Trotzig verschränkte Marlene die Arme. »Du weißt es nicht.« Sie lehnte sich auf der Bank zurück.

Wölfe? Wald? Gehege? Worum zum Teufel ging es überhaupt?

Kay zwirbelte eine Haarsträhne auf ihren Zeigefinger. »Wölfe, Wölfe, ich höre immer nur Wölfe. Können wir vielleicht mal wieder über Pferde reden?«

»Klärt ihr uns auf?«, fragte ich. »Es klingt ja so, als ginge es um Leben und Tod.«

»Das kann man so sagen«, entgegnete Ben bitter.

»Was?«, regte sich Josse auf. »Nur weil du ein paar Wölfe in einem Auslauf gesehen hast?«

Ich quetschte mich neben Marlene auf die Bank, woraufhin sie noch etwas dichter an Ben heranrückte.

»Könnt ihr noch mal von vorn anfangen?«, fragte Mila.

»Ben hat im Wald drei Wölfe in einem Gehege entdeckt«, erzählte Marlene.

»Im Wald? Hier bei uns?« Mila riss die Augen auf.

»Nein, nicht hier, sondern in dem großen Waldgebiet

hinter der Schnellstraße. Da, wo auch die Heide anfängt. Kennt ihr den alten Steinbruch?«, erklärte Kay. »Dort war Ben vor ein paar Tagen unterwegs. In der Nähe des Roten Felsens hat er die Wölfe gesehen.«

Die Gegend war ziemlich verlassen, selbst zum Wandern verirrte sich da kaum jemand hin. Vor ein paar Jahren war unsere Klasse mal auf einem Ausflug bei dem stillgelegten Steinbruch gewesen.

»Bis du querfeldein gegangen?«, fragte ich.

Ben nickte. »Zuerst nicht, aber das letzte Stück.« Er stützte den Kopf in die Hände. »Ich habe gedacht, ich spinne. Drei Wölfe! Eingesperrt in einem Gehege im Wald. In Kanada bin ich wochenlang einem freien Wolfsrudel gefolgt. Und ich habe mich so gefreut, dass es hier auch wieder mehr Wölfe gibt. Es ist unglaublich, ein Wolfsrudel in freier Wildbahn zu sehen! Ich kapiere einfach nicht, warum man sie einsperren sollte.« Er atmete heftig aus. »Das ist unerträglich.«

»Und was willst du dagegen tun?« Kay sah Ben an. »Da sind drei Wölfe in einem großen Gehege. Wo ist das Problem? Vielleicht sind die Wölfe verletzt oder krank.«

»Aber warum verstecken sie die Wölfe dann?«, fragte Ben. Er sah von einem zum anderen. »Das ist seltsam, oder?«

Marlene nickte heftig.

Für meine Schwester war der Fall anscheinend sonnenklar. Aber wir anderen waren nicht überzeugt, besonders Josse.

»Ich würde erst einmal versuchen, mehr darüber herauszufinden, bevor ich mich aufrege«, sagte er kritisch.

Ben stand von der Bank auf. »Das werde ich. Und wenn ich es weiß, überlege ich mir, was ich dagegen tun kann.«

»Wenn du überhaupt etwas tun musst«, erwiderte Josse nüchtern.

Ben zuckte mit den Schultern. »Vielleicht. Auf jeden Fall werde ich noch mal zum Gehege gehen.«

»Ich komme mit«, erklärte Marlene spontan. »Das will ich mir auch ansehen.«

KAPITEL 28

»Applaus!« Lukas und Mila klatschten in einiger Entfernung wild in die Hände. Willow schnaubte und wich zur Seite aus.

»Ruhig, Süße, es ist alles gut.« Beruhigend streichelte ich ihren Hals, übte einen sanften Zug nach unten auf den Strick aus, bis sie willig ihren Kopf absenkte. Sofort hörten Mila und Lukas zur Belohnung für Willow mit dem Applaudieren auf.

»Gar nicht schlecht«, lobte Mila. »Beim ersten Mal hat sie sich noch sehr erschrocken.«

»Es wird besser«, stimmte ich ihr zu. »Wollen wir jetzt die Plane ausprobieren?«

Lukas zog eine feste blaue Gewebeplane in die Mitte des Reitplatzes. Willow trat von einem Huf auf den anderen.

»Ist gut, das haben wir doch schon mal geübt. Bloß auf dem Hufschlag. Heute legen wir sie mitten in die Bahn, okay?«

Willow fand es nicht okay. Sie wich zurück und zog mich dabei ein Stück mit.

»Lass ihr ein bisschen Zeit«, meinte Mila. Sie zupfte die Plane zurecht, sodass sie ganz glatt auf dem Boden lag. Entschlossen ging ich mit Willow auf die Plane zu. Letztes Mal war sie nach einigem Zögern dann doch daraufgetreten und zum Schluss hatte sie sich sogar einmal kurz mit allen vier Hufen daraufgestellt. Das war ein Riesenunterschied zu unseren ersten Versuchen, bei denen Willow sich geweigert hatte, die Plane auch nur anzuschauen.

Ich übte einen vorsichtigen Zug am Führstrick aus und ging einige Schritte vorwärts. Der Strick spannte sich, aber das war auch schon alles. Stocksteif stand Willow da und blähte die Nüstern. Sie wäre sofort als Pferdestatue durchgegangen. Vielleicht sollte ich uns beide silbern ansprühen, damit wir uns in der Fußgängerzone ein bisschen Taschengeld verdienen konnten.

Ich erhöhte den Zug etwas. Willow stemmte die Hufe tiefer in den Boden.

Aha. So also nicht.

Ich strich mir die verschwitzten Haare aus der Stirn. Lukas und Mila beobachteten uns, hielten sich aber mit Ratschlägen zurück.

Hm, ich musste es schaffen, Willows Vertrauen zurückzugewinnen. Ich drehte mich um und marschierte in die andere Richtung, zurück zum Hollerhof. Willow folgte mir.

Gut. Aber noch konnten wir uns die abendliche Möhre nicht gönnen.

Willow blieb stehen, als ich anhielt. Sie richtete die Ohren nach vorn, doch als sie begriff, dass ich mich wieder umdrehen wollte, hingen ihre Ohren plötzlich herunter wie zwei müde Wäschestücke über dem Zaun.

Okay, jetzt musste ich auf jeden Fall ruhig bleiben. Denn ich bestimmte doch, wo es langging. Das würde Willow Sicherheit geben, außerdem half ihr die Übung dabei, sich nicht mehr so zu fürchten. Ich musste nur dranbleiben und durfte nicht an mir zweifeln. Dann würde Willow es auch nicht tun.

Während ich noch dabei war, mich selbst zu überzeugen, dass ich alles richtig machte, riss Willow kräftig am Führstrick. Völlig überrascht stolperte ich und hielt mich gerade noch auf den Beinen.

Das Nachdenken verschob ich wohl besser auf später. Die Übung auch. Und zwar nicht wegen Willow, sondern meinetwegen. Anscheinend war ich noch nicht so weit.

»Wir machen morgen weiter.« Ich wandte mich endgültig Richtung Stall.

»Morgen?«, fragte Lukas fassungslos. »Du willst jetzt einfach aufgeben? Obwohl sie dich gerade fast über die Erde geschleift hätte?«

»Das hat doch nichts mit Aufgeben zu tun!«, wehrte ich mich. »Im Gegenteil, ich habe gerade wirklich etwas kapiert.«

»Was denn?«, fragte Mila neugierig.

Lukas schüttelte verständnislos den Kopf. Ich beachtete ihn nicht weiter und suchte nach den richtigen Worten. Es war gar nicht so einfach, es zu erklären.

»Eben habe ich noch überlegt, ob ich es wirklich so richtig mache«, versuchte ich es. »Aber das war falsch. Ich muss wissen, was ich will. Und davon darf ich mich nicht ablenken lassen.«

»Jetzt weißt du doch, was du willst«, widersprach er.

»Ja, aber im Moment stehen wir schon wieder unter Druck. Das möchte ich nicht mehr. Morgen früh probiere ich es wieder.«

»Wie wäre es mit einem Kompromiss?«, mischte sich Mila ein. »Ich habe auch den Eindruck, es reicht für heute. Aber ich glaube, Lukas will mit etwas Gutem zum Abschluss aufhören, stimmt's?«

Lukas nickte und verschränkte die Arme vor der Brust. »Und wie sieht der Kompromiss nun aus?«, fragte er.

»Wir machen etwas, das Willow gern mag«, schlug Mila vor.

»Und was wäre das?«

»Ylvi kann mit ihr vielleicht durch den Flattervorhang laufen. Im Hindernis hält sie an, wartet einen Moment und geht dann weiter.«

Ich streichelte Willow sanft über den Nasenrücken. »Na, wie wär's?«

Sie stupste mich an und folgte mir dann ohne Zögern durch den Vorhang.

»Jetzt hören wir auf«, entschied ich. Lukas und Mila hatten recht. Besser, wir beendeten das Training mit etwas Schönem.

Willow stürzte sich auf das Gras am Wegrand. Sie spielte mit den Ohren, als ich Mila noch einmal den Führstrick gab und langsam um sie herumging. Vorsichtig strich ich ihren Hals entlang, anschließend über den Rücken. Sie kräuselte die Nüstern und schlug mit dem Schweif, ansonsten blieb sie aber stehen.

Hm, es war nicht perfekt. Aber für heute war es genug. »Tja, eine Runde Möhren für alle, würde ich sagen.«

Bei »Möhren« hob Willow sofort den Kopf. Ich schmunzelte. Immerhin hörte sie zu. Nur warum fühlte sie sich so oft unwohl, sobald jemand sie intensiver streichelte?

KAPITEL 29

Frühnebel lag über den Wiesen, die dadurch so magisch wirkten, als wäre ich in einem Märchenland. Ich hielt an und schaute mich so lange um, bis die Sonne kräftig genug war, um die Nebelschwaden aufzulösen. Dann radelte ich die letzten Meter zum Hollerhof, auf dem es so früh am Morgen noch ganz ruhig war.

Leise schob ich die Stalltür auf – und sprang erschrocken zurück. Mr Mouse stob an mir vorbei, als hätte er nur auf mich gewartet. Ich guckte beiseite und versuchte zu ignorieren, was aus seinem Maul baumelte. Zum Glück war das Heu, das einige Meter weiter an Willows Zähnen klebte, rein vegetarisch.

Ich kratzte den über Nacht angesammelten Pferdemist aus ihren Hufen und führte sie dann am Halfter Richtung Fluss. Heute würde ich es noch einmal mit der Plane versuchen.

»Wie wäre es mit ein bisschen Frühsport?«, fragte ich und kraulte Willow zärtlich hinter den Ohren.

Seite an Seite rannten wir den gewundenen Pfad zum Reitplatz hinunter. Dort lag die Plane noch von gestern Abend ausgebreitet. Damit sie nicht davonflog, hatten wir sie mit ein paar Feldsteinen beschwert.

Nun begann ich mit den ersten Führübungen. Ich variierte die Geschwindigkeit, ging mal schnell, mal langsamer. Dazwischen blieb ich stehen, sodass Willow immer wieder auf mich achten musste.

Es klappte so gut, dass ich mich traute, Willow Richtung Plane zu führen, die wir bisher links liegen gelassen hatten. Anscheinend zahlte sich das jetzt aus, denn Willow betrachtete die Plane neugierig, als sähe sie sie zum ersten Mal.

Täglich grüßt das Murmeltier! Ich grinste bei dem Gedanken an den alten Film, den ich neulich mit Mama angeschaut hatte. Darin war ein Mann in einer Zeitschleife gefangen gewesen und jeden Morgen zur selben Zeit am selben Ort aufgewacht. Alles wiederholte sich – irgendwie kam mir das bekannt vor.

Ich ließ Willow die Plane ausgiebig beschnuppern und trat dann einen Schritt vor.

»Komm zu mir«, lockte ich sie.

Willow schnaubte. Sie setzte in Zeitlupe den rechten Vorderhuf auf die Plane, dann den linken. Das leise Knistern der Plane ließ sie erstarren. Verdutzt senkte sie den Kopf und beschnupperte den Untergrund noch einmal ausgiebig.

»Lass dir Zeit«, sagte ich leise, und im selben Moment wurde mir klar, dass ich das wirklich so meinte. Wir würden das schon hinbekommen mit dem Wanderritt. Und wenn nicht, war es vielleicht auch nicht so tragisch. Hauptsache war doch, wir kamen wieder miteinander klar.

Willow setzte langsam auch die Hinterhufe auf die Plane, zögerte kurz und ging dann direkt auf mich zu.

»Gut gemacht!« Ich führte Willow von der Plane hinunter und löste den Panikhaken vom Führstrick. »Jetzt kannst du laufen, wie du willst.«

Willow blieb neben mir stehen, ganz gelassen. Ihre Unterlippe war weich, der rechte Hinterhuf locker aufgestellt.

Das Geräusch der Plane schien ihr nichts ausgemacht zu haben. Sollte ich noch ein wenig weitergehen?

Ich schlenderte kreuz und quer über den Reitplatz. Und Willow folgte mir! So, als hätte sie das schon als Fohlen gemacht. Ich strahlte und fiel ihr um den Hals. Jetzt waren wir einen großen Schritt weiter.

Später am Vormittag lehnten Mila und ich am Gatter und schauten den Pferden beim Grasen zu. Gonzo klaubte einen Pferdespielball auf und trottete damit zu Willow.

»Er sieht aus wie ein Hund.« Mila kicherte. »Was hat er damit vor?«

Spielen! Gonzo schlenkerte den Ball vor seiner Freundin

herum. Willow wandte sich ab, doch Gonzo ließ nicht locker. Immer wieder hielt er Willow den Ball unter die Nase und drängte sie zum Spielen. Endlich schnaubte Willow, biss in den Griff des Balls und schleuderte ihn durch die Luft.

»Wie niedlich!«, rief Kay, die gerade dazukam. »Wollt ihr mitkommen?«, fragte sie uns dann. »Josse und ich haben einen Parcours aufgebaut.«

»Ich habe Mama versprochen, ihr gleich noch das Mailprogramm zu reparieren.« Mila seufzte. »Ich weiß nicht, wie sie das immer hinkriegt. Der Computer funktioniert völlig normal, und nur fünf Minuten, nachdem sie angefangen hat, ihre Mails zu beantworten, geht gar nichts mehr.«

»Am besten verkuppelst du sie mit einem IT-Fachmann«, schlug Kay vor.

»Super Idee!« Mila grinste. »Apropos Computer: Wir sollten langsam mal die Route für den Wanderritt ausarbeiten und ein paar Höfe zum Übernachten heraussuchen.«

Kay nickte. »Klar, wir kommen nachher zu dir rauf.«

Inzwischen hatten Gonzo und Willow den Ball fallen lassen und grasten einträchtig nebeneinander. Das passte gut. Ich brannte zwar darauf, den Hindernisparcours auszuprobieren, hätte sie aber ungern beim Spielen gestört. Jetzt jedoch ließ sich Willow bereitwillig zum Putzplatz führen.

Nachdem ich sie geputzt und gesattelt hatte, streifte ich

ihr die Zügel über den Hals. Das Gebiss klirrte leise und Willow legte die Ohren an. Nur ganz leicht, aber dann bemerkte ich, dass sie auch mit dem Schweif schlug.

»Was? Seit wann stört dich das denn?« Ich hielt ihr das Zaumzeug zum Beschnuppern hin, dann hob ich das Kopfstück langsam Richtung Kopf. Diesmal reagierte sie nicht und ließ sich aufzäumen, genau wie sonst auch.

Kurz darauf versammelten wir uns auf dem Reitplatz, wo Kay und Josse einen Parcours aus bunten Stangen aufgebaut hatten. Ein ewig langer und ziemlich breiter Bretterweg verlief quer über den Platz.

Josse fing an und balancierte über das Holz, dicht gefolgt von Sally, die das Brett misstrauisch beäugte und immer wieder unsicher danebentrat.

»Hm, sollen wir noch mal?«, fragte Josse, nachdem sie das Brett bewältigt hatten.

»Warte lieber und wiederhole es später«, antwortete ich. »Das hat Willow und mir bei der Plane auch geholfen.«

Kay nickte. »Dann bin ich jetzt dran. Komm, Mort.« Ohne zu zögern, betrat sie das Holzbrett.

Mortimer senkte den Kopf, um das Brett zu beschnuppern, dann folgte er Kay ohne weitere Umstände.

Mensch, lief das gut bei denen!

»Möchtest du jetzt?«, fragte Kay.

Ich zögerte. Ein bisschen aufgeregt war ich schon. Inzwischen hatten sich um die zehn jüngere Reitschülerinnen am Zaun versammelt und sahen uns neugierig zu. Würde Willow mit Zuschauern auch so gut mitmachen wie vorhin auf dem kleinen Reitplatz?

»Wollen wir es wagen?«

Sie schnaubte. Wenn das keine Zustimmung war!

Willow folgte mir auf das Holzbrett und stupste es mit dem Huf an, bevor sie das Brett eingehend beschnupperte. Ich ließ ihr Zeit, auch wenn das Rascheln und Geflüster hinter mir zeigten, dass die Mädchen ungeduldig wurden. Pech! Wir waren ja keine Unterhaltungsshow.

Langsam ging ich über das Holzbrett. Der Führstrick straffte sich für einen Augenblick, aber ich wandte mich nicht um, sondern lief weiter. Sekunden später ließ die Spannung auf dem Strick nach.

Gut, dass ich mich nicht umgedreht hatte!

Doch Willow hatte es plötzlich eilig, sie holte auf und versuchte, sich an mir vorbeizudrängeln.

Ohne nachzudenken, hob ich die Hand und sagte bestimmt: »Halt.«

Willow reagierte sofort und hielt an. Großartig!

Die letzten Meter waren kein Problem. Willow folgte mir im richtigen Abstand, bis wir wieder auf dem vertrauten Sandboden standen.

Kay fiel mir um den Hals. »Das war toll! Kein Vergleich zu neulich. Ihr habt echt Fortschritte gemacht!«

Auch Josse war begeistert. »Jetzt kommt das Stangenlabyrinth«, sagte er und führte Sally zwischen den Stangen hindurch, die einen schmalen Pfad bildeten.

Kurz darauf waren wir an der Reihe. Alles lief wie geschmiert!

»Willst du das nicht mal Corinna zeigen?«, fragte Josse.

Ich schüttelte den Kopf. »Nein, ich warte lieber noch.«

»Wirklich?«, fragte Kay ungeduldig. »Wie lange denn? Sollte Corinna nicht allmählich mitbekommen, wie gut es bei euch läuft?«

»Die Bodenarbeit ist gut. Aber den Wanderritt machen wir doch nicht zu Fuß. Oder hattest du das vor?«

Kay schnitt eine Grimasse. »Na gut, der Punkt geht an dich. Aber trotzdem solltest du sie einweihen. Sonst hält sie eure Erfolge vielleicht für Zufallstreffer, wenn sie die Entwicklung nicht mitbekommt.«

Kein schlechtes Argument. Aber trotzdem – ich war einfach noch nicht so weit. Nach den letzten Reitstunden bei Corinna wollte ich mir keine Blöße mehr geben. Und mein Gefühl sagte mir, dass da noch immer was nicht stimmte. Normalerweise ließ sich Willow das Zaumzeug willig anlegen, allein das war schon ein Zeichen.

Wir versorgten die Pferde und bauten den Parcours wieder ab. Gerade rückte ich die letzte Stange zurecht, als mein Handy klingelte.

»Kommst du nachher zum Abendessen?«, fragte Marlene.

»Klar, alles okay?«

»Ja, alles gut. Ich wollte dich nur um was bitten.«

Einen Gefallen? Na, ich würde es früh genug erfahren.

Den Rest des Nachmittags verbrachten wir bei Mila vor dem PC.

»Wie wäre es mit der Location hier?«, fragte Mila und zeigte auf den Bildschirm. »Abgeschieden, kein Hotel, sondern eine Fläche zum Zelten und große Paddocks für die Pferde.«

»Klingt toll.« Kay schaute auf ihr Smartphone und gab den Ort ein. »Und der Hof liegt genau auf unserer Route. Alle anderen Höfe sind entweder total weit weg oder sie liegen zu nah an Straßen. Scroll mal weiter.«

Es dauerte ganz schön lange, bis wir für jede Übernachtung die perfekte Wanderreitstation gefunden hatten. Komfort oder Luxus brauchten wir nicht. Hauptsache, die Pferde waren gut versorgt und wir konnten ganz für uns bleiben.

»Morgen frage ich alle Höfe an«, versprach Mila am Ende zufrieden. »Das wird großartig!«

Mein Magen kribbelte vor Vorfreude, doch ich bremste

mich lieber. Noch war nicht alles in trockenen Tüchern. Ich seufzte und verabschiedete mich von den anderen. Jetzt wartete erst mal das Abendessen auf mich. Und Marlene.

KAPITEL 30

Zu Hause kamen wir jedoch erst einmal nicht zum Reden. Bella hatte Durchfall. Mama drückte mir sofort die Leine in die Hand, damit wir einige Runden um den Block drehten.

Anschließend half ich Papa beim Ausräumen des Kofferraums.

»Wieso bist du denn schon wieder da? Wolltest du nicht erst am Wochenende kommen?«, fragte ich, als wir die Einkäufe ins Haus trugen.

»Eigentlich schon, aber der Referent des Lehrgangs ist krank geworden.« Papa klopfte mir auf die Schulter. »Wie läuft's mit Willow?«

»Ganz gut«, sagte ich, während wir zum zweiten Mal zur Haustür gingen.

Da fiel Papa noch etwas ein. »Gestern Abend war Marlene doch auch bei euch im Stall. Ist sie wieder geritten?«

Bitte was? Gestern Abend war ich mit Lukas und Mila

auf dem versteckten Reitplatz gewesen. Marlene hatte sich dort nicht blicken lassen.

»Ähm.« Verzweifelt suchte ich nach einer Antwort. Schließlich wollte ich Marlene nicht bloßstellen.

»Schon okay«, sagte er. »Ich frage sie wohl besser selbst.«

Beim Abendessen war Marlene auffallend mitteilungsbedürftig. Sie redete und redete, sodass selbst Flavia kaum zu Wort kam.

»Braucht ihr morgen Nachmittag wirklich jemanden, der auf Flavia aufpasst?«, fragte Marlene plötzlich.

Mama sah von ihrem Salat auf. »Ja, natürlich. Papa hat einen Termin im Büro und ich gebe Klavierunterricht. Für morgen haben sich zwei neue Schüler angemeldet.«

»Kann Flavia dann vielleicht zu Oma?« Marlene rollte flehentlich mit den Augen.

»Freitags hat Oma doch jetzt immer ihren Yoga-Kurs«, erinnerte Papa sie.

»Och«, stöhnte Marlene enttäuscht.

»Wir haben doch besprochen, dass du diesen Ferienjob machst«, sagte Mama streng. »Du passt fünf Tage die Woche ein paar Stunden auf Flavia auf, dafür sponsern wir dir den Flug nach Griechenland. Ich dachte, das gilt noch.«

»Tut es ja auch.« Marlene stöhnte genervt. »Es ist nur ... Ich wollte so gern mit Ben zum Wolfsgehege.«

»Wolfsgehege?«, fragte Papa erstaunt. »Seit wann gibt's denn hier so etwas?«

»Nicht direkt hier«, erklärte Marlene. »Drüben beim Roten Felsen.«

Jetzt war ich an der Reihe. Ich hatte es schon befürchtet.

»Was ist denn mit dir? Ich habe dich doch vorhin schon gefragt.«

Tatsächlich? Das war ja wohl ein klassischer Fall von Realitätsverlust!

»Du hast mich nur gefragt, ob ich zum Abendbrot da bin.«

Davon ließ sich Marlene nicht beirren. »Dann frage ich dich eben jetzt. Kannst du für mich morgen das Babysitten übernehmen? Bitte!«

Alle schauten mich an. Oje.

»Aber ich bin schon verabredet«, protestierte ich. »Wir wollten morgen wieder mit Willow trainieren. Für den Wanderritt.«

»Das machst du doch jeden Tag«, fertigte Marlene meinen Einwand ab. »Ein Tag Pause tut Willow und dir bestimmt mal gut.«

Oho, da sprach die Pferdeexpertin. Einmal eine Box ausgemistet, und schon wusste Marlene alles über Pferde.

»Woher willst du das denn wissen?«, fragte ich. »Nur

weil du jetzt ständig auf dem Hollerhof bist, bist du noch lange keine Pferdespezialistin.«

Marlene rollte mit den Augen, sagte aber nur: »Bitte, Ylvi. Ausnahmsweise.«

Flavia hüpfte auf ihrem Stuhl wie ein Flummi auf und ab und jubelte: »Oh ja, nimmst du mich mit zu den Ponys?«

»Du hast dann auch etwas bei mir gut«, schob Marlene nach.

Als ob es das noch gebraucht hätte. Ich wusste, wann ich geschlagen war. »Na schön.«

Es wäre mir lieber gewesen, sie hätte mich vorher gefragt. Irgendwie kam ich mir ein wenig vorgeführt vor.

KAPITEL 31

»Willst du mal auf Gonzo reiten?«, fragte Mila am nächsten Tag und hievte Flavia hoch.

»Hüa!« Begeistert zupfte Flavia an Gonzos hochstehender Mähne.

Willow war leider nicht zum Zaun gekommen. Sie hob nur den Kopf und spitzte die Ohren, als wir das Gatter öffneten. Dann siegte das saftige Gras vor ihrer Nase und sie futterte weiter.

Na ja, das war ja nicht so schlimm. Nach den Fortschritten der letzten Tage musste sie nun nicht auch noch wiehernd angetrabt kommen, sobald ich in Sichtweite war. Wobei: Schön wäre es ja schon gewesen.

Flavia gluckste, als Mila sie auf Gonzo über den Reitplatz führte. Ich lief nebenher und passte auf, dass sie nicht von seinem breiten Rücken rutschte.

»Ärgerst du dich noch, dass das Training heute ausfällt?«, fragte Mila. Josse war beim Basketballtraining, denn wegen irgendeines Wettkampfes mussten sie ein paar Extrarunden einschieben. Und auch Lukas konnte nicht, also hatten wir unsere Vorbereitungen für den Wanderritt verschoben.

»Nö. Vielleicht ist ein Tag Pause wirklich nicht so schlecht.«

Sie nickte. »Ja, denke ich auch.«

»Außerdem bin ich froh, dass es gerade so entspannt mit Marlene ist. Wir haben uns schon ziemlich lange nicht gestritten.«

»Krasse Leistung.« Mila lachte.

»Genau.« Von den Abgründen, die sich zwischen Geschwistern auftun konnten, ahnte die Glückliche ja nichts. »Weißt du was? Ich wäre auch gern mit zu diesem Gehege gefahren.«

»Ich auch!« Milas Augen leuchteten. »Ich habe bisher erst einmal im Zoo Wölfe gesehen. Da haben sie mir auch leidgetan. Aber ich vermute, Marlene und Ben sind auch ganz gern zu zweit unterwegs.«

Ich kicherte. »Gut kombiniert, Sherlock.«

»Bin mal gespannt, wie es mit den beiden weitergeht«, sagte Mila. »Gut aussehen tut er ja. Aber wenn ich Kay richtig verstanden habe, ist er auch bald wieder weg, oder?«

»Eigentlich wollte Ben schon vor einer Woche abreisen«, mischte sich Kay ins Gespräch ein, die unvermittelt hinter uns aufgetaucht war. »Aber gestern hat er mit meinen Eltern besprochen, dass er noch länger bleibt. Er überlegt, ob er hier studieren soll.«

»Ich dachte, er studiert in Kanada«, wunderte ich mich.

»Nein, das war eine Art Ausbildung, die er dort angefangen hat«, antwortete Kay. »Bei dem Fotografen, mit dem er das Wolfsrudel begleitet hat. Doch irgendetwas muss da schiefgegangen sein. Jedenfalls ist er früher als geplant zurückgekommen. Ich glaube, er hat die Ausbildung mittendrin abgebrochen.«

»Oh, das hätte ich nicht gedacht«, meinte Mila überrascht. »Er wirkt eher wie ein Typ, der alles bis zum Ende durchzieht.«

Kay nickte. »Ist er eigentlich auch. Wie gesagt, irgendetwas muss da vorgefallen sein, aber ich habe es nicht aus ihm herausbekommen. Jedenfalls ist er total erleichtert, dass er noch bei uns bleiben kann. Ich habe das Gefühl, ausnahmsweise weiß er selbst nicht, was er als Nächstes machen soll.«

Das Problem hatte ich zum Glück nicht. Meine nächsten Ziele standen mir glasklar vor Augen.

KAPITEL 32
Ben

Er schob einen Ast zur Seite, um sie vorbeizulassen. Sie lächelte ihm zu. Er spürte sein Herz klopfen. Hübsch sah sie aus, vor allem jetzt, wo das Sonnenlicht durch die Blätter schien und ihr Gesicht sprenkelte. So hatte sie fast ein bisschen was von einer Wildkatze an sich.

»Da ist der Zaun«, sagte er und deutete nach vorn. Er war ja nicht gerade klein, beinahe 1,90 Meter groß. Doch der Zaun überragte ihn ein ganzes Stück. Er schaute genauer hin. Unter den Sockeln der einzelnen Zaunelemente ragte jeweils ein Betonklotz hervor. Er bohrte mit einem Stock in der Erde und stellte fest, dass der Zaun einbetoniert worden war. Klar, als Ausbruchschutz, denn Wölfe konnten gut graben.

»Sollen wir am Zaun entlanggehen?«, schlug Marlene vor. »Ich habe nicht herausbekommen, wem das Gehege gehört. Niemand wusste etwas davon. Es liegt ja auch sehr versteckt.«

Er überlegte. »Die Jäger müssten es wissen. Oder der Förster, der sich um diesen Wald kümmert. Wir könnten auch bei der Gemeindeverwaltung fragen. Irgendjemand muss das ja abgesegnet haben.«

Sie nickte. »Stimmt, da erfahren wir hoffentlich etwas.«

Eine Weile stapften sie schweigend am Zaun entlang. Bei jeder Lücke im Unterholz spähte er nach drinnen und hoffte, die drei Gestalten wiederzusehen. Doch da war nichts. Nur Wald, genau wie auf ihrer Seite.

Das Gehege war groß, viel größer, als er erwartet hatte. Doch für Wölfe war es immer noch zu klein. Sie legten locker bis zu vierzig Kilometer am Tag zurück. Diese Strecke konnte ihnen kein noch so großes Grundstück bieten.

Er spürte, wie wieder Wut in ihm hochstieg. Warum waren Menschen nur so dumm? Wie konnte jemand auf die Idee kommen, Wölfe einzusperren, wenn es ringsum so viel Platz für sie gab?

Marlene packte seinen Arm. »Da ist etwas«, raunte sie.

Im nächsten Augenblick sah er es auch.

Ein Tor. Und dahinter noch eines. Jetzt erst bemerkte er die schmale Zufahrt zum äußeren Tor. Er betrachtete die weiche Erde. Darin zeichneten sich Reifenabdrücke eines größeren Autos ab. Nicht besonders alt, denn sie waren gut zu erkennen. Gestern Nacht hatte es geregnet, es war also nicht lange her, dass jemand hier geparkt hatte.

Marlene stieß einen erstickten Laut aus.

Er sah hoch und ein Glücksgefühl durchströmte ihn. Vor ihnen löste sich eine große graubraune Gestalt aus dem Dickicht und huschte zu einer zweiten, die bereits in wenigen Metern Abstand vor dem Tor saß und sie beobachtete. Kurz darauf gesellte sich auch der dritte Wolf dazu. Er war etwas kleiner als die anderen beiden und hielt sorgsam Abstand zu ihnen.

Die drei warteten geduldig. Aber worauf?

Die Antwort ließ nicht lange auf sich warten. Marlene fuhr herum, als ein dröhnender Motor die Ankunft eines großen Autos ankündigte.

Ein riesiger schwarzer SUV füllte die komplette Einfahrt zum äußeren Tor aus. Durch die getönten Scheiben war der Fahrer dahinter nicht zu sehen. Alle fünf warteten sie weiter, Marlene, er und die drei Wölfe.

Schließlich öffnete sich die Fahrertür und ein grobschlächtiger Mann kämpfte sich aus dem Sitz.

»Was macht ihr hier?«, knurrte er, während er auf sie zumarschierte. »Das ist Privatgelände.«

Ben kniff die Augen zusammen. Wollte der Ärger? Den konnte er haben!

»Der Wald ist privat?«, fragte er ruhig.

Der Mann wies auf das eingezäunte Gelände. »Das hier ist privat. Da habt ihr nichts verloren.«

»Sind das Ihre?«, fragte Marlene und deutete auf die Wölfe, die inzwischen noch näher an das Tor herangekommen waren.

»Was geht euch das an?«, wehrte der Mann unwirsch ab und ging zurück zu seinem Kofferraum. Er kam mit einem Kunststoffbehälter zurück, der einen metallischen Geruch verströmte. »Die Antwort ist jedenfalls Nein«, brummte er dann doch. »Das sind nicht meine. Und wenn ihr mich fragt, gehörten die Biester längst erschossen. Das bringt hier doch alles nichts.«

»Aber warum füttern Sie sie dann?«, fragte Ben, als der Mann sich Plastikhandschuhe überzog, den Deckel des Behälters öffnete und mit schwungvollen Bewegungen große Fleischbrocken über den Zaun schleuderte.

»Ich bin hier nur die Vertretung«, murmelte der Mann. »Ihr eigentlicher Besitzer musste für ein paar Tage ins Ausland. Ich wüsste allerdings nicht, was euch das alles angeht.«

Er warf ein weiteres Fleischstück auf die andere Seite und starrte sie dann aus schmalen Augen an.

»Was steht ihr hier eigentlich so herum und stellt so viele Fragen? Verschwindet jetzt, aber schnell.«

Marlene öffnete den Mund, um zu protestieren, aber Ben legte ihr schnell die Hand auf die Schulter.

»Schon gut, wir sind schon weg«, sagte er ruhig. »Auf Wiedersehen.«

»Nee, lieber nicht«, rief ihnen der Mann nach. »Bleibt hier bloß weg.«

Das könnte ihm so passen. Er presste die Lippen zusammen. Der hielt hier für seinen Kumpanen Wölfe und tat auch noch so, als wäre das seine Privatangelegenheit.

»Weiß der nicht, dass Wölfe streng geschützt sind?«, regte Marlene sich auf, sobald sie außer Hörweite waren. »Nächstes Mal hängen wir einen Ausdruck der Tierschutzkonvention an den Zaun und hetzen ihnen die Polizei auf den Hals.«

Wenn das hilft, dachte er bitter. Viel zu oft hielt sich die Polizei bei Tieren erst mal zurück und wartete ab, bis etwas wirklich Schlimmes passierte. Dabei war es doch längst so weit: Das Schlimme passierte direkt vor ihren Augen. Wildtiere, die in Freiheit gehörten, wurden eingepfercht wie Schweine in ihren Koben und mit ein bisschen billigem Fleisch abgespeist.

Er drehte sich um und sah, wie die Wölfe gierig Brocken um Brocken hinunterschlangen, die ihnen der Mann immer noch zuwarf.

Jetzt schaute auch der Mann zurück. Ihre Blicke trafen sich. Ben nickte kurz. *Wir sehen uns wieder. Und das ist ein Versprechen.*

KAPITEL 33

Am folgenden Tag schallte mir schon am Anfang der Sackgasse, die zum Tierheim führte, lautes Hundegebell entgegen. Marlene war gestern so spät nach Hause gekommen, dass ich schon geschlafen hatte, und auch heute Morgen hatten wir uns verpasst. Jetzt wollte ich unbedingt wissen, wie es beim Wolfsgehege gewesen war.

Ich stellte mein Fahrrad ab und sah mich nach ihr um. Um diese Zeit war das Büro der Tierheimleitung längst geschlossen. In den späten Nachmittagsstunden und am frühen Abend kümmerten sich fast nur freiwillige Helfer um die Hunde und Katzen, Vögel, Kaninchen, den Esel und die übrigen Tiere, die hier untergekommen waren.

»Marlene?«, rief ich halblaut, um keines der Tiere in den Ställen zu erschrecken.

Von Marlene war weit und breit nichts zu sehen. Ihr Fahrrad lehnte jedoch direkt neben dem Stall, also musste sie hier irgendwo sein.

Ich umrundete den großen Käfig, in dem mehrere Katzen ihren Freilauf hatten. Direkt daran schloss sich eine Wiese mit Obstbäumen an, auf der der Esel graste.

»Hey, Timmy, wie wäre es mit einer Möhre?«, fragte ich und ging auf das gutmütige Tier mit dem struppigen grauen Fell zu, als ich plötzlich stolperte.

»Huch! Entschuldige, Barbara!« Ich bückte mich, um herauszufinden, ob die große Landschildkröte unseren Zusammenstoß unbeschadet überstanden hatte.

Es dauerte eine Weile, bis Barbara ihren Kopf aus dem Panzer streckte. Ich zupfte ein Löwenzahnblatt ab und hielt es ihr vorsichtig hin. Würdevoll knabberte die Schildkrötendame an dem Blatt und beobachtete mich dabei aus ihren schwarzen Knopfaugen.

»Zum Glück bist du nicht nachtragend«, stellte ich fest.

»Wenn man das nur von allen sagen könnte«, sagte Marlene, die hinter Timmy zum Vorschein kam.

Wenn Marlene so unerwartet vor mir auftauchte, wunderte ich mich manchmal immer noch. Anstatt wie früher in schicken Lederhosen und einem dünnen, möglichst mit Pailletten oder anderem Glitzerkram übersäten Top herumzulaufen, trug sie nun meistens Jeans, irgendein Secondhand-Sweatshirt und ausgelatschte Turnschuhe.

Marlene zupfte sich einen Strohhalm aus den Haaren und grinste mich an. »Hey, was machst du denn hier?«

»Ich will doch wissen, wie es bei den Wölfen war! Bist du bald fertig?«

»Nur noch die Kaninchenställe ausmisten, dann können wir los«, antwortete Marlene.

Ich nickte.

Schweigend säuberten wir die Kaninchenställe, streuten frisches Heu aus und reinigten die Wasserflaschen und Futternäpfe.

»Jetzt habe ich noch etwas für dich«, verkündete Marlene, nachdem wir in den Käfigen frisch gepflückte Löwenzahnblätter verteilt hatten.

»Was denn?«, fragte ich gespannt.

Marlene schüttelte nur den Kopf und ging mit mir hinter das Hauptgebäude. Ein schmaler Trampelpfad führte an den Garagen entlang. Wir bogen um die Ecke – und standen vor fünf Ponys. Den zotteligsten und dünnsten Shetlandponys, die ich je gesehen hatte!

»Wo kommen die denn her?« Ich schnappte nach Luft.

Marlene öffnete das rostige Tor und ging zu dem ersten Shetlandpony, das ihr unter seiner verfilzten Mähne trotzig entgegensah.

Ich lockte eine kleine weiße Stute an. Na ja, das Fell war eher schmutzig grau. Alle fünf gehörten mal tüchtig gestriegelt.

Marlene zuckte mit den Schultern. »Ich habe keine Ahnung. Gestern Nachmittag haben einige Tierschützer sie aus einem Transporter geladen. In der Zeit war ich ja mit Ben im Wald.«

Ein Schatten flog über ihr Gesicht. Oh, war da etwas vorgefallen im Wald? Doch als ich nachfragte, wechselte sie schnell das Thema.

Behutsam kraulte ich einem mageren Ponyhengst die Ohren, während er meine Taschen nach Futter durchwühlte.

»Hätte ich das gewusst, hätte ich dir etwas mitgebracht«, sagte ich.

»So viel dürfen sie noch gar nicht fressen«, meinte Marlene. »Der Tierarzt, der sie vorhin untersucht hat, meinte, wir sollten es mit dem Futter langsam angehen. Weil sie so ausgehungert sind.«

Das klang logisch. Besser, noch ein bisschen Hunger haben, als eine Kolik bekommen.

»Und du weißt gar nichts über die Ponys?«, fragte ich noch einmal nach.

»Meine Kollegin meinte, sie kommen von irgendeinem Bauernhof, der ein ganzes Stück weiter weg ist«, erwiderte Marlene. »Die Tierheime dort in der Nähe konnten sie nicht mehr aufnehmen. Deshalb sind wir eingesprungen. Aber auf Dauer können sie hier auch nicht bleiben. Das bisschen Wiese hier ist viel zu klein. Meinst du, Corinna würde sie nehmen?«

Groß waren die Chancen nicht. Schließlich waren alle unsere Boxen belegt, und ich wusste, dass Corinna erst neulich überlegt hatte, sich von einem oder sogar zweien ihrer Reitschulponys zu trennen. Der Druck, alle durchfüttern zu müssen, war einfach zu groß.

»Ich werde auf jeden Fall fragen«, versprach ich. »Macht euch aber lieber nicht zu viele Hoffnungen.«

Marlene nickte. »Dann müssen wir eine andere Lösung finden.«

»Können die Tierschützer, die sie euch gebracht haben, sie nicht nehmen?«

»Nein«, sagte Marlene. »Sie haben keinen Platz.«

»Kennst du die Leute?«, fragte ich neugierig.

»Ja, über Ben. Er hat auch unser Tierheim als Auffangstation vorgeschlagen.«

Aha, Ben interessierte sich also nicht nur für Wölfe, sondern auch für halb verhungerte Ponys. »Und wie war es nun bei den Wölfen?«

»Die sind echt imposant.« Marlenes Augen fingen an zu strahlen, dann begann sie zu erzählen. Das meiste klang richtig toll, nur den Mann, der zum Füttern kam, fand ich etwas gruselig. Was wohl dahintersteckte?

KAPITEL 34

Der nächste Tag war schwül und heiß. Die ganze Zeit wanderten wir mit den Pferden von einem schattigen Ort zum nächsten. Erst gegen Abend kam eine laue Brise auf und brachte einen Hauch von Abkühlung.

Eigentlich wäre ich jetzt liebend gern zum Fluss geritten, doch Kay fand es dort immer noch zu heiß, außerdem wollte sie Mortimer nicht den Bremsen aussetzen.

»Dann reib ihn mit meiner Kräutersalbe ein«, schlug Mila vor.

Kay schüttelte sich. »Bist du wahnsinnig? Nie im Leben! Das Zeug mieft wie die Hölle. Danach muss er wegen eines Stinketraumas in Therapie gehen.«

»Haha«, sagte Mila beleidigt. »Gonzo hilft es ausgezeichnet. Und Willow doch auch, oder?«

»Hm, ja …« In diese Diskussion wollte ich nicht so gern hineingezogen werden. »Ganz okay, denke ich.«

Mila zog eine Grimasse. »Ihr seid alle so undankbar!«

Am Ende landeten wir in ihrem Zimmer und schaufelten Bücher, Zeitschriften, Tarotkarten und verschiedenstes Werkzeug zur Seite, um einen Platz zu finden.

Kay fegte einen Berg getragener Wäsche von einem Sitzsack und warf sich darauf. »Und? Wann tust du es?« Sie schaute mich durchdringend an.

Hey, wenn ich das wüsste!

Betont cool lehnte ich mich nach hinten, brachte damit jedoch einen Bücherstapel von der Höhe des Eiffelturms ins Wanken, der Sekunden später polternd über mir zusammenkrachte.

So viel zum Thema Coolness.

»Die Vorbereitungen machen Spaß, keine Frage«, sagte Josse. »Das Training, das wir uns für den Wanderritt ausgedacht haben, ist echt klasse. Aber so langsam muss ich meinen Eltern mal Bescheid geben, wann genau wir unseren Ausritt planen. Bei Lukas ist es genauso.«

»Wo steckt der eigentlich?« Kay strich sich eine Haarsträhne aus dem Gesicht.

»Auf Birkenmoor. Hanno hat sich eine Sommergrippe eingefangen und Lukas hat den Unterricht für die Kleinen übernommen«, antwortete Josse.

Ich verspürte einen nadelfeinen Stich. Normalerweise war ich am besten darüber informiert, was sich bei Lukas so tat, schließlich kannte ich ihn am längsten. Aber in letzter Zeit war Josse fast mehr auf dem Laufenden gewesen. Wenn ich ehrlich war, wusste ich natürlich, warum. Momentan war ich vollauf mit Willow und dem Training für den Wanderritt beschäftigt. Als ich hochsah, guckten mich immer noch alle abwartend an.

»Ich weiß nicht«, entgegnete ich ausweichend.

»Wie lange willst du das denn noch aufschieben?«, fragte Kay ungeduldig. »Bis Willow mit dir durch ein Nadelöhr schlüpft?«

Gegen meinen Willen musste ich grinsen.

»Glaub mir, es wird gut gehen mit meiner Mutter«, sagte Mila.

Kay nickte. »Jetzt trau dich endlich. Und dann planen wir unseren Wanderritt zu Ende. Sonst sind die Ferien vorbei und wir müssen bis zum nächsten Sommer warten.«

»Schön, ihr habt gewonnen. Morgen nehme ich eine Reitstunde bei Corinna. Das heißt, wenn sie überhaupt Zeit hat.«

»Das wird sie.« Mila grinste. »Sie ist nämlich schon total gespannt, wie es bei euch läuft. Jeden Tag löchert sie mich deswegen. Aber ich habe natürlich nichts verraten.«

»Na super«, stöhnte ich.

Bevor ich deswegen herummeckern konnte, rief mich Marlene an. Sie klang gehetzt. »Hör mal, du musst etwas für mich tun.«

»Nicht schon wieder babysitten. Kannst du nicht Oma fragen, ob sie dich vertritt?«

»Darum geht's gar nicht«, sagte Marlene. »Ich schlafe heute Abend bei Jule. Okay?«

»Ähm, ja. Aber warum fragst du mich?«

»Weil ich nicht bei Jule schlafe«, kam es prompt zurück. »Ich brauche dich für den Fall, dass Mama und Papa auf die Idee kommen, dort anzurufen. Das haben sie neulich nämlich auch gemacht, als Mama ihr Portemonnaie nicht finden konnte und Flavia aus Versehen all ihre Telefonnummern aus dem Handy gelöscht hatte.«

»Was?«

Die anderen sahen mich neugierig an. Ich hob verwirrt die Schultern.

»Mama hat die Nummer von Jules Eltern herausgesucht und dann bei Jule angerufen, um mich zu fragen, wo ihr Portemonnaie ist«, wiederholte Marlene. »Ich glaube ja nicht, dass das wieder passiert. Aber für alle Fälle musst du dir dann schnell etwas einfallen lassen. Weil ich doch gar nicht bei Jule bin.«

Jetzt erst dämmerte mir, dass es hier anscheinend nicht um einen Routinefall ging.

»Wo bist du denn dann?«, fragte ich.

In der Leitung wurde es still.

»Bist du noch dran?«

»Ja«, fauchte Marlene. »Ich will heute mit Ben am Fluss übernachten. Es ist nicht weit von hier, du musst dir also keine Sorgen machen.«

Aha. Trotzdem verstand ich nicht, warum sie das jetzt so geheim halten musste.

»Warum erzählst du es Mama und Papa nicht einfach?«

Wieder Schweigen. Erst als ich schon glaubte, Marlene würde nie antworten, sagte sie: »Das würden sie bestimmt nicht so toll finden. Sie kennen Ben ja gar nicht.«

Genau! Und welche Schlüsse zogen wir jetzt daraus? Offensichtlich nicht die naheliegenden.

»Dann stell ihnen doch Ben vor. Sie finden ihn bestimmt nett.«

»Kapierst du das nicht? Ich will *heute* mit ihm am Fluss schlafen, aber so kurzfristig erlauben Mama und Papa das bestimmt nicht«, regte Marlene sich auf. »Also, machst du es jetzt oder nicht?«

»Ich weiß nicht«, sagte ich. »Ich habe keine Lust, sie anzulügen.«

»Du sollst sie doch nicht anlügen«, schnauzte Marlene mich an. »Du sollst nur ... die Wahrheit ein bisschen verändern. Schließlich schlafe ich woanders. Nur nicht bei Jule, sondern bei Ben.«

Das war ja wohl ein himmelweiter Unterschied. Doch bevor ich protestieren konnte, sagte Marlene: »Wenn du es nicht tust, erzähle ich Mama und Papa von deinen Problemen mit Willow.«

Moment, Moment, hatte sich die fiese Stimme aus meinem Kopf plötzlich einen anderen Körper gesucht? »Von welchen Problemen? Spinnst du?«

»Wieso? Du hast mir selbst erzählt, dass Corinna nicht zufrieden ist, wie es bei dir und Willow läuft. Wenn Mama und Papa das hören, lassen sie dich bestimmt nicht beim Wanderritt mitmachen. Das ist ihnen zu gefährlich. Du weißt doch, wie ängstlich sie seit deinem Reitunfall in den Bergen sind.«

Das wusste ich allerdings. Damals hatte ich es allein Hanno zu verdanken gehabt, dass ich nach meinem Sturz von dem Haflinger überhaupt wieder reiten durfte.

»Das würdest du nie tun«, stammelte ich.

»Lass es nicht drauf ankommen.«

Ich überlegte fieberhaft, was ich ihr entgegensetzen konnte. Was war auf einmal los mit ihr? Waren ihr die letzten Wochen, in denen wir uns so gut verstanden hatten, völlig gleichgültig?

»Vergiss es!« Am liebsten hätte ich ins Handy gebissen, so wütend war ich. »Morgen habe ich sowieso eine Reitstunde bei Corinna. Dann sieht sie, wie weit ich mit Willow gekommen bin.«

»Morgen ist morgen.« Marlene lachte höhnisch. »Ich muss nur zu Mama ins Wohnzimmer gehen.«

»Du kannst mich doch nicht zwingen, dass ich für dich lüge!«

»Tja, du kannst ja nachher mit Mama ausdiskutieren, wie gut du dich wieder mit Willow verstehst.«

Dieses Miststück! Das hätte ich nie von ihr gedacht! Hätte ich Corinna bloß viel früher in meine Fortschritte eingeweiht!

»Wie du willst. Aber sieh bloß zu, dass du nicht erwischt wirst.«

»Danke, Ylvi.«

Ich drückte sie weg.

»Ich glaube, das nennt man Erpressung«, sagte Kay spitz.

Mila nahm mich in den Arm. »Ganz schön krass, deine Schwester.«

Ich nickte betroffen. Das konnte man wohl sagen. Diese Kehrtwende hatte mich nach der Harmonie in den letzten Wochen jetzt eiskalt erwischt.

KAPITEL 35

»Sie hat doch neulich erst bei Jule geschlafen«, wunderte sich Mama, während sie Zwiebeln zu kleinen Würfeln zerhackte.

Ich konnte nicht hinsehen. Musste das so schwungvoll sein? Das hatte sie sich bestimmt bei irgendeinem Koch im Fernsehen abgeguckt.

»Brauchst du deine Finger nicht noch zum Klavierspielen?«, murmelte ich, wandte mich ab und wäre beinahe über Bella gefallen. Die saß neben uns auf den Küchenfliesen und beäugte uns, als hätte sie seit drei Wochen nichts mehr gefressen und überlegte nun, ob sie sich besser auf Mama oder auf die Zwiebeln stürzen sollte.

Ich hatte Mitleid und holte einen Knochen aus der Tüte.

»Der ist zum Kauen«, erklärte ich, als Bella ihn in zwei Sekunden hinunterwürgte. Bella wedelte mit dem Schwanz.

»Normalerweise wechseln sie sich doch ab«, fuhr Mama fort. »Weißt du, was da los ist? Marlene schläft doch am liebsten in ihrem eigenen Bett. Jules Schlafcouch ist ihr viel zu weich.«

Ich spürte, wie ich rot wurde. »Keine Ahnung«, murmelte ich und kramte in einer Küchenschublade herum.

Mama anzulügen kam nicht infrage. Aber mein Versprechen, das Marlene mir abgepresst hatte, wollte ich auch einhalten.

»Na ja, ich frage sie morgen«, sagte Mama und gab die Zwiebelstückchen in die Pfanne. Es zischte, und ich sah zu, wie sie in dem heißen Öl zu braunen Würmchen zusammenschrumpelten.

»Gute Idee«, stimmte ich Mama zu.

Die Suppe konnte Marlene schön selbst auslöffeln. Die Chancen, dass Mama morgen noch einmal nachhakte, standen fünfzig zu fünfzig, weil sie so etwas auch immer mal wieder vergaß. Aber selbst wenn nicht, dann wäre das hoffentlich nicht mehr mein Problem.

Nach dem Abendessen ging ich in mein Zimmer. Als ich an Marlenes Tür vorbeikam, blieb ich stehen. Sollte ich? Eigentlich war das Betreten in ihrer Abwesenheit strengstens verboten. Wenn sie da war, galt das meistens auch. Doch nach vorhin hatte ich keine Skrupel mehr. Kurz entschlossen drückte ich die Türklinke hinunter.

Im Gegensatz zu meinem eigenen Zimmer mochte es Marlene aufgeräumt, fast schon klinisch rein, vor allem seit ihrer kurzen buddhistischen Phase. Nun gab es nur noch ihr Bett, den blitzsauberen Schreibtisch, einen Schrank und einen kleinen, mit buntem Stoff bezogenen Sessel. Im Regal waren die Bücher sorgfältig aufgereiht, an der Wand hing eine Gebetskette. Auf dem Fußboden stapelten sich fein säuberlich Broschüren und Bücher zu Umwelt- und allen möglichen Tierschutzthemen. Und dann war da natürlich der Computer. Ich starrte den Laptop an.

Wenn sie mitbekam, dass ich in ihrem Laptop herumgeschnüffelt hatte, würde sie Hackfleisch aus mir machen. Andererseits war ich stinksauer auf sie. Mich in so eine Situation zu bringen! Durch Erpressung!

Trotzdem, es gab Grenzen. Ich sah mich noch ein letztes Mal um, dann zog ich die Tür hinter mir zu und ging in mein Zimmer. Wohltuendes Chaos.

Ich setzte mich an den Schreibtisch und öffnete den Computer. Während ich sinnlos herumsurfte, sprangen meine Gedanken in alle Richtungen – wie Zeus und Hades, wenn sie miteinander rauften.

Plötzlich wieherte ein Pferd. Es dauerte einen Moment, bis ich auf mein Handy kam. Mila hatte schon wieder an meinen Klingeltönen herumgespielt.

»Ich bin's«, sagte sie. »Ich wollte mal hören, wie es beim Abendessen gelaufen ist. Haben deine Eltern etwas gemerkt?«

»Na ja, zum Glück musste ich nicht lügen. Aber ich bin immer noch stinksauer auf Marlene.«

»Klar«, sagte Mila. »Denk dran, morgen ist alles vorbei. Dann kann sie dir gar nichts mehr.«

KAPITEL 36

Ich schlug die Augen auf. Ein ganz normaler Ferientag. Ich stieg aus dem Bett – und blieb mitten im Zimmer stehen.

Kein ganz normaler Ferientag. Ganz und gar nicht.

Heute hatte ich den ersten Reitunterricht seit Tagen. Heute musste ich Corinna zeigen, was sich bei mir und Willow getan hatte. Wenn alles gut lief, winkte der Wanderritt. Wenn nicht … Der letzte Gedanke reichte aus, damit ich auf der Stelle wieder ins Bett wanderte. Wenigstens für einige Minuten. So lange, bis Flavia und Bella hereinplatzten und auf der Matratze herumhüpften.

»Mama sagt, du sollst aufstehen«, krähte Flavia.

Ich knurrte nur. Flavia kicherte, Bella bellte.

»Du kommst zu spät zum Frü-hü-hü-stück«, trällerte Flavia.

»Mir doch ega-ha-ha-ha-hal«, sang ich, was sie noch mehr belustigte.

Also gut, es half ja nichts. Niemand war hartnäckiger

als Flavia. Und außerdem fiel mir gerade wieder Marlene ein. Auf keinen Fall durfte ich mich weiterhin irgendwie erpressbar machen. Je eher ich mich also der Reitstunde stellte, desto besser.

Es knallte laut, als ich mein Rad gegen die Stallwand lehnte. Was war denn da los? Neugierig lief ich den schmalen Pfad hoch zum Hexenhäuschen.

Im Garten lieferten sich Zeus und Hades einen Kampf. Sie holten Anlauf, rannten aufeinander zu und donnerten mit den Köpfen aneinander. Sofort musste ich an Marlene und mich gestern denken. Nur dass wir beide uns nicht versöhnt hatten, im Gegensatz zu den beiden Ziegenböcken. Denn als ich die Haustür aufdrückte, standen sie schon wieder einträchtig nebeneinander an der Heuraufe.

Mila kam die Treppe heruntergelaufen, als ich ins Haus trat. »Hey, bist du schon aufgeregt?«

»Kein Stück! Geht ja um nix.«

Sie lachte und warf die Rastazöpfe nach hinten. »Mama sucht nur noch schnell was in ihrem Büro.«

»Fein, dann mache ich schon mal Willow fertig. Kommst du mit?«

»Natürlich.« Sie hakte sich bei mir unter. In dem Moment rumpelte es laut und Corinna schrie auf.

»Was ist los?«, rief Mila und stürzte ins Arbeitszimmer.

Corinna hockte auf dem Boden und hielt sich das Handgelenk. An der Holzleiter, die schräg vor dem Regal lehnte, war eine der Sprossen halb herausgebrochen und ausgefranste Splitter ragten in alle Richtungen. Hatte sie sich etwa auf das morsche Ding gestellt? Das sah ja aus, als wäre es schon im Mittelalter benutzt worden!

»Komm, wir helfen dir hoch.« Mila und ich hievten Corinna auf ihren Bürostuhl. Sie war ganz bleich im Gesicht und jammerte kurz auf, als Mila aus Versehen gegen ihre Hand stieß.

»Die sieht komisch aus«, sagte Mila, und ich gab ihr recht. Das Handgelenk war viel dicker als das andere. »Ich glaube, du musst damit zum Arzt.« Sie lief in die Küche und kam mit einem feuchten, kalten Waschlappen zurück.

»Aber so kann ich nicht Auto fahren.« Corinna sackte noch ein Stückchen in ihrem Stuhl zusammen.

»Nein, auf keinen Fall.« Ich überlegte. Keiner von uns hatte einen Führerschein und Bens Jeep hatte ich auch nicht auf dem Parkplatz gesehen. Ich holte das Handy heraus und rief zu Hause an. Zum Glück hatte Mama gerade keine Klavierstunde.

»Bin in zehn Minuten da«, sagte sie und legte auf.

»Danke, das ist total nett.« Corinna atmete tief durch.

Gemeinsam halfen wir Corinna aufzustehen und gingen mit ihr im Schneckentempo zum Parkplatz.

»Keine Sorge, wir kümmern uns hier um alles«, sagte ich.

»Genau«, stimmte Mila mir zu. »Oder sollen wir dich begleiten?«

»Um Himmels Willen«, wehrte Corinna ab, »dann komme ich mir richtig gebrechlich vor.« Sie schnitt eine Grimasse. »Nein, alles gut, das wird ja hoffentlich nicht lange dauern.«

Da bog schon Mama um die Ecke und plötzlich kam mir ein Gedanke. Ach du Schande! Mama und Corinna in einem Auto. Sie würden reden, natürlich. Aber worüber? Was, wenn Corinna erzählte, welche Schwierigkeiten Willow und ich in letzter Zeit hatten? Und wenn Mama und Papa mir dann doch verboten, beim Wanderritt mitzumachen?

»Ähm, bist du sicher, dass wir nicht doch mitsollen?« Ich half Corinna beim Einsteigen. »Wenigstens ich?«

Sie schüttelte den Kopf. »Keine Widerrede. Ihr bleibt hier und macht euch einen tollen Ferientag.« Sie seufzte. »Während ich bei diesem wunderbaren Wetter beim Arzt hocke.«

Mist, mehr konnte ich nicht tun, alles andere wäre viel zu auffällig gewesen. Aber vielleicht hatte ich ja auch Glück und sie redeten über etwas ganz anderes. Dann könnte ich so schnell wie möglich die Reitstunde nachholen und alles wäre geritzt.

Mila und ich trotteten zur Koppel, wir fühlten uns ganz schön schlapp. Das war nun total anders gelaufen, als wir es uns vorgestellt hatten! Nach Reiten war uns beiden nicht, aber ein wenig bei den Pferden auf der Wiese abzuhängen, war jetzt genau das Richtige.

»Hoffentlich geht es ihr bald wieder gut«, sagte Mila. »Zum Glück ist sie sonst kerngesund.«

»Hm, was meinst du?«

»Na ja, wenn sie nicht richtig fit ist, kann sie einem tierisch auf den Geist gehen.« Mila lachte auf. »Sie ist die ungeduldigste Patientin, die du dir vorstellen kannst.«

»Tatsächlich?«

»Total! Wirklich, dann könnte ich sie immer auf den Mond schießen. Gibt nichts Schlimmeres ... außer sie muss zum Zahnarzt. Da ist sie auch immer völlig aus dem Häuschen.« Mila öffnete das Gatter zur Weide. »Aber sonst kann ich mich überhaupt nicht beklagen, sie ist schon eine echt coole Mutter.« Sie grinste.

Ich ging durchs Gatter. *Kerngesund ... Zahnarzt ... Oberflächlich kann ich da nichts fühlen ...* Immer wieder gingen mir diese Worte durch den Kopf. Und plötzlich kam mir ein Gedanke! War das nicht mal bei Luna so gewesen? Seit Wochen hatte ich nicht mehr an Hannos Fuchsstute gedacht, die ich auf Birkenmoor geritten hatte. Und jetzt war sie mir nur eingefallen, weil auch sie immer solche Angst gehabt hatte, sobald ihr der Tierarzt ins Maul gefasst und ihre Zähne bearbeitet hatte. Die Zähne!

Ich drehte mich auf dem Absatz um und zerrte Mila mit mir. »Schnell, wir müssen zu deinem PC.«

»Was? Wieso das denn?«

»Ich muss was nachprüfen.« Ich rannte den Weg zum Stall hinunter. »Oder hast du dein Handy mit?«

»Nein, das ist in meinem Zimmer. Was ist überhaupt los?«

Und meins lag noch im Büro auf Corinnas Schreibtisch. Aber egal, am besten schauten wir im Computer nach, dann konnten wir beide gleichzeitig lesen.

Sie hetzte hinter mir her. »Worum geht's denn?«

»Erkläre ich dir gleich.« Ich stürmte den Pfad zum Haus hinauf, vorbei an Zeus und Hades, die gerade dabei waren, über den Zaun zu klettern.

»Untersteht euch«, brüllte Mila ihnen im Vorbeirennen zu.

Mit drei Sätzen jagten wir die Treppe hoch.

»Schnell, mach den PC an«, japste ich. Jetzt war keine weitere Minute zu verlieren. Wenn ich recht hatte …

Eine halbe Stunde lang lasen wir alles, was wir im Internet zu dem Thema aufstöbern konnten.

Mila rutschte aufgeregt auf ihrem Stuhl herum. »Ich fasse noch mal zusammen.« Sie zählte an den Fingern ab: »Wir haben die Ausrüstung überprüft, aber Sattel und Zaumzeug sitzen prima.«

Ich nickte zustimmend.

Nächster Finger. »Nur an dir lag es auch nicht, denn Willow war auch nicht immer entspannt, wenn meine Mutter sie geritten ist.«

»Zum Glück«, seufzte ich.

»Trotzdem haben wir – dritter Punkt – an deiner Beziehung zu Willow gearbeitet und lauter Gelassenheitsübungen trainiert.«

»Das hat ja auch geholfen.«

»Aber nicht genug«, meinte Mila. »Damit kommen wir zum vierten Punkt, die Gesundheit. Wir dachten ja alle, Willow sei kerngesund.« Sie sah mich mit leuchtenden Augen an und zeigte auf den Bildschirm. »Aber ich glaube, das war falsch. Du bist genial. Selbst Mama ist nicht draufgekommen.«

»Das war nur Zufall. Weil du das eben gesagt hast. Sonst wäre es mir bestimmt auch nicht wieder eingefallen.«

Sie griff zum Telefon. »Ich rufe sofort Dr. Kemmholz an.«

»Hoffentlich hat er Zeit.« Ich schloss die Augen. So viele Tage hatte ich herumprobiert, jetzt, wo wir die Lösung hatten, konnte ich keine Minute länger warten. Wenn es überhaupt die Lösung war, ermahnte ich mich.

Doch ich glaubte nicht, dass ich falschlag. Zum ersten Mal seit Wochen war ich mir einer Sache endlich wieder sicher. Das war schön und schlimm zugleich. Denn wenn ich wirklich recht hatte, dann tat mir Willow unendlich leid. Wie allein sie sich gefühlt haben musste! Wahrscheinlich hatte sie Schmerzen gehabt – und ich hatte so lange nicht verstanden, was mit ihr los war!

Mila legte auf. »In zwei Stunden kommt er rum.«

»Zwei Stunden?« Ich stöhnte. »Das halte ich nicht aus!«

»Doch, tust du.« Mila tippte aufs Handy. »Ich sag den anderen Bescheid, was passiert ist. Die wollen doch bestimmt auch dabei sein!«

Kay und Lukas kamen kurz darauf angeradelt. Josse war sowieso schon da und hatte bereits damit begonnen, das Heu in den Raufen auf den Paddocks aufzufüllen.

»Wasser marsch!«, rief er Lukas zu, und der drehte den Hahn auf.

»Lass mich das machen.« Ich schnappte mir den Schlauch und drängte Josse beiseite, dann wässerte ich das Heu in den großen Schubkarren. Das lenkte mich hoffentlich beim Warten ab.

Wir fünf schufteten wie verrückt, denn Mila fiel immer noch etwas Neues ein, das unbedingt erledigt werden musste.

»Was hat deine Mutter noch mal zu euch gesagt? Wir sollen uns einen tollen Ferientag machen?«, fragte Kay und wischte sich ein paar Strohhalme vom T-Shirt.

»Machen wir doch.« Mila grinste. »Was meinst du, wie sie sich freut, wenn sie gleich wiederkommt und es sieht hier top aus.«

»Apropos wiederkommen. Sie ist schon ganz schön lange weg, oder?« Ich rollte den Wasserschlauch zusammen. »Hoffentlich ist es nichts Ernstes.«

In dem Moment fuhr Dr. Kemmholz auf den Hof.

»Wo brennt's denn?«, fragte er und lächelte gutmütig. »Du hast dich vorhin ja ganz aufgeregt angehört.«

Schnell holte ich Willow von der Koppel und führte sie zum Anbindebalken.

»Bitte schauen Sie sich noch mal ihre Zähne an«, bat ich ihn.

Er warf mir einen prüfenden Blick zu. »Warum? Hast du irgendeinen Verdacht?«

»Ja, aber ich will lieber noch nichts sagen.«

»Na, du machst es aber spannend.«

Er ließ Willow seine Hand beschnuppern, dann verschob er ihren Ober- und den Unterkiefer gegeneinander und fasste ihr danach mit einer geübten Bewegung ins Maul.

»Oha.« Er runzelte die Stirn. »Was haben wir denn da?«

»Was ist denn da?«, fragte Kay gespannt.

Ich holte tief Luft. Lukas drückte meinen Arm und für ein paar Sekunden lehnte ich mich an ihn.

»So, wie ich es jetzt fühlen kann, sind einige Haken an

den Backenzähnen. Gibt mir einer mal die Stirnlampe aus meinem Koffer?«

Noch einmal befühlte Dr. Kemmholz Willows Zähne. Das gefiel ihr gar nicht. Sie riss den Kopf zurück und schlug mit dem Schweif. Schnell trat ich zu ihr und streichelte sie.

»Du Arme«, sagte Dr. Kemmholz. »Ohne Beruhigungsspritze bekommen wir das wohl nicht hin. Ich werde sie kurz sedieren, um ihre Zähne behandeln zu können.«

Dann ging er zu seinem Auto und kam mit einem Maulgatter und einem großen Koffer voller unterschiedlicher Instrumente für die Zahnbehandlung zurück. Bevor Willow es überhaupt richtig registrierte, hatte er ihr schon die Spritze gegeben.

Da fiel mir noch etwas ein. »Aber wenn Willow diese Haken an den Zähnen hat, warum mag sie dann nicht so gern am Rücken und am Hals angefasst werden?«

Dr. Kemmholz überlegte einen Moment lang. »Es kann sein, dass sie sich insgesamt verspannt hat. Wenn es in ein paar Tagen nicht besser ist, dann meldet euch bei mir. Ich kenne eine gute Osteopathin, sie kann Willow sicher helfen.«

Inzwischen zeigte Willows Sedierung ihre Wirkung, sie stand schläfrig mit tief gehaltenem Kopf und hängender Unterlippe vor uns. Dr. Kemmholz sperrte ihr Maul auf und konnte nun auch die hinteren Backenzähne begutachten.

»Gleich hast du es geschafft«, beruhigte er sie. »Ich befreie dich jetzt von den scharfen Kanten an deinen Zähnen.«

Ich hielt die Luft an, während er feilte, und stellte mich ganz dicht neben Willow. Hoffentlich war ihr das ein Trost. Also hatte ich richtig gelegen, aber freuen konnte ich mich kaum darüber. Ich fühlte mich so, als hätte ich sie im Stich gelassen. Ich hatte sie ja sogar mit der Gerte geschlagen!

Als hätte Lukas meine Gedanken gelesen, trat er neben mich. »Du hast die ganze Zeit versucht herauszubekommen, was los ist«, raunte er mir zu. »Und das zählt doch vor allem!«

Ich nickte und konzentrierte mich dann voll auf Willow. Jetzt wollte ich einfach nur für sie da sein.

KAPITEL 37

»Gut, dass dir der Gedanke zu Willows Zähnen gekommen ist«, sagte Dr. Kemmholz zum Abschied zu mir. »Wir wurden neulich ja von der Geburt unterbrochen und ich habe das leider völlig aus dem Blick verloren. Eigentlich hätte ich gleich einen neuen Termin zur eingehenderen Untersuchung vereinbaren müssen.«

»Das haben wir auch völlig vergessen«, sagte Mila. »Wir sind einfach alle davon ausgegangen, dass sie körperlich ganz gesund ist.«

»Ende gut, alles gut.« Dr. Kemmholz lachte. »Gebt ihr noch ein paar Tage, bis die Schleimhäute im Maul völlig verheilt sind, dann ist sie wieder ganz die Alte.«

»Was ich nicht verstehe«, Kay zog die Stirn kraus, »ist, warum dann trotzdem die ganzen Vertrauensübungen geholfen haben bei Willow und dir. Sie hat ja eigentlich nur gezeigt, dass ihr etwas wehtut.«

»Schon, aber es hat eine Weile gedauert, bis wir herausgefunden haben, was das eigentliche Problem ist. Und meine Unsicherheit und die Selbstzweifel in den letzten Wochen hat sie auch gespürt. Dadurch hat sie bestimmt einiges Vertrauen in mich verloren«, erklärte ich. So jedenfalls hatte ich mir das Ganze zusammengereimt.

Hoffentlich war zwischen mir und Willow nun wirklich alles wieder wie vorher. So oder so, die nächste Unterrichtsstunde bei Corinna stand mir auf jeden Fall noch bevor. Aber erst einmal musste Willows Maul ausheilen.

Eine Stunde später setzte Mama Corinna wieder ab.

»Wir haben unendlich lange beim Arzt gewartet.« Corinna stöhnte. »Und dann haben sie festgestellt, dass das Röntgengerät kaputt ist, und wir wurden zum Kollegen geschickt!«

»Musst du operiert werden?«, fragte Mila und betrachtete mit bangem Blick Corinnas dick bandagiertes Handgelenk.

Corinna schüttelte den Kopf. »Zum Glück nicht. Im Gegenteil, wenn ich die Hand schone, sollte es schnell wieder verheilen.«

Nachdem wir ausführlich erzählt hatten, was in der Zwischenzeit passiert war, ließ ich das Rad auf dem Hof stehen und stieg zu Mama ins Auto.

»Corinna war ja völlig aus dem Häuschen, als sie das

mit Willow gehört hat«, stellte Mama fest, während wir die schmale Straße mit den Holunderbüschen entlangfuhren.

»Wir sind alle total erleichtert.« Ich lehnte mich im Sitz zurück. »Habt ihr auch über Willow und den Hollerhof gesprochen?«

Besonders unauffällig war das nicht, aber ich wusste nicht, wie ich es schlauer anstellen sollte. Zum Glück war Mama mit ganz anderen Dingen beschäftigt.

»Nein, gar nicht«, antwortete sie arglos. »Wir haben über tausend andere Sachen geredet, da verging die Wartezeit wie im Flug.«

Zu Hause lief mir als Erstes Marlene über den Weg.

»Und, war's das wert?«, fragte ich spitz.

»Jetzt sei bloß nicht so selbstgerecht«, zischte sie. »Ich hoffe, du hast dich an unsere Abmachung gehalten.«

»Find's doch heraus«, sagte ich und ließ sie einfach stehen. Das mit Willow vorhin war so großartig gelaufen – da würde ich mir meine gute Stimmung auf keinen Fall von Marlene vermiesen lassen.

Während des Abendessens lachten und redeten alle durcheinander. Nur Marlene war einsilbig. Ich schaute immer wieder verstohlen zu ihr hin. Ob sie sich später bei mir entschuldigen würde? Bisher sah es nicht danach aus, denn sie ignorierte mich die ganze Zeit. Dann eben nicht. Eigentlich hätte ich gern gewusst, wie die Nacht mit Ben gewesen war, aber den ersten Schritt würde ich ganz bestimmt nicht machen.

Die nächsten Tage war es ziemlich frostig zwischen Marlene und mir. Wann immer möglich, gingen wir uns aus dem Weg, was mir nicht besonders schwerfiel, denn ich verbrachte mehr Zeit denn je auf dem Hollerhof.

Es dauerte nicht lange, dann jagte Willow Gonzo und Lucifer wieder putzmunter über die Weide.

»Ich glaube, sie ist fit. Viel schneller als erwartet«, stellte Corinna fest. »Seit gestern hat sie jede Menge Blödsinn angestellt, sie braucht dringend wieder Auslastung.« Sie schaute mich an. »Hast du Lust?«

Mein Magen kribbelte und meine Knie fühlten sich mit einem Mal butterweich an, doch ich nickte. »Klar!«

Eine halbe Stunde später führte ich Willow auf den versteckten Dressurplatz.

»Mila hat mir schon erzählt, dass es in letzter Zeit viel besser gelaufen ist«, sagte Corinna. »Und jetzt hast du sogar noch das mit Willows Zähnen aufgedeckt! Ich kann es kaum erwarten, dich endlich wieder auf ihr reiten zu sehen.«

Sie strahlte mich an und im selben Moment fiel alles von mir ab. Plötzlich hatte ich überhaupt keine Angst mehr zu versagen und noch weniger, dass Corinna mir Willow wegnehmen würde.

Ohne weitere Umschweife begann Corinna mit dem Unterricht. Wechsel zwischen den Gangarten, sauber ausgerittene Ecken, Seitengänge, Rückwärtsrichten … Bei dem Programm kamen wir beide schnell ins Schwitzen. Doch das machte mir gar nichts aus. Ich fühlte mich mit Willow verbunden wie in unseren besten Zeiten. Winzige Bewegungen mit den Zügeln oder ein leichtes Tippen mit den Schenkeln und schon verstand sie, was ich von ihr wollte. Je länger die Reitstunde dauerte, desto weniger Hilfen brauchte ich, um Willow zu dirigieren.

Fantastisch!

»Gut so!«, lobte auch Corinna uns immer wieder.

Ich strahlte. Es tat gut, ihre Anerkennung zu spüren. Aber ob das auch für den Wanderritt ausreichte?

Nach der Reitstunde sagte Corinna: »Hast du noch etwas Zeit, nachdem du Willow auf die Weide gebracht hast? Ich würde gern in Ruhe mit dir reden.«

»Natürlich!« Ich hatte alle Zeit der Welt. Schließlich brannte ich darauf, ihre Einschätzung zu erfahren.

»Prima.« Corinna lächelte. »Dann sehen wir uns gleich bei uns in der Küche.«

Ich steckte den Kopf durch die Küchentür.

»Komm rein«, sagte Corinna. »Möchtest du auch etwas essen?« Sie schwenkte mit der unverletzten Hand eine Pfanne, in der goldgelbe Pfannkuchen brutzelten.

»Gern«, sagte ich und flitzte los, um mir die Hände zu waschen. Als ich mich an den Tisch setzte, sprang Mr Mouse auf meinen Schoß und forderte seine Portion Streicheleinheiten ein. Ich schaute aus dem Fenster, während ich ihn gehorsam hinter den Ohren kraulte. Draußen machten sich Zeus und Hades über Corinnas noch verbliebene Rosenbüsche her. Sollte ich etwas sagen? Doch dann entschied ich mich, die beiden unverbesserlichen Ziegenböcke zu ignorieren, und sprach stattdessen lieber endlich aus, was mir auf dem Herzen lag.

»Wegen des Wanderritts«, fing ich an, »also, ich bin mir hundertprozentig sicher, dass ich jetzt so weit bin. Tausendprozentig!«

»Verstehe«, sagte Corinna und setzte sich mit einem Berg Pfannkuchen zu mir an den Tisch.

Verstehe? Was sollte das denn nun heißen?

»Mila kommt gleich«, sagte Corinna, die meinen fragenden Blick missdeutete. »Sie erledigt für mich noch etwas am Computer.«

Sie lud mir einen Pfannkuchen auf den Teller und schob Zimt und Apfelmus in meine Reichweite.

»Seit deiner vorletzten Reitstunde habe ich ja nicht viel von deinem Training mitbekommen, abgesehen davon, dass du viel Bodenarbeit gemacht hast. Ich habe zwar ein paarmal versucht, etwas aus Mila herauszubekommen, aber sie hat mir nichts verraten.«

Sie bedeutete mir, dass ich ruhig anfangen sollte zu essen. Doch solange ich nicht endlich erfuhr, was jetzt Sache war, brachte ich nichts hinunter.

»Ich wollte dich neulich nicht kränken und dir erst recht keine Angst machen«, erklärte Corinna. »Ich habe wirklich geglaubt, dass dir alles ein bisschen zu viel wird. Klar, Willow ist dir sehr wichtig. Aber so ein Wanderritt ist auch eine große Verantwortung. Und Willow gehört uns nicht, weder dir noch mir.«

Ich spürte, wie jede Faser meines Körpers versteinerte. Auch wenn es mir überhaupt nicht passte – sie hatte recht.

»Neulich kam eine Mail von Willows Besitzer. Er wollte wissen, wie es ihr geht«, fuhr Corinna fort. »Er ist ja sehr weit weg, aber sie liegt ihm ...« Sie hielt kurz inne. »... sehr am Herzen. Vielleicht wollte ich dich deswegen ein wenig davon abbringen, deinen ganzen Einsatz auf dieses eine Pferd zu setzen. Kannst du das verstehen?«

Ja. Nur hieß das noch lange nicht, dass ich es auch gut fand. Solange Willow da war, würde ich mich um sie kümmern. Ich hatte keinen Plan B zu Willow.

Widerstrebend nickte ich.

Corinna lächelte zufrieden und beugte sich zu mir herüber. »Ich finde, du und Willow habt enorme Fortschritte gemacht. Und das eben war wirklich eine fabelhafte Reitstunde. Ich habe das Gefühl, in den letzten Wochen seid ihr noch einmal ganz anders zusammengewachsen. Auf mich wirkt ihr jetzt wie ein eingespieltes Team.«

Sie lachte, als sie meinen Gesichtsausdruck sah. Wahrscheinlich stand mir die Erleichterung in Großbuchstaben auf die Stirn geschrieben, doch ausnahmsweise störte es mich mal nicht, dass man mir alle Gefühle sofort ansah.

»Wenn du mir versprichst, dass du nichts riskierst, aufmerksam und vorsichtig bist, darfst du auf Willow den Wanderritt machen. Du hast es dir verdient. Ich bin so stolz, dass du all die Wochen drangeblieben bist. Und dann noch das mit den Zähnen! Ich wüsste wirklich niemanden, dem ich Willow lieber anvertrauen würde.«

Ich sprang auf und fiel Corinna um den Hals. »Danke!« Dann hielt ich es nicht mehr aus: »Hurra!«

Mein Urschrei ließ die Wände des Hexenhäuschens wackeln. Jetzt kam auch Mila in die Küche.

»Ich liebe Happy Ends«, sagte sie und nahm mich fest in den Arm.

Zwei Stunden später stürmte ich ins Wohnzimmer.

»Wir sind startklar für den Wanderritt«, jubelte ich. »Corinna ist richtig zufrieden, wie es bei uns läuft.«

Mama und Papa lachten und drückten mich abwechselnd.

»Wie schön«, freute sich Papa, »das wolltest du ja schon lange.«

»Und fühlst du dich auch wirklich sicher genug?«, fragte Mama.

»Absolut!« Das war die einzig mögliche Antwort. Und die konnte ich aus vollem Herzen geben. Ich konnte es immer noch kaum glauben. Josse, Kay, Lukas und Mila waren genauso begeistert wie ich. Jetzt konnte es wirklich losgehen!

»Prima.« Papa lächelte. »Dann hoffe ich, dass ihr ganz viel Spaß haben werdet! Und wenn ihr unterwegs seid, musst du uns mal Fotos schicken.«

»Aber nicht vom Pferderücken aus fotografieren«, ergänzte Mama schnell.

»Natürlich nicht!«

Marlene und ich hatten immer noch nicht geredet, doch vor dem Zubettgehen schob ich meinen Stolz beiseite.

»Wie war es denn nun?«, fragte ich und spuckte den letzten Rest Zahnpastaschaum ins Waschbecken.

Marlene zuckte mit den Schultern. »Schön.«

»Na, immerhin«, erwiderte ich. Ein bisschen sparsam

war ihre Antwort ja schon, aber wahrscheinlich wollte sie nach unserem Streit nicht unbedingt in die Details gehen. Das beruhte auf Gegenseitigkeit. Ich war auch nicht gerade scharf darauf, dass wir plötzlich wieder so taten, als wäre alles in Ordnung.

Marlene schnappte sich die Handcreme vom Waschbeckenrand und drängelte sich an mir vorbei zur Tür.

Jetzt ärgerte ich mich doch. Sie hätte sich ja wohl mal entschuldigen oder noch irgendetwas dazu sagen können. Aber nein, sie dachte anscheinend nur an sich, und nun, wo sie bekommen hatte, was sie wollte, war ich offensichtlich nicht weiter wichtig für sie.

Ich steckte die Zahnbürste in den Becher und riss die Tür auf.

»Ein Dankeschön wäre jetzt angebracht gewesen«, brüllte ich ihr hinterher. »Es hat neulich keinen Spaß gemacht, vor Mama und Papa Theater zu spielen.«

Marlene knallte die Tür zu ihrem Zimmer zu.

»Was ist Theater?«, fragte Flavia, die mit Bella auf dem Treppenabsatz saß.

Mist. Das war jetzt unnötig gewesen.

»Beim Theaterspielen tut man nur so, als würde man etwas machen«, versuchte ich es ihr zu erklären.

»Und was machen Mama und Papa damit?«, bohrte Flavia weiter.

Oh Mann! »Wie wäre es mit einer Runde Memory vor dem Einschlafen?«

Flavia sprang sofort auf.

Puh! Manchmal war ein Ablenkungsmanöver gar nicht so verkehrt, auch wenn ich mir ein bisschen schäbig dabei vorkam. Ich warf noch einen Blick auf Marlenes verschlossene Zimmertür. Bei mir brauchte Marlene nicht noch mal anzukommen. Jetzt reichte es!

KAPITEL 38
Ben

Er warf sich aufs Bett und zog sein Smartphone aus der Tasche. Sein Finger verharrte über Marlenes Foto. Sollte er wirklich? War es fair, sie da reinzuziehen? Jetzt konnte er noch relativ problemlos alles abblasen. Andererseits: Sie schien ebenso engagiert wie er. Endlich hatte er ein Mädchen getroffen, das für die gleichen Themen brannte. Das sich genauso für das einsetzte, was auch ihm wichtig war. Zum Beispiel beim Tag der offenen Tür im Tierheim. Marlene war so begeistert gewesen. Da wäre sein Plan doch eigentlich nur der nächste logische Schritt. Also los. Er gab sich einen Ruck.

Sie antwortete sofort. »Ja?«

»Hey, ich wollte nur mal kurz hören, ob das noch steht mit übermorgen?«

»Natürlich. Hast du daran gezweifelt?«

»Nein, aber ich will lieber sichergehen. Dass du es auch wirklich möchtest.«

»Na klar. Ich habe es dir doch versprochen. Wenn du meinst, dass es auch ... sicher ist.«

Er hörte das kurze Zögern in ihrer Stimme. »Klar ist es das, mach dir keine Gedanken.«

»Schon gut, ich vertraue dir«, erwiderte Marlene schnell. »Ich habe gesagt, ich mache es, und dann bleibt es auch dabei.«

In seinem Körper breitete sich wieder diese Wärme aus, wie bereits ein paarmal zuvor. Er hatte doch gewusst, dass er sich nicht in ihr getäuscht hatte.

KAPITEL 39

Mila und ich begutachteten unser Werk. Willow war herausgeputzt wie lange nicht. Alle Schlammspritzer waren sorgfältig aus dem Fell gebürstet und die Hufe frisch gefettet. Auch Mähne und Schweif waren sorgsam verlesen. Ich hatte sogar einige Zöpfchen in die Mähne geflochten und sie mit Milas Gummis befestigt.

»Jetzt kann sie sich sehen lassen«, sagte Mila begeistert. »Du bist ein echtes Paradepferd, Willow.«

»Perfekt für einen schönen langen Ausritt.« Josse grinste von einem Ohr zum anderen. »Aber sie wird sich innerhalb der ersten Stunde wieder einsauen. Wer wettet dagegen?«

»Genau wie Sally.« Ich stupste Josse in die Seite, aber dagegenhalten wollte ich dann doch lieber nicht. Dafür watete Willow einfach zu gern durch Schlammpfützen. Außerdem lag der letzte Sommerregenguss erst einige Stunden zurück.

Auch Sally, Mortimer, Peanut und Gonzo glänzten um die Wette, wobei Josse und Lukas sich Extras wie Zöpfchen und Schleifchen verkniffen hatten.

Zum hundertsten Mal überprüfte Kay die Satteltaschen.

»Habt ihr auch die Gurte gecheckt?«, fragte sie. »Der von Sally sah schon ein bisschen ausgefranst aus.«

»Ich habe ihn gestern Abend ausgetauscht«, sagte Josse gutmütig. Ihn brachte ihr Kontrollzwang nicht auf die Palme.

Kay schoss noch ein Foto mit ihrem Hightech-Smartphone. Mit der Kamera machte sie Bilder, die Profifotografen wahrscheinlich auch nicht viel besser hinbekommen hätten.

»Spaghetti!«, rief sie und ruderte mit dem Arm, um uns alle auf einen Fleck zu dirigieren für das perfekte Gruppenfoto. »Sehr schön.« Zufrieden packte sie das Handy weg.

In diesem Moment schlenderte Ben über den Hof, Arm in Arm mit Marlene.

Kay kniff die Augen zusammen. »Die hat es ja ganz schön erwischt.«

Ich warf ihr einen Blick zu. Kay sah vollkommen neutral aus. Unmöglich zu sagen, ob sie Bens und Marlenes Geturtel nun gut oder blöd fand.

»Macht euch keine Sorgen um den Hollerhof«, sagte Ben grinsend und strich Willow über den Nasenrücken, die daraufhin den Kopf senkte, als hätte er einen geheimen Knopf gedrückt. »Wir halten hier die Stellung.«

»Da bin ich froh«, bemerkte Corinna trocken, die eben in der Stalltür aufgetaucht war und Mila ein Erste-Hilfe-Täschchen in die Hand drückte. »Steckst du das bitte ein? Ich hoffe natürlich, dass es gar nicht erst zum Einsatz kommt.«

»Bestimmt nicht«, erwiderte Mila. »Wir brauchen höchstens ein Pflaster. Da fällt mir ein, dass ich die Kräutersalbe für die Pferde einpacken wollte.« Sie drückte Marlene Gonzos Zügel in die Hand und rannte in die Sattelkammer.

»Verdammt, sie hat doch noch dran gedacht«, stöhnte Kay und rollte mit den Augen. »Dabei hatte ich so gehofft, dass sie das Zeug vergisst.«

»Die Kräutersalbe wird dich schon nicht umbringen«, sagte Ben.

»Hast du eine Ahnung!«, entgegnete Kay düster. »Aber vielleicht bekomme ich ja einen Schnupfen, dann macht mir der Gestank nicht mehr so viel aus.«

Kichernd überprüften wir ein letztes Mal unser Gepäck. Alles war an Ort und Stelle, dazu hatten wir eine Karte auf die Handys heruntergeladen und für alle Fälle noch eine Landkarte aus Papier dabei.

Gonzo schien sich etwas unwohl mit dem ungewohnten Sattel samt Taschen zu fühlen, aber Mila beruhigte ihn schnell. Willow trippelte auf der Stelle. Sie spürte die Aufregung, die uns alle ergriffen hatte. Es wurde langsam Zeit aufzubrechen.

Mama musste mit Oma zum Arzt und Papa war mit Flavia bei einem Kindergeburtstag, so war Marlene die Einzige aus meiner Familie hier. Noch vor wenigen Tagen hätte ich mich darüber gefreut, dass sie extra zum Hollerhof gekommen war, um uns zu verabschieden. Doch seit unserer Begegnung im Badezimmer war ich ihr aus dem Weg gegangen, wann immer es möglich gewesen war. Auch Marlene schien nicht scharf auf eine Versöhnung zu sein. Und abgesehen davon hatte ich sowieso das Gefühl, sie war vor allem wegen Ben hier. Der hatte es sich wiederum nicht nehmen lassen, seine kleine Cousine zu verabschieden. Er gab Kay unaufhörlich Survivaltipps, obwohl Kay nicht gerade den Eindruck machte, als könne sie viel damit anfangen.

Willow knabberte gelangweilt an meinem Ärmel.

»Finde ich auch«, stimmte ich ihr zu. »Jetzt geht es los. Vor dem Mittagessen wollen wir schließlich ein ordentliches Stück schaffen.«

Josse und Lukas nickten zustimmend.

Mila drückte ihre Mutter noch einmal, dann schwang sie sich auf Gonzos breiten Rücken.

»Und nichts am Computer verstellen«, ermahnte sie Corinna.

»Bestimmt nicht. Ich lese nur meine E-Mails.«

»Genau das meine ich ja.«

Kay ritt an die Spitze unserer Gruppe. Mortimer konnte es nicht ausstehen, hinter einem anderen Pferd zu gehen. Als Nächstes kam Sally, die bestens mit Mortimer auskam, und anschließend Lukas auf Peanut. Willow und ich bildeten mit Mila und Gonzo das Schlusslicht.

»Bis in vier Tagen«, rief Corinna. »Habt eine schöne Zeit. Und meldet euch, wenn etwas ist.«

»Es wird nichts sein«, antwortete Mila fröhlich. »Abgesehen von tollen Sachen, natürlich.«

»Tschüs, Ylvi.« Unvermittelt war Marlene an meiner Seite aufgetaucht.

»Grüß Flavia, Oma und Mama und Papa von mir«, sagte ich und beugte mich ein wenig hinunter. Unvermittelt stellte sich Marlene auf die Zehenspitzen und versuchte, mir einen Abschiedskuss zu geben. Ich fuhr zurück. Nach allem, was zwischen uns vorgefallen war? Nein, so einfach ging das nicht.

Marlenes Gesicht war wie versteinert, sie trat rasch zurück und wandte sich ohne ein weiteres Wort ab. Für einen Moment tat es mir leid, dass ich sie verletzt hatte. Aber ich war auch verletzt! Entschlossen nahm ich die Zügel auf und dann ging es endlich, endlich los.

Gemütlich bummelten wir durch den Wald. Vogelzwitschern, Tannenduft und das zufriedene Schnauben der Pferde – es war so schön! Kaum zu glauben, dass es mit dem Wanderritt wirklich geklappt hatte!

Mit sanftem Schenkeldruck dirigierte ich Willow den Reitweg entlang. Vor uns lag ein langes, schnurgerades Wegstück, ideal für einen ersten Galopp. Die anderen sahen das genauso.

Kay wandte sich zu uns um und grinste. »Na?«

Für einen richtigen Renngalopp hatten wir zu viel Gepäck, also legten wir das meiste unter einen Baumstamm, wo wir es nachher leicht wiederfinden würden.

Ich gab Willow die Hilfen und sofort galoppierte sie kraftvoll an. Der Waldboden federte weich unter ihren Hufen. Es war, als würden wir durch den Wald schweben. Hinter mir hörte ich Gonzo prusten. Er kämpfte trotz seines Konditionstrainings ganz schön, um mit uns Schritt zu halten. Ich lehnte mich weiter nach vorn und gab die Zügel frei. Willow machte einen ausgelassenen Satz und lief noch schneller. Die Bäume flogen rechts und links an uns vorbei. Gonzo blieb zurück und verabschiedete sich mit einem kurzen Wiehern von seiner Freundin.

Die Geschwindigkeit war fantastisch, der Galopp vertrieb alle trüben Gedanken. Jetzt zählte nur noch, dass Willow und ich zusammen waren. Vier Tage lang. Vier Tage auf dem

Pferderücken und nachts mit den anderen unter freiem Himmel schlafen, dicht bei den Pferden. Zum ersten Mal fühlte ich mich wieder vollkommen leicht und unbeschwert.

An einer Wegbiegung parierten wir unsere Pferde kurz durch, wendeten und galoppierten dieselbe Strecke zurück, nur etwas langsamer diesmal.

Wir luden unser Gepäck wieder auf, dann zuckelten wir weiter.

Ich hielt das Gesicht in die Sonne, während wir an einer leichten Steigung auf Mila und Gonzo warteten, und schloss für einen Moment die Augen.

Ein Specht hämmerte gegen Holz. Es dauerte nicht lange und ich bekam ihn zu Gesicht. Schwarz-weiß-rotes Gefieder blitzte an einem Baumstamm auf. Dann entdeckte ich ein Kaninchen, das regungslos darauf wartete, dass wir an ihm vorbeizogen. Wie ein Chamäleon war es kaum vom Laub zu unterscheiden.

Früher waren wir oft mit Mama und Papa wandern gewesen. Aber mit einem Pferd auf Wanderung zu gehen, war noch einmal etwas völlig anderes! Noch nie war ich so lange geritten und erst recht nicht in unbekanntem Gelände. Zum Glück schien das Willow nichts auszumachen, entspannt lief sie zwischen Gonzo und Peanut und schien sich wohlzufühlen.

Sie wurde erst unruhig, als der Untergrund vor uns plötzlich uneben wurde. Von einem Abhang waren Schlamm und Steine gerutscht und hatten sich über den Weg verteilt. Hintereinander ritten wir vorsichtig zwischen den Hindernissen hindurch. Willow schlug mit dem Schweif und versuchte, sich an Peanut vorbeizudrängeln.

Hey, so nicht!

Ich parierte Willow zum Halten durch, sie reagierte sofort auf meine Hilfen und wartete, bis sie an der Reihe war, zwischen den Steinen hindurchzustaksen.

Kurz darauf lichtete sich der Wald und vor uns lag eine weite, hügelige Heidelandschaft.

»Wollen wir eine Runde traben?«, fragte Lukas.

»Von mir aus gern«, sagte Kay. »Mortimer hat noch jede Menge Energie. Es wäre schön, wenn er davon noch ein bisschen was loswird. Mir tun schon die Arme weh, weil ich ihn die ganze Zeit so zurückhalten muss.«

Der Weg war so breit, dass wir locker zu zweit nebeneinanderreiten konnten. Jetzt, Anfang August, fing die Heide an zu blühen. Überall leuchteten lilafarbene Tupfen zwischen Wacholderbüschen, die sich wie einsame Wächter in der Landschaft verteilten.

»Ho«, rief Kay und ließ Mortimer neben einer mickrigen Birke anhalten. »Da vorne ist ein Bach.«

Mila holte die Landkarte aus ihrer Bauchtasche. »Der ist gar nicht eingezeichnet«, wunderte sie sich.

»Doch, da ist eine blaue Linie«, sagte Josse und zeigte auf einen hauchdünnen Faden, der sich einige Zentimeter auf dem Papier schlängelte. »Durch den Regen neulich ist der Bach anscheinend ziemlich angeschwollen.«

»Reiten wir durch?« Ich beugte mich vor, um den Untergrund besser einschätzen zu können.

»Lieber nicht«, entschied Kay. »Wer weiß, ob die Steine glitschig sind.« Sie stieg von Mortimer und führte ihn bis zum Ufer. »Wer geht zuerst?«

»Wir fangen an.« Ich war neugierig, ob Willow mir auch durch das Wasser folgen würde. Außerdem wollte ich vermeiden, dass sie nervös wurde, während wir auf die anderen warteten.

Ich streckte den Fuß aus und berührte den ersten Stein. Mit den Reitstiefeln würden mir die Füße schon nicht nass werden. »Das sieht gut aus.«

Schritt für Schritt tastete ich mich vor. Willow zögerte kaum merklich, dann stellte auch sie nacheinander die Hufe ins Wasser.

Zunächst ging alles gut, doch dann wurde der Untergrund rutschiger. Eine schleimige Schicht Algen überzog die Steine. Ich breitete die Arme aus, um das Gleichgewicht zu halten. Die Bewegung überraschte Willow. Sie hob den Kopf und zog mich an den Zügeln nach hinten. Ich glitt aus und trat neben den großen Stein, den ich eben noch angepeilt hatte.

»Iiih.« Kaltes Wasser rann mir in den Stiefel. »Mal sehen, wie es euch gleich ergeht«, schimpfte ich, als die anderen schadenfroh kicherten.

Als wir endlich drüben waren, tauschte ich Willows Zaumzeug gegen ihr Halfter und schlang den Strick um einen Baumstamm. Ich hockte mich auf den Boden und zog den Reitstiefel aus. Ein Schwall Wasser benetzte den Sandboden. Aber bei der Wärme würden meine Hose und der Strumpf bestimmt schnell trocknen.

Ich lehnte mich zurück, stützte mich auf die Ellenbogen und warf einen Blick zum Himmel. Strahlend blau, nicht eine Wolke war zu sehen. Der perfekte Tag für einen Wanderritt!

KAPITEL 40

Fünf Stunden später waren mein Strumpf und das eine Hosenbein immer noch feucht, dazu hätte ich nun auch mein T-Shirt auswringen können, so sehr hatte ich geschwitzt. Im Laufe des Nachmittags war es schwül geworden und der Himmel hatte sich zugezogen.

»Es sieht nach Regen aus«, meinte Mila. »Sollen wir uns lieber einen Unterstand suchen?«

»Ach was, ein bisschen Wasser schadet uns schon nicht«, sagte Josse. »Wir haben doch unser Ziel festgelegt. Und bis zur ersten Wanderreitstation müssen wir nur noch durch das Tannenwäldchen. Hinter der Lichtung ist es schon.«

»Na schön«, willigte Mila ein. »Aber Gonzo und ich mögen Regen nicht besonders. Nur fürs Protokoll.«

»Verstanden«, antwortete Lukas grinsend. »Aber ich glaube nicht, dass es so schnell regnen wird.«

Jetzt guckte ich auch nach oben. Woher nahm er seinen Optimismus? In der letzten halben Stunde war es wirklich düster geworden. Aber vielleicht irrte sich ja auch Mila.

Das tat sie leider nicht. Eine Viertelstunde später öffnete der Himmel seine Schleusen. Ein kurzer, heftiger Schauer kam herunter, und bevor wir es schafften, uns unter einer Tanne mit ausladenden Zweigen zu versammeln, waren wir alle fünf klitschnass.

»Wenigstens nicht bis auf die Haut«, sagte Lukas.

»Wo fängt denn deine Haut an?«, fragte Mila und deutete auf sein durchnässtes Shirt.

Lukas lachte unbekümmert. Er scherte sich meistens sowieso nicht ums Wetter und lief selbst im Schneetreiben in dünnen Klamotten herum. »Es hat schon wieder aufgehört. Wollen wir weiter?«

Mila sah aus, als hätte sie sich am liebsten umgezogen, doch dann zuckte sie mit den Schultern. »Ist gut, wir sind ja bald am Ziel.«

Doch das Tannenwäldchen, von dem Josse gesprochen hatte, war größer als erwartet. Erst nach einer Stunde erreichten wir den Bauernhof, an dem wir unsere erste Übernachtung geplant hatten.

Josse und Kay liefen zum Haus und meldeten uns an. Kurz darauf kamen sie mit einem stämmigen Mann in Arbeitskleidung wieder.

»Da vorn findet ihr Heu und Kraftfutter für die Pferde«,

erklärte der Landwirt und zeigte auf eine kleine Scheune. »Wenn ihr zweihundert Meter dem Weg folgt, kommt ihr zu den Paddocks. Und gleich dahinter ist der Platz, wo ihr euer Zelt aufschlagen könnt.«

»Danke«, sagte Mila. »Dürfen wir dort auch ein Feuer machen?«

»Ja, aber bitte nur in der ausgewiesenen Feuerstelle«, sagte der Landwirt. »Bei dem vielen Wald hier ist alles andere viel zu gefährlich.«

»Natürlich«, versprachen wir und führten dann die Pferde zu den Paddocks. Wir fütterten sie, machten ausgiebige Bürstenmassagen, kratzten die Hufe aus und gaben allen von dem frischen Wasser. Außerdem untersuchten wir jedes Pferd im letzten Tageslicht eingehend auf Verletzungen.

Sobald Willow und die anderen gut versorgt waren, gingen wir zum Zeltplatz. Ich sah mich auf der Lichtung um. Der Platz war wie geschaffen, um dort zu übernachten. Weiches, üppiges Gras bedeckte den Boden. Der Himmel war immer noch bewölkt, deshalb war es mit den hohen Tannen hier bereits ziemlich dämmrig.

Unter einer Plane war ein Stapel Feuerholz aufgeschichtet. Josse und Kay holten einige Scheite und machten sich ans Feuermachen. Mila, Lukas und ich kümmerten uns inzwischen um den Rest. Einige Zeit später knisterte ein

Lagerfeuer vor unserem Zelt. Der Lichtschein erhellte die Bäume ringsum. Trotz der Hitze, die den Tag über geherrscht hatte, tat die Wärme des Feuers jetzt richtig gut.

Ich streckte die Beine aus und drehte mich um. Willow mit ihrem weißen Fell leuchtete neben einer Birke. Sie knabberte zufrieden an dem duftenden Heu in der Raufe. Sally hatte sich dicht neben sie gestellt, als sei ihr die ungewohnte Umgebung nicht recht geheuer. Auf der anderen Seite vernichtete Gonzo die allerletzten Körner Kraftfutter, die er vom Boden aufsog wie ein eifriger Staubsauger. Die anderen Pferde ließen entspannt die Köpfe hängen.

»Och, wir haben die Marshmallows vergessen«, ärgerte sich Josse.

»Die sind sowieso total ungesund«, meinte Kay. »Hier, nimm eine Möhre.«

»Rohkost!« Josse rollte mit den Augen. »Wenn es wenigstens eine richtige Wurst gäbe. Wer war noch mal für den Einkauf zuständig? Nächstes Mal übernehmen das die Männer.«

»Ich bin ein Mann«, entgegnete Lukas würdevoll. »Und die vegetarischen Würstchen habe ich ausgesucht.«

»Echt?« Josse grinste und probierte von der Wurst. »Oh, die schmecken wirklich gut. Viel besser als echte.«

Alle kicherten. Das war ja wohl die Übertreibung des Jahres!

Kay breitete die Landkarte aus, damit wir gleichzeitig gucken konnten. »Morgen liegt ein ziemliches Stück Weg vor uns. Ich bin gespannt, wie das wird! Und wenn ich das hier richtig lese, gibt es auch wieder eine lange Galoppstrecke durch die Heide.«

Großartig! Ich konnte es kaum erwarten. Bisher hatte der Wanderritt alles gehalten, was ich mir davon versprochen hatte. Ich ließ mich ins Gras sinken und sah nach oben. Es wurde immer dunkler. Die Wolkendecke war verschwunden. Nur vereinzelt zogen noch einige Schatten über den sternenklaren Himmel.

Auch Lukas lehnte sich zurück, unsere Ellenbogen berührten sich leicht. Ein Kribbeln durchfuhr mich, als ich seinen Duft einatmete. Vorsichtig wandte ich den Kopf zur Seite. Er lächelte, als er meinen Blick bemerkte, und rückte ein winziges Stückchen näher an mich heran. In der Eiche über uns krächzte ein Vogel. Ich hätte ewig hier liegen können, doch da stand Mila auf und ging zu dem kleinen Igluzelt, das wir auf Mortimers Rücken transportiert hatten.

»Das ist ja eigentlich nur für vier Personen«, sagte sie. »Ich hoffe, wir passen trotzdem alle rein.«

»Klar«, sagte Lukas. »Hauptsache, keiner schnarcht.«

»Oder redet im Schlaf.« Josse lachte. »Ich schlafwandle manchmal. Also weckt mich bitte, wenn ich heute Nacht über die Lichtung spuke.«

»Keine Sorge, so weit lassen wir es nicht kommen«, beruhigte ich ihn und gähnte. Plötzlich war ich hundemüde. Was aber auch kein Wunder war nach all der Aufregung und dem vielen Training in den letzten Wochen. Ein Spaziergang waren diese Sommerferien bisher nicht gerade gewesen. Aber die Mühe hatte sich gelohnt.

Während Josse und Lukas unsere Isomatten und Schlafsäcke im Zelt ausbreiteten, schlenderte ich noch einmal zu Willow auf den Paddock.

»Gute Nacht«, flüsterte ich ihr ins Ohr. »Schlaf schön.«

Als ich die kleine Lichtung überquerte und aufs Zelt zuging, beulten sich die Seitenwände aus. Oje, nach großzügigen Platzverhältnissen sah das nicht gerade aus. Und richtig: Als ich die Zeltplane zur Seite schob, lagen die anderen wie Sardinen in einer extraengen Dose nebeneinander.

»Und wo schlafe ich jetzt?«

Mila lag links außen, daneben Kay und Josse. Rechts neben Lukas war noch ein winziges Stückchen frei.

Er hob den Kopf vom Schlafsack und grinste. »Wollen wir losen, wer zuerst auf dem Rücken liegen darf?«

Ich lachte und quetschte mich in den Schlafsack. Klar war es eng, aber zugleich war es auch wunderbar. Meine besten Freunde und ich, mitten in der wilden Natur. Und dazu die Pferde. Lukas lächelte mich an, seine Augen funkelten.

»Schlaf gut«, flüsterte er, dann löschte Mila das Licht.

KAPITEL 41

Zuerst konnte ich mich nicht bewegen. Etwas Schweres lag auf mir. Gerade wollte ich mit den Beinen strampeln, da begriff ich, was los war. Lukas lag mit dem Kopf auf meiner Schulter und schnarchte. Draußen vor dem Zelt zwitscherte eine Amsel aus Leibeskräften.

»Geht das auch eine Nummer leiser?«, grummelte Josse.

Auch die anderen begannen sich zu rühren.

»Mensch, ist das eng«, stöhnte Kay, als sie sich aus dem Schlafsack quälte.

»Zumindest war es nicht kalt.« Mila gähnte ausgiebig.

Ich löste mich ein wenig widerstrebend von Lukas und setzte mich auf. »Wer hat Hunger?«

Vier Stimmen meldeten sich, mehr oder weniger wach.

Kurz darauf saßen wir auf unseren Isomatten in der Morgensonne und stürzten uns aufs Frühstück.

»Bald wird der Proviant knapp«, sagte Kay besorgt.

»Ach, das passt schon«, beruhigte Josse sie. »Du isst ab

sofort nur noch Möhren und Äpfel, dann reicht das Essen locker.«

Kay schnappte sich eine Möhre und hielt sie ihm wie ein Messer an den Hals. »Hey, Vorsicht, ich bin bewaffnet.«

»Aber nicht mehr lang!« Josse lachte und entwand ihr die Möhre, wobei beide ins Gras fielen. Mit roten Köpfen rappelten sie sich wieder auf.

Als wir fertig waren, schmierten wir Brote und schnitten Obst für unterwegs.

»Wir müssen noch die Wasserflaschen auffüllen«, erinnerte Mila uns.

Lukas nickte. »Ich glaube, wir kommen auch noch an einer Quelle vorbei. Das Wasser können wir ruhig trinken, hat mein Vater gesagt.«

Er studierte die Karte. »Da müssten wir gegen Mittag sein, wenn alles klappt.«

»Die Zeit wäre dann perfekt für ein Picknick«, befand Kay und verstaute die letzten Äpfel und Möhren in einer der Satteltaschen.

Nach dem Frühstück war die Pferdepflege dran. Ich fuhr durch Willows Mähne, in der sich Blätter, Zweige, Erdkörnchen und sogar einige Käfer angesammelt hatten. Auch in ihrem Schweif steckte ein Sammelsurium an Waldteilchen. Nachdem ich über Willows Rücken und Bauch gebürstet hatte, holte ich den Sattel und das Zaumzeug. Über Nacht hatten wir die Ausrüstung in einem kleinen Unterstand unter einer Plane gelagert.

Jeder von uns kümmerte sich in Ruhe um sein Pferd. Es war schön, sich so viel Zeit zu lassen.

Zuletzt bauten Lukas und ich mit wenigen Handgriffen das Zelt ab und schnallten die Rolle hinten an Mortimers Sattel fest. Ich warf noch einen Blick über die Lichtung. Abgesehen von platt gedrücktem Gras und der erkalteten Asche des Lagerfeuers sah alles unberührt aus.

»Seid ihr fertig?«, fragte Josse und stieg auf Sally, die bereits ungeduldig auf und ab trippelte. Auch die anderen Pferde wollten sich bewegen.

Wir überquerten die Lichtung und ritten im Schritt hintereinander, denn schon nach wenigen Metern wurde der Weg so schmal, dass der Platz für zwei Pferde nebeneinander nicht reichte.

Willow hob den Kopf.

»Was ist denn?« Neugierig sah ich mich um. Was hatte Willow abgelenkt? Ein Vogel? Ein kleines Tier? Oder ein entferntes Flugzeug?

»Da sind Rehe!«, wisperte Mila.

Einige Meter weiter links lichtete sich der Wald, und so konnte ich das Rudel, das aus fünf oder sechs Tieren bestand, gut erkennen. Willow sog die Luft in die Nüstern und wieherte laut, was mich dazu brachte, mich wieder mehr auf sie anstatt auf die Rehe zu konzentrieren. Je ruhiger ich war, desto mehr beruhigte sich auch Willow. Ich streichelte zärtlich ihren Hals. Diese Hürde hatten wir gemeistert.

Die Rehe huschten davon und verschwanden in dunkleren Regionen des Waldes.

Die nächsten Stunden verliefen ruhig, bis wir zu der Galoppstrecke kamen, die Kay gestern auf der Karte entdeckt hatte. Der Weg war kaum mehr zu erkennen, vor uns erstreckte sich weites Heideland. Eilig deponierten wir unser Gepäck neben einem Stein, dann waren wir startklar.

Ich beugte mich über Willows Hals und flüsterte: »Lust auf einen Galopp?«

Willow schnaubte und spitzte die Ohren. Wenn das kein Ja war! Sofort gab ich die Galopphilfen und schon schoss Willow vor und schloss in Sekunden zu Peanut auf, der vor uns bereits in gestrecktem Galopp unterwegs war.

Willow dehnte sich unter mir. Sie raste über die Ebene, überholte Peanut und war dann gleichauf mit Sally, die zwar schnell, aber nicht so ausdauernd war. Jetzt war nur noch Mortimer vor uns, alle anderen hatten wir ein Stück hinter uns zurückgelassen.

Ich hielt Willow leicht zurück. Zwischen ihr und Mortimer gab es einen ständigen Wettkampf, der leicht in ein unkontrolliertes Rennen ausarten konnte. Das wäre jetzt sicher nicht so schlau, schließlich kannten weder Kay noch ich die Strecke vor uns. Hauptsache, wir erreichten unser erstes Etappenziel heute alle in einem Stück und unverletzt.

Der Wind pfiff mir um die Ohren. Es war so schön! Am liebsten wäre ich ewig so weitergaloppiert, doch wir mussten zurück und unser Gepäck holen.

»Jetzt habe ich Hunger!«, rief Josse, als das Ende der Galoppstrecke in Sicht kam. »Wie sieht's bei euch aus?«

»Genauso«, lautete die einstimmige Antwort.

Wir ließen die Pferde in Schritt fallen. Einige Minuten ritten wir zwischen den Bäumen umher, bis wir unseren Weg wiedergefunden hatten.

»Wo ist denn dieser tolle Picknickplatz?« Ich drehte mich im Sattel um. Nun waren wir wieder mitten im Wald angelangt. Der Boden glänzte feucht und es war ein wenig kühl, was nach dem Galopp richtig angenehm war.

»Die Quelle, von der ich euch vorhin erzählt habe, muss hier irgendwo sein«, meinte Lukas.

»Haltet mal an«, sagte Josse und sprang von Sallys Rücken. »Ich schaue auf die Karte.« Er holte sein Smartphone heraus.

Auch Kay stieg ab, um Fotos zu machen. Schon jetzt hatte sie so viele geschossen, dass wir bestimmt den Rest des Jahres damit beschäftigt waren, sie anzuschauen.

Josse zeigte auf einen Trampelpfad, der schräg vor uns

tiefer in den Wald führte. »Wenn wir den Weg nehmen, dann kommen wir direkt zur Quelle.«

»Da entlang?«, fragte Kay. »Das sieht aber nicht so aus, als wäre dort jemals schon ein Mensch gewesen. Es scheint eher ein Tierwechsel zu sein.«

»Umso besser.« Mila lenkte Gonzo in die Richtung, in die Josse deutete. »Dann sind wir die Pioniere. Meine Damen und Herren, folgen Sie mir bitte auf dem Entdeckerpfad.«

Ich dirigierte Willow hinter Mila her. Auch Kay, Lukas und Josse schlossen sich uns an. Hinter mir hörte ich, wie Kay leise fluchte. Sie musste sich gewaltig anstrengen, um Mortimer auf seinem Platz am Ende zu halten.

Eine ganze Weile bahnten wir uns einen Weg zwischen Büschen hindurch, die immer dichter wuchsen.

»Bist du sicher, dass du dich auf der Karte nicht verguckt hast?«, brummte Lukas.

»Ja, wir sind goldrichtig.« Josse stellte sich in die Steigbügel und sah nach vorn. »Eigentlich müsste gleich ein Hügel kommen und dahinter befindet sich die Quelle.«

Josse lag richtig. Es ging merklich bergauf, auch wenn wir von dem Hügel wenig zu sehen bekamen, denn das Unterholz war inzwischen fast undurchdringlich.

Doch die Mühe lohnte sich. Ein Stück hinter dem Hügel bildeten mehrere riesige Feldsteine einen Kreis. In der Mitte kam aus einer Felsspalte im Boden Wasser. Überall wuchs frisches Gras und so legten wir den Pferden die Halfter an und ließen sie grasen. Zwei von uns führten sie an den Halfterstricken über die Lichtung, während die anderen drei sich ausruhten, immer im Wechsel.

»Das ist der tollste Picknickplatz, an dem wir bisher waren«, freute sich Mila.

»Er ist wirklich perfekt«, stimmte Kay ihr zu und begann, weitere Fotos zu machen.

Lukas und ich ließen die Pferde trinken und füllten dann unsere Wasserflaschen auf. Die Quelle gluckerte und gluckste. Was für ein verwunschener Ort! Bestimmt wäre es schön, hier später unter freiem Himmel zu übernachten. Doch wir mussten uns ja an unsere Route halten, sonst schafften wir die Strecke nicht in vier Tagen. Daher brachen wir nach einer langen Mittagspause wieder auf.

»Wo geht's denn jetzt lang?«, wollte ich wissen.

Josse studierte die Karte. »Wir müssen einfach nur den nächsten Hügel umrunden. Nach ungefähr einer Stunde kommen wir wieder auf den Hauptweg. Dem folgen wir immer weiter bis zum nächsten Hof, wo wir übernachten.«

»Also los«, sagte Lukas. »Ich rieche schon die vegetarischen Würstchen, die wir heute über dem Feuer braten werden.«

»Ich auch«, knurrte Josse.

KAPITEL 42

Es dauerte reichlich lange, bis wir uns aus dem Unterholz gekämpft hatten.

»Ich glaube, wir hätten einfach zurückreiten und den Hauptweg nehmen sollen«, beschwerte sich Kay. »Irgendwie kommt mir das hier komisch vor.«

Sie zerrte an einem Zweig, der sich in ihren langen Haaren verfangen hatte.

»Aber das wäre ein Riesenumweg gewesen«, widersprach Josse. »Ich habe es doch auf der Karte gesehen. Es war eindeutig: um den Hügel rum und rauf auf den Hauptweg.«

»Du hast gesagt, dass wir nach einer Stunde den Hauptweg erreichen«, sagte Lukas und schaute auf seine Armbanduhr. »Das ist jetzt zweieinhalb Stunden her.«

Wirklich? In dem Gestrüpp hatte ich jedes Zeitgefühl verloren. Ich kam mir ein bisschen wie Dornröschen vor. Oder vielleicht eher wie einer der Prinzen, die in der Dornenhecke hingen. »Sollen wir vielleicht umdrehen?«

Josse rieb sich über die verschwitzte Stirn. »Wo willst du denn umdrehen?«

Er hatte recht, dafür war der Pfad viel zu schmal und das Unterholz zu dicht. Hier hätten wir mit unseren Pferden niemals wenden können.

Trotzdem, ich fand die Gegend ziemlich ungemütlich. Es wurde immer düsterer. Und der Trampelpfad wurde nach einigen Metern noch enger. Für Rehe sicher immer noch bequem, aber für die Pferde wäre mehr Platz besser gewesen.

»Hoffentlich treffen wir nicht auf Wildschweine«, murmelte Kay.

»Oder auf Wölfe.« Lukas grinste.

Kay runzelte die Stirn. Die Vorstellung schien ihr noch viel weniger zu gefallen.

»Nein, Wölfe sind viel zu scheu«, sagte ich schnell. »Es soll hier in der Gegend zwar ein Rudel Wölfe und vielleicht auch ein paar Einzeltiere geben. Aber die halten sich von Menschen fern. Sie haben ja auch genug Platz, um auszuweichen.«

»Apropos Platz«, warf Lukas ein. »Meine Knie scheuern rechts und links schon an den Baumstämmen.«

»Nun übertreib mal nicht«, protestierte Josse. »Irgendwo demnächst muss der Hauptweg kommen. Ganz bestimmt.«

Doch nachdem wir uns eine weitere halbe Stunde vorangequält hatten, war der Hauptweg immer noch nicht in Sicht. Sofern man bei dem Pflanzenbewuchs überhaupt von Sicht sprechen konnte.

Langsam bekam ich wieder Hunger, obwohl das Mittagessen gerade mal drei Stunden her war. Am liebsten wäre ich abgestiegen und hätte mir einen Apfel aus Kays Satteltasche geholt. Aber da lenkte mich das Knacken von Zweigen hinter mir ab und ein halblauter Fluch. Mortimer war über eine Baumwurzel gestolpert.

»Jetzt reicht's mir aber«, schimpfte Kay. »Das ist ja lebensgefährlich hier. Auf diese Abkürzung hätte ich wirklich gern verzichtet.«

»Nun übertreib mal nicht gleich«, hielt Josse dagegen, doch als ich mich zu ihm umdrehte, war klar, dass auch ihm nicht wohl bei der Sache war.

»Gib mir mal die Karte«, sagte Mila. »Vielleicht hast du vorhin ja etwas übersehen.«

»Bestimmt nicht«, meinte Josse beleidigt. Sally legte die Ohren an, als Josse die Karte dicht über ihrem Kopf weiterreichte. Doch Gonzo ließ sich nicht aus der Ruhe bringen, als Mila sie umständlich auffaltete und über seinen Ohren und dem Mähnenkamm ausbreitete.

»Und?«, fragte ich gespannt. »Siehst du etwas?«

Mila tippte auf die Karte und runzelte die Stirn. »Ich glaube, wir haben aus Versehen eine Abzweigung genommen. Die Pfade sind ja wirklich kaum zu erkennen. Irgendwo müssen wir rechts anstelle von links abgebogen sein.«

»Das verstehe ich nicht.« Josse runzelte die Stirn. »Habt ihr unterwegs einen anderen Weg gesehen?«

Wir schüttelten alle den Kopf. Aber das brachte uns leider auch nicht weiter.

»Oh nein, ich habe es doch gesagt!«, stöhnte Kay. »Und was machen wir jetzt? Wir können doch nicht drei Stunden rückwärtsreiten. Und zum Wenden ist es hier immer noch zu eng.«

»Nächstes Mal kannst du ja die Karte lesen«, meckerte Josse. »Du machst es bestimmt besser.«

»Ja, wahrscheinlich schon«, fauchte Kay. »Du hast vorhin gesagt, es gäbe nur einen Weg. Warum entdeckt Mila dann zwei auf der Karte?«

»Jetzt hört auf zu streiten, das bringt doch nichts«, sagte Lukas. »Mila, siehst du denn, wo wir überhaupt sind?«

Mila fuhr mit dem Zeigefinger über das Papier. »Ja, ich glaube schon. Wir müssen noch ein Stückchen weiter, dann kommt eine Abzweigung. Diesmal nehmen wir den linken Weg und müssten kurz darauf zu einer kleinen Straße kommen.«

»Auch noch eine Straße«, regte Kay sich auf. »Wir hatten doch besprochen, dass wir nicht im Straßenverkehr reiten.

Dafür haben wir uns doch extra eine Route nur mit Reitwegen in der Natur ausgesucht.«

»Willst du also doch wieder zurückreiten?«, fragte Josse schnippisch.

»Natürlich nicht!«, schnauzte Kay ihn an.

»Aufhören!«, unterbrach Lukas die beiden.

»Hauptsache, wir finden irgendwann wieder den richtigen Weg«, mischte ich mich ein, während sich Kay und Josse finstere Blicke zuwarfen. Zum Glück ohne Ton.

»Außerdem sieht die Straße nicht so aus, als gäbe es da viel Verkehr«, fügte Mila hinzu.

Also quälten wir uns eine weitere Stunde den Pfad entlang, bis wir tatsächlich die Straße erreichten. So weit hatte Mila richtig gelegen. Nur das mit dem Verkehr traf es nicht ganz. Nach wenigen Metern war klar, dass wir die einzige Straße durch das Naturschutzgebiet erwischt hatten, und die wurde an diesem strahlenden Augustnachmittag viel befahren. Die wenigsten hielten sich dabei an die Geschwindigkeitsbegrenzung, die eigentlich 30 km/h vorschrieb. Und noch weniger Autofahrer beachteten den Sicherheitsabstand zu uns.

»Spinnt der?«, rief Kay, als zum dritten Mal ein Auto so dicht neben ihr fuhr, dass Mortimer gestresst die Ohren anlegte. »Das ist echt unmöglich hier!«

Ich nickte zustimmend, für mehr fehlte mir die Zeit. Willow sicher durch den Straßenverkehr zu navigieren, verlangte meine volle Konzentration.

Endlich erreichten wir ein Schild, das uns wieder auf den ursprünglichen Reitweg hinwies.

»Geschafft!«, versuchte ich die Stimmung aufzulockern. »Und alle haben überlebt.«

Niemand antwortete. Auch gut. Also hing ich einfach meinen Gedanken nach und betrachtete die Umgebung.

Während wir einen Feldweg entlangritten, musste ich plötzlich an Marlene und unseren blöden Abschied denken. Ich war immer noch sauer, sie dagegen schien bei unserem Abschied ja wieder recht versöhnlich. Die Pause jetzt würde uns bestimmt guttun. Und dann mal sehen, wie es nach meiner Rückkehr zwischen uns sein würde.

KAPITEL 43

Es war schon spät, als wir endlich die Wanderreitstation erreichten. Im Gegensatz zu gestern freute ich mich heute Abend darauf, so schnell wie möglich in den Schlafsack zu kriechen.

Inzwischen hatte sich der Himmel wieder mit Wolken bezogen und die flirrende Sommerhitze war schwerer, feuchter Luft gewichen. Heiß war es noch immer, jede Bewegung brachte uns ins Schwitzen. Auch die Pferde waren gereizt und missgelaunt.

Willow legte die Ohren an, als ich den Sattelgurt löste. Sie drehte sich weg und wandte mir das Hinterteil zu.

Was sollte denn das jetzt? Vorsichtshalber trat ich einen Schritt zur Seite, doch Willow wollte sich nur den Po an einem Baumstamm kratzen.

Nachdem wir die Pferde versorgt hatten und sie sicher auf den Paddocks untergebracht waren, kümmerten wir uns um unser Lager. Mila und ich holten die Schlafsäcke und

Isomatten aus den Satteltaschen und breiteten sie auf dem Boden aus, während Kay und Lukas das Essen auspackten.

»Da vorn ist die Feuerstelle in der Sandkuhle. Kann jemand schon mal Feuer machen?«, fragte Josse. »Ich baue das Zelt auf.«

Während ich in den Satteltaschen nach Streichhölzern wühlte, fing es an zu regnen.

»Auch das noch«, stöhnte Kay.

Hastig rafften wir Schlafsäcke, Isomatten und Satteltaschen zusammen, doch bevor wir sie ins trockene Zelt bringen konnten, wurde alles nass, denn Josse war noch nicht ganz fertig mit dem Aufbau. Auch das Holz wurde feucht. Bei dem Versuch, doch noch ein Feuer zu entfachen, verbrauchten Josse und Lukas auch noch unseren kompletten Vorrat Kaminanzünder.

»Super, jetzt haben wir nur noch Streichhölzer«, schimpfte Lukas vor sich hin.

»Das schaffen wir schon«, beruhigte ihn Mila. »Die Leute früher hatten schließlich auch keine Kaminanzünder und haben trotzdem Feuer gemacht.«

»Hm, schon, aber wir wollten eigentlich einen Wanderritt machen und kein Survivaltraining absolvieren«, brummte Lukas.

Ich lächelte Mila zu. Wie immer ließ sie sich von ein paar Missgeschicken nicht die Laune verderben. Im Gegensatz zu Kay und Josse, die gerade ihren Streit von vorhin noch einmal aufwärmten und schon wieder diskutierten, warum Josse die Karte falsch gelesen hatte.

Auch das Abendessen war karg, denn bei dem Wetter konnten wir uns draußen nichts Warmes machen. Für uns gab es daher nur noch durchweichtes Vollkornbrot mit hart gewordenem Käse, denn zu allem Überfluss hatte ich bei einem Zwischenstopp auch noch unsere Obsttüte liegen lassen. Jetzt freuten sich vermutlich ein Haufen Kaninchen, Ameisen und andere Waldbewohner über ein Festessen mit Äpfeln, Bananen und Gurken.

»Ausgerechnet das Obst!«, schimpfte Kay. »Auf deine Schokolade hättest du bestimmt besser aufgepasst.«

»Ach was!«, gab ich zurück.

So schnell wie möglich krochen wir in unsere Schlafsäcke.

»Boah, hier stinkt's!«, beschwerte sich Kay.

Lukas schnüffelte. »Wieso? Wonach denn?«

»Käsefüßen!«, riefen Mila und ich gleichzeitig.

Eigentlich hätte es lustig sein können, doch es roch so muffig und wir waren so kaputt, dass uns nach Späßen nicht mehr zumute war. Die Stimmung war wirklich auf dem Tiefpunkt. Alle hatten schlechte Laune, selbst Mila war ungewohnt schweigsam. So hatte ich mir das nicht vorgestellt.

Auch die Pferde schienen unruhig. Sie stampften immer

wieder mit den Hufen, scharrten im Sandboden und schnaubten laut, was aber im nächsten Regenschauer, der auf das Zeltdach prasselte, unterging.

Ich fröstelte in meinem Schlafsack. Wie besprochen schickte ich noch die abendliche Gute-Nacht-SMS an Mamas antiquiertes Handy. Dann drehte ich mich zur Zeltwand und schloss die Augen. Normalerweise wäre es urgemütlich gewesen, mit den anderen im Zelt zu liegen, aber heute war niemandem von uns noch nach reden.

Ich war so erledigt, dass mir schon bald die Augen zufielen.

Kay riss mich wieder aus dem Schlaf. »Ich werde nass.«

»Wie das?«, fragte Josse verschlafen. »Träumst du?«

»Es regnet durch. Hier, auf meiner Seite. Oh Mann, ich kann nasse Klamotten nicht leiden. Erst recht nicht beim Schlafen!«

»Jetzt stell dich nicht so an«, murmelte Josse.

»Dann kannst du ja mit mir tauschen«, entgegnete Kay schnippisch. »Ich jedenfalls übernachte nicht in einer Pfütze.«

»Ist es wirklich so schlimm?«, fragte Lukas. »Lass mich mal fühlen.« Er richtete sich auf und tastete im Dunkeln nach seiner Taschenlampe.

»Au, mein Ohr«, rief Mila.

»Oh, entschuldige.«

Sekunden später flammte ein Lichtstrahl auf. Ich kniff die Augen zusammen. Es fühlte sich an, als wäre ich eben erst eingeschlafen. Ich war komplett erledigt. Mir tat alles weh, vor allem die Oberschenkel und der Hintern. Und trotz Reithandschuhen hatte ich Blasen an den Händen.

»Oh nein, da vorn regnet es ja auch durch«, rief Kay mit erstickter Stimme. »Wo ist mein Handy?« Hektisch wühlte sie in einem Berg Klamotten. »Wenn das auch etwas abbekommen hat, krieg ich die Krise.«

Draußen regten sich die Pferde, wahrscheinlich wegen des Tumults im Zelt.

»Alle meine Sachen sind nass geworden«, zischte Kay. »Wolltest du nicht noch ausprobieren, ob Milas Zelt echt dicht ist?«

»Und wie?«, schnauzte Josse. »Hätte ich es unter der Dusche aufstellen sollen? Seitdem hat es ja kaum geregnet. Außerdem hat Mila gesagt, das Zelt sei in Ordnung.«

»Das war es ja auch«, schaltete Mila sich ein. »Jedenfalls dachte ich das.«

»Nichts ist in Ordnung«, fauchte Kay. »Alles ist nass. Ich habe nicht eine einzige Unterhose, die noch trocken ist. Ich hasse so etwas!«

»Und ich hasse Meckerliesen«, rief Josse.

»Versetz dich doch mal in meine Lage! Mitgefühl ist ja nicht so deins, oder?«

»Mitgefühl schon, aber dein Gejammer nervt.«

»Hört auf zu streiten«, rief Lukas.

»Ja«, pflichtete ich ihm bei. »Das halte ich um die Uhrzeit auch nicht aus.«

Nun fing Josse an, in seinen Klamotten herumzuwühlen.

»Mist, mein Handy lag mitten in der Pfütze.« Er stöhnte. »Jetzt tut sich gar nichts mehr!«

»Oh nein, das ist ja blöd!«, rief ich. »So ein Pech!«

Mila beugte sich vor. »Gib mal her.« Sie fummelte an dem Smartphone herum, doch das gab nicht das kleinste Signal von sich. »Dafür brauche ich mein Werkzeug zu Hause«, erklärte sie. »Oder wir legen es dann in Reis, der zieht angeblich die Feuchtigkeit raus.«

»Tu das. Vielleicht gibt es ja noch eine Chance.« Josse seufzte. »Zum Glück ist es das alte von meinem Bruder. Ich wollte mir erst nächsten Monat ein neues kaufen.«

»Und wie ist die Lage bei dir?«, wandte sich Lukas an Kay.

»Ich liege in einer Pfütze, es regnet durchs Zeltdach, und meine Klamotten sind so nass, dass es wahrscheinlich Tage dauern wird, bis alles wieder trocken ist. Reicht das?«

Lukas atmete tief aus. »Okay, okay. Was machen wir jetzt? Sollen wir dir trockene Klamotten leihen?«

»Jedenfalls ziehe ich keine Jungsunterhose an«, nörgelte Kay.

»Musst du auch nicht, ich gebe dir eine von mir«, meinte Mila besänftigend. »Und wollen wir die Seiten tauschen? Dann kannst du hier in der Mitte liegen, da ist es trocken.«

»Das bringt doch alles nichts«, sagte Kay. »Am besten brechen wir ab. Dann reiten wir einfach noch mal mit einem heilen Zelt los.«

Jetzt reichte es mir aber! Wie wehleidig konnte man sein? Ausgerechnet Kay, die sonst immer so tough tat!

»Ich trainiere doch nicht wochenlang mit Willow, nur um bei den ersten drei Regentropfen alles abzubrechen«, wandte ich ein. »Ohne mich!«

»Ich finde die Idee gar nicht so dumm«, sagte Josse. »Vielleicht sollten wir nächstes Mal alles noch besser planen. Dann nehmen wir eine bessere Karte mit und auf jeden Fall zwei Zelte, eins für Jungs, eins für Mädchen.« Er warf Kay einen wütenden Blick zu.

»Nein, ich möchte auch nicht umdrehen«, protestierte Mila. »Morgen kommt das schönste Wegstück. Erst wieder Heidelandschaft und dann Buchenwälder. Da will ich doch nicht umkehren!«

»Aber so bringt das doch auch nichts«, zeterte Kay. »Es ist kalt, es regnet. Und jetzt kündigt meine Wetterapp auch noch eine Regenfront für die nächsten Tage an. Wollt ihr wirklich alle klitschnass zwei Tage im Regen weiterreiten?«

»Also, eine Grippe will ich mir nicht holen«, sagte Josse. »Nächste Woche spielt mein Team um den Stadtcup.«

»Ist dir plötzlich Basketball wichtiger als unser Wanderritt?«, fragte Mila verständnislos.

»Das habe ich nicht gesagt«, verteidigte Josse sich. »Ich will nur nicht krank werden.«

Ich schloss die Augen. Was für ein Albtraum!

Lukas schaltete sich wieder ein. »Wisst ihr was? Wir entscheiden das morgen früh«, schlug er vor. »Jetzt im Dunkeln ist es sowieso viel zu gefährlich, durch die Gegend zu ziehen. Wir haben uns ja heute sogar bei Tageslicht verirrt.«

»Fängst du schon wieder damit an?« Josse drehte sich umständlich auf die Seite. »Wie oft soll ich noch sagen, dass das vorhin keine Absicht war? Ja, ich habe auf der Karte die Abzweigung übersehen. Aber das kann doch jedem mal passieren.«

»Ich weiß«, erwiderte Lukas schnell. »Das meinte ich auch gar nicht. Ich sagte nur, wir sollten die Nacht abwarten und morgen früh entscheiden, ob wir abbrechen wollen oder nicht.«

Das klang nach einem guten Plan und die anderen fanden das auch. Nach einigem Hin und Her ließ Kay sich überreden, mit Mila den Schlafplatz zu tauschen. Inzwischen suchte ich eine trockene Jogginghose und ein Shirt für Kay aus meinem Rucksack. Lukas legte eine Plastiktüte auf die feuchte Stelle im Zelt. So gut es ging, machten wir es uns bequem und schalteten die Taschenlampen zum zweiten Mal aus.

Ich zog den Schlafsack bis zum Kinn und schloss die Augen. Und jetzt endlich schlafen, einfach nur schlafen!

KAPITEL 44
Ben

Wie hektische kleine Arme bewegten sich die Scheibenwischer hin und her. Doch gegen die Wassermassen, die der Himmel seit Minuten über ihnen ausschüttete, konnten sie kaum etwas ausrichten. Er schaltete einen Gang runter und schaute in den Rückspiegel. Das Auto, das ihnen seit dem Ortsausgang gefolgt war, beschleunigte jetzt und setzte zum Überholen an. Er drückte leicht auf die Bremse. Der Motor des anderen röhrte auf und Sekunden später verschwanden seine roten Rücklichter hinter der nächsten Kurve.

Fast im Schritttempo fuhr er weiter. Er warf einen schnellen Blick zum Beifahrersitz. »Die Zufahrt muss auf deiner Seite sein.«

Marlene nickte. Sie wirkte ungewöhnlich blass, aber das konnte auch an dem Licht des entgegenkommenden Fahrzeugs liegen.

Er versuchte, sich zu orientieren. Jetzt im Dunkeln wirkte die Strecke ganz anders als bei Tageslicht. Von den Scheinwerfern angestrahlt schienen die Bäume ein Eigenleben zu führen. Gekrümmte, düstere Gestalten, die ihre Klauen nach ihnen ausstreckten.

Das reichte jetzt aber! Was war denn heute mit ihm los? So was ging ihm doch sonst nicht durch den Kopf.

Er nahm die Hand vom Lenkrad und drückte einige Knöpfe am Radio, bis einer der Sender endlich einigermaßen erträgliche Musik spielte.

Doch Marlene stand anscheinend nicht besonders auf Jazz. Sie legte ihm die Hand auf den Unterarm. »Können wir das ausmachen?«

»Natürlich.«

Die nächsten Minuten sprach keiner von ihnen. Marlene schien ihren Gedanken nachzuhängen, während er selbst angestrengt versuchte, endlich die verdammte Einfahrt zu finden.

Unvermittelt wandte sich Marlene an ihn. »Bist du sicher, dass wir das Richtige tun?«

Wie jetzt? Sie hatten doch hundertmal darüber geredet. Mindestens. Und vor ein paar Tagen, in ihrer ersten gemeinsamen Nacht am Fluss, die Entscheidung besiegelt.

Bei der Erinnerung daran bekam er wieder eine Gänsehaut. Wunderschön war es gewesen und gleichzeitig ein kleines bisschen beängstigend, diese plötzliche Nähe.

»Klar ist es richtig«, versuchte er, sie zu beruhigen.

Im nächsten Moment trat er auf die Bremse. Da war sie, die Einfahrt!

Wie erwartet war der Parkplatz leer. Natürlich, wer sollte sich um diese Uhrzeit auch hierherverirren? Der Motor verstummte, doch keiner von ihnen machte Anstalten, auszusteigen. Bis er sich endlich einen Ruck gab und die Fahrertür öffnete. Sobald er draußen stand, peitschte ihm eine wassergetränkte Windböe ins Gesicht. Aber das miese Wetter hatte vielleicht auch sein Gutes. So mussten sie sicher nicht mit Zeugen rechnen.

Er schlug den Kragen der Jacke hoch. »Wollen wir?«

Marlene zog den Reißverschluss ihres Regenmantels zu und setzte die Kapuze auf. »Natürlich.«

KAPITEL 45

Eine Melodie tönte mir ins Ohr. Adele. Hier im Zelt. Hier?

Es dauerte einen Moment, bis ich begriff, dass es mein Handy sein musste. Oh Mann, Mila – konnte sie nicht aufhören, meine Klingeltöne zu verstellen?

Aber wieso klingelte mein Handy mitten in der Nacht?

Im Zelt war es stockfinster. Verzweifelt versuchte ich, mein Gehirn in Gang zu bringen und das Smartphone zu finden, bevor die anderen mich aus dem Zelt warfen.

Die regten sich bereits in ihren Schlafsäcken, abgesehen von Mila, die tief und fest schlummerte. Schade. Sie hätte mir bestimmt sofort sagen können, für wen sie bei ihrem letzten Update meines Handys Adele ausgesucht hatte.

»Verdammt, wer ruft denn hier mitten in der Nacht an?«, fluchte Kay.

»Tut mir leid«, murmelte ich und leerte eine der Satteltaschen aus. Hoffentlich war das auch wirklich meine. »Ich habe es gleich gefunden.«

Doch was ich fand, waren eine weiche Banane, eine Zahnpastatube und eine Brille. Da blitzte eine Taschenlampe auf.

»Ich leuchte dir«, sagte Lukas, und unsere Blicke trafen sich. Ich riss mich los und suchte hastig weiter. Wo war bloß das verflixte Handy?

»Scheint dringend zu sein, das hört ja gar nicht mehr auf zu klingeln.« Josse gähnte herzhaft.

Jetzt wurde ich richtig wach. Und nervös. Mit zitternden Fingern tippte ich auf das Display.

Marlene. Marlene? Was wollte die denn um diese Zeit?

»Deine Schwester ruft um Mitternacht bei dir an? Na, die hat Nerven«, schnaubte Josse, der ebenfalls das Bild auf dem Display gesehen hatte.

Ich drückte auf die Annahmetaste.

»Ylvi? Ylvi, bist du es?«

Marlene klang total fremd. Aufgelöst und ängstlich. So hatte ich sie noch nie gehört.

»Ist alles okay?« Natürlich nicht. Etwas war ganz und gar nicht in Ordnung, das wurde mir schlagartig klar.

Da brach die Verbindung ab. Hektisch versuchte ich zurückzurufen. Sie meldete sich sofort.

»Ylvi, kannst du kommen?« Marlene schluchzte. »Ich habe solche Angst.«

»Was ist denn passiert? Und wo bist du? Ist was mit Mama und Papa?«

»Ich ...« Marlene stockte, dann fing sie wieder an zu schluchzen. »Es ist alles schiefgegangen ... Ich dachte ... Ich weiß nicht mehr, wo ich bin.«

Panik stieg in mir auf.

»Was ist los, Marlene? Hör zu, du musst mir alles der Reihe nach erzählen, verstehst du? Sag mir genau, was passiert ist.«

»Das versuche ich ja!« Marlene klang jetzt hysterisch.

Inzwischen war auch Mila aufgewacht und murmelte verschlafen: »Was ist denn hier los?«

»Psst«, machte Kay und deutete auf mich. »Irgendetwas ist mit ihrer Schwester.«

»Los, Marlene, bleib dran und erzähl mir, was ist«, rief ich wieder.

»Ich bin mit Ben noch einmal zu diesem Wolfsgehege gegangen«, begann Marlene.

»Jetzt? Im Dunkeln?«, fragte ich entsetzt. »Spinnst du? Was habt ihr denn da gemacht?«

»Wir ...« Marlene wimmerte. »Ben und ich ... wir ... wir haben die Wölfe freigelassen.«

»Ihr habt ... was?« Ich schnappte nach Luft. Das konnte doch nicht wahr sein! Wie war sie bloß auf so eine hirnrissige Idee gekommen?

Ben, schoss es mir durch den Kopf. Dahinter steckte ganz bestimmt Ben.

»Und wo ist Ben?« Der konnte was erleben!

»Was? Was ist mit Ben?«, rief Kay alarmiert.

»PSST«, machten Mila und Josse.

»Das weiß ich nicht«, jammerte Marlene. »Er hatte einen Bolzenschneider dabei. Mit dem haben wir das Tor aufgemacht. Und dann die Wölfe freigelassen.«

Ich zitterte. Reiß dich zusammen, ermahnte ich mich.

»Und dann? Was ist dann passiert?« Hastig stellte ich auf laut, damit die anderen mithören konnten.

»Wir sind mit dem Auto bis zu einem Parkplatz im Wald gefahren. Von da aus sind wir zu Fuß weiter. Das hat ewig gedauert. Unterwegs haben wir uns auch noch verlaufen. Und es hat die ganze Zeit geregnet.«

Ehrlich gesagt war der Regen wahrscheinlich gerade ihr kleinstes Problem. »Ja, gut, und dann?«

»Als wir endlich bei diesem Gehege waren, hat Ben das Gatter mit dem Bolzenschneider aufgemacht. Zuerst das äußere Tor, dann das innere. Und dann ... Es ging alles so schnell.« Marlene zog die Nase hoch. »Jedenfalls war da ein Schatten. Ben hat meinen Arm gepackt und ›Bleib stehen!‹ gebrüllt.«

»Und dann?«

»Ich bin trotzdem gerannt. Ich wollte nur weg von den Biestern. Ich hatte solche Angst! Zuerst war Ben noch neben mir, doch dann habe ich ihn irgendwo verloren. Es ist ja so dunkel. Und jetzt bin ich mitten im Wald. Ich habe keine Ahnung, wo ich bin. Und Ben ist weg, und ich weiß nicht, ob er verletzt ist. Ich erreiche ihn nicht am Handy. Und ... da sind irgendwo diese drei Wölfe. Ylvi, ich habe solche Angst!«

Wir tauschten entsetzte Blicke. Und nun? Auf jeden Fall blieb uns nicht viel Zeit. Wir mussten uns etwas einfallen lassen.

»Okay, hör zu. Sag mir genau, wo du bist. Wo finden wir dich?« Verzweifelt versuchte ich, einigermaßen ruhig zu bleiben.

»Ich weiß doch nicht, wo ich bin! Irgendwo bei diesem verdammten Gehege! Ylvi, bitte hilf mir!« Marlene weinte jetzt. »Aber ohne dass Mama und Papa es mitbekommen«, schob sie flehentlich nach.

»Ruf die Polizei an«, schlug Kay vor.

»Bloß nicht! Das gibt einen Riesenärger«, rief Marlene.

»Den gibt es sowieso.«

Damit hatte Kay zweifellos recht.

»Aber wohin seid ihr denn vorhin gefahren?«, mischte sich jetzt Lukas ein. »Wo ist dieses Wolfsgehege?«

»Irgendwo im Wald. Ehrlich gesagt habe ich beim ersten Mal gar nicht so auf den Weg geachtet und heute war es ja schon dunkel.«

»Okay, was ist denn da in der Nähe? Versuch, dich zu

erinnern.« Ich biss mir auf die Unterlippe. Wenn sich Marlene bloß beruhigen würde! Andererseits hätte ich an ihrer Stelle auch Panik. Und zwar richtig. Mitten in der Nacht irgendwo im stockfinsteren Wald zu hocken und als Sahnehäubchen noch ein paar Wölfe drum herum. Bei dem Gedanken daran lief mir ein Schauer über den Rücken.

»Warte mal. Ich schaue kurz nach, ob ich von da vorn mehr sehe. Da war so ein Felsen. Wenn ich da draufklettere, kann ich vielleicht irgendwas erkennen.«

»Na gut, versuch das!«

»Unter den Bäumen ist es so finster …«

Es klapperte, dann hörten wir ein Aufstöhnen und einen gedämpften Schrei. Und dann … Stille.

»Marlene?«, schrie ich. »Marlene? Marlene!«

Angsterfüllt schaute ich auf das Display. Das Gespräch war beendet. Ich wählte, wieder und wieder.

»Bitte versuchen Sie es zu einem späteren Zeitpunkt erneut«, ertönte jedes Mal dieselbe mechanische Stimme.

Ich schloss die Augen. Was für ein Albtraum!

KAPITEL 46

Einen Moment lang war es im Zelt ganz still. Nur die Bäume rauschten, denn inzwischen war etwas Wind aufgekommen. Doch hier drinnen war es angenehm warm und kuschelig. Der Regen hatte aufgehört und es hätte so gemütlich sein können. Wäre da nicht Marlene gewesen. Und Ben. Und die Wölfe.

»Und was jetzt?«, fragte Josse entgeistert.

»Wie blöd kann man eigentlich sein?«, regte Lukas sich auf. »So eine bescheuerte Idee.«

Kay starrte fassungslos vor sich hin. »Ich kann nicht glauben, dass Ben etwas so Dummes machen würde. Er ist doch sonst so vernünftig.«

Ich zuckte mit den Schultern. Momentan war es mir herzlich egal, wessen Einfall das gewesen war, auch wenn ich mir nicht vorstellen konnte, dass Marlene darauf bestanden hatte, die Wölfe zu befreien. Aber ich hatte mir auch nicht vorstellen können, dass sie Mama und Papa hinterging und heimlich mit Ben am Fluss übernachtete. Oder dass sie mich erpresste.

Doch was jetzt viel wichtiger war: Wie konnten wir ihr helfen?

»Ich muss meine Eltern anrufen und ihnen sagen, was passiert ist.«

Mila nickte. »Ich glaube auch. Aber schön wird das nicht.«

Und so war es auch.

»Was soll das heißen, Marlene ist irgendwo im Wald?«, fragte Mama entsetzt. Ihre Stimme klang schrill. »Das ist ein Scherz, oder? Den finde ich übrigens gar nicht witzig. Marlene schläft doch wieder bei Jule.«

Auch das noch. Ich wusste doch, dass mir das noch mal auf die Füße fallen würde. Augen zu und durch!

»Nein, tut sie nicht«, widersprach ich. »Sie hat nur gesagt, sie schläft bei Jule. Aber stattdessen ist sie mit Ben in den Wald gefahren und hat diese Wölfe befreit.«

»Sie hat was?«, schrie Mama. »Wölfe befreit?«

Jetzt kam Papa ans Telefon. Anscheinend hatte er Mama den Hörer weggenommen.

»Mit wem ist sie dort? Und weißt du, wo das ist?«

»Ich glaube, Ben ist bei ihr. Wisst ihr noch? Das ist Kays Cousin.«

»Marlene hat ihn uns noch nicht vorgestellt«, sagte Papa in einem Ton, bei dem sich Ben sicher gewünscht hätte, dass das so schnell auch nicht passieren würde. »Wo ist dieses Wolfsgehege? Dort muss sie ja irgendwo sein. Im Dunkeln ist sie bestimmt nicht weit gekommen.«

Jetzt erst fiel mir wieder ein, dass Marlene ja nachtblind war. Auch das noch! Ob sie das Ben gesagt hatte? Wahrscheinlich nicht.

»Ich versuche jetzt herauszubekommen, wer hier in der Gegend im Wald Wölfe hält«, sagte Papa. »Und ihr passt gut auf euch auf. Wir bleiben in Verbindung.«

»Alles klar«, antwortete ich.

»Und, Ylvi?«

»Ja?«

»Ihr tut nichts Unüberlegtes, hörst du? Ihr rührt euch nicht vom Fleck!«

Ich schüttelte den Kopf, doch als mir einfiel, wie sinnlos das durchs Telefon war, hatte Papa bereits aufgelegt.

»Und jetzt?«, fragte Kay. »Was willst du jetzt machen?«

»Wieso machen?«, fragte Josse. »Habt ihr eben Ylvis Vater nicht gehört? Sie soll gar nichts machen.«

Ich probierte noch einmal, Marlene zu erreichen. Wieder die automatische Ansage. Mist!

Eins war klar: Hier einfach nur herumzusitzen und darauf zu warten, dass Marlene vielleicht gerettet wurde, kam nicht infrage. Ich würde selbst etwas tun, ganz gleich, was die anderen dazu sagten.

»Habt ihr eine Idee?«, fragte ich verzweifelt. »Ich habe keine Ahnung, wo dieses blöde Wolfsgehege ist. Es könnte sonst wo sein. Wir können ja nicht mitten in der Nacht kreuz und quer durch den Wald reiten.«

»Das müssen wir auch nicht«, sagte Mila aufgeregt. »Wisst ihr noch, als Ben von dem Gehege erzählt hat? Es soll doch in der Nähe des Roten Felsens beim alten Steinbruch sein.«

Ich fiel ihr um den Hals. »Natürlich! Das hatte ich völlig vergessen. Du bist spitze!«

»Noch haben wir Marlene nicht gefunden. Und Ben auch nicht«, sagte Josse nüchtern. »Willst du deinen Eltern Bescheid geben, wo das Gehege ist?«

»Auf jeden Fall.« Aber dann fiel mir noch etwas ein. »Was, wenn wir uns irren, und das Gehege ist ganz woanders? Dann vergeuden wir wertvolle Zeit. Vielleicht finden wir besser zuerst heraus, ob Marlene überhaupt wirklich dort ist.«

Lukas faltete die Karte auf. »Der Steinbruch ist gar nicht so weit von hier.« Er zeigte auf eine Stelle, dann auf eine andere. »Und hier steht unser Zelt.«

Josse beugte sich vor. »Das scheint aber ein ziemliches Stück entfernt zu sein.«

»Wenn man den Hauptweg nehmen würde.« Lukas nickte. »Das tun wir aber nicht, es dauert viel zu lange.«

Er zeichnete mit dem Finger eine dünne dunkelgrüne Linie nach. »Hier ist noch ein Pfad, seht ihr? Den nehmen wir, dann reiten wir direkt auf den Steinbruch zu. Und der Rote Felsen ist ja ein Teil davon, dort muss also das Gehege sein, wenn Ben die Wahrheit gesagt hat.«

»Mitten in der Nacht querfeldein reiten?« Josse verzog das Gesicht.

»Aber was ist mit den Wölfen?«, fragte Kay plötzlich. »Können wir wirklich mit den Pferden dorthinreiten, wenn die da frei herumlaufen? Und das mitten in der Nacht?«

Betreten sahen wir uns an. Daran hatte niemand von uns gedacht!

»Ach, die sind bestimmt längst über alle Berge«, vermutete Mila, »jetzt, wo sie endlich frei sind.«

»Das wissen wir aber nicht.« Hektisch zerrte ich meinen Pullover unter dem Schlafsack hervor und zog ihn über. »Während wir hier herumsitzen und diskutieren, ist Marlene in Gefahr. Sie ist vielleicht verletzt. Wenn die Wölfe doch noch in der Nähe sind, kann ich nicht warten, bis irgendwer ihr irgendwann mal hilft. Tut mir leid, aber ich reite da jetzt hin.«

»Nicht allein.« Mila griff nach ihrem Rucksack. »Ich komme mit.«

»Und was ist mit Ben?« Kay starrte uns an. »Über den haben wir noch gar nicht gesprochen.« Sie tippte auf ihr

Handy. »Ich habe ihn bisher nicht erreicht. Vielleicht ist er auch verletzt. Ich komme auf jeden Fall mit und suche ihn.«

»Also gut«, seufzte Josse. »Ich halte das zwar ganz offiziell für die bekloppteste Idee, die wir je hatten, aber egal. Ich komme natürlich auch mit.«

»Ich auch«, sagte Lukas.

Ich kroch als Erste aus dem Zelt. Die Nacht war längst nicht so dunkel, wie ich erwartet hatte, denn am Himmel leuchtete ein halber Mond. Ich konnte sogar die Pferde und einen Teil der Umgebung ganz gut ausmachen. Und es war so warm! Wärmer als vorhin, als wir alle durchnässt und müde in unser Zelt gekrochen waren.

Ich atmete tief ein. Die Luft roch würzig, viel stärker als tagsüber.

»Verzeihung.« Lukas war hinter mich getreten und hatte mich dabei leicht angerempelt. Er legte die Hand auf meine Schulter. »Es wird alles gut. Wir finden sie.«

Wieder schaute ich in seine Augen, die jetzt im Mondlicht fast schwarz schimmerten. Klar, Lukas konnte mir auch keine Garantien geben, trotzdem fühlte ich mich plötzlich ein wenig getröstet.

Ich rannte zu Willow, die längst aufgehört hatte zu dösen und mir aufmerksam entgegensah. »Hilfst du mir? Hilfst du mir, sie zu finden?«

Erst jetzt fiel mir mein Versprechen ein. Ich hatte Corinna mein Wort gegeben, auf Willow aufzupassen und sie nicht in Gefahr zu bringen! Und nun? Was sollte ich machen?

Jede Minute, die Marlene länger im Wald verbrachte, war ein Risiko. Bei dem Gedanken daran, was meiner Schwester geschehen konnte, wurde mir kalt. Es half nichts. Ich musste Marlene suchen. Und Willow würde auch unversehrt bleiben, dafür würde ich schon sorgen. Ich würde alles tun, damit ihr nichts passierte.

Bestimmt ist Marlene nur gestolpert, versuchte ich mich dann zu beruhigen. Sie ist gestolpert und dabei hat sie das Handy verloren. Doch die Panik in Marlenes Stimme konnte ich nur schlecht verdrängen.

Ich holte den Sattel und das Zaumzeug unter dem Gebüsch hervor und strich die Regentropfen ab. Auch die anderen sattelten eilig ihre Pferde. Bis auf Mila, die bereits auf Gonzo saß und kurz auf die Landkarte guckte. Seufzend faltete sie die Karte dann zusammen und verstaute sie in ihrem Rucksack.

»Da sind ein paar trockene Klamotten für Marlene drin, etwas zu essen und zu trinken«, erklärte sie, als sie meinen fragenden Blick bemerkte.

»Du denkst an alles, danke!« Eilig schwang ich mich in Willows Sattel. »Seid ihr so weit?«

Alle nickten.

Schweigend verließen wir unser Schlaflager. Ich warf einen Blick zurück. Im Mondlicht sah das Zelt heimelig aus. Jetzt konnte ich mir nichts Schöneres vorstellen, als mit den anderen eingequetscht darinzuliegen. Doch das musste warten. Zuerst mussten wir Marlene finden.

KAPITEL 47

Der Weg führte leicht bergab. Im Dunkeln war es trotz des Mondlichts schwierig, ihn zu erkennen. Es dauerte nicht lange und ich war schweißgebadet. Ganz anders als vorhin war die Luft nun stickig und schwül wie in einem Gewächshaus.

Merkwürdig. Eigentlich hätte der Regen doch Abkühlung bringen müssen. Auch die Pferde schnauften. Sie mussten sich höllisch konzentrieren, auf dem immer steileren Pfad nicht danebenzutreten. Ich beugte mich vor, um Willow ein wenig zu entlasten.

Plötzlich machte Mortimer vor uns einen Satz zur Seite.

»Ruhig, ruhig«, hörte ich Kays Stimme und dann, wie sie ihm beruhigend den Hals klopfte. »Da hat nur etwas im Gebüsch geraschelt.«

Doch jetzt waren alle Pferde alarmiert. Sally trippelte hin und her und weigerte sich weiterzugehen. Ich sah, wie Josse sich anstrengte, um die Stute zum Weitergehen zu bewegen.

»Steig ab«, riet ich ihm, »und führe sie ein paar Meter. Sobald sie sich beruhigt hat, steigst du wieder auf.«

Josse zögerte, doch als Sally sich weiterhin weigerte, den Abstand zu Lukas zu verringern, hielt er sich an meinen Rat. Er schwang sich aus dem Sattel und landete im nächsten Moment mit dem Po in einem Dornenstrauch.

»Verfluchter Mist«, schimpfte er leise.

»Tut mir leid«, flüsterte ich. »Es ist wirklich eng hier.«

Josse ging einige Meter weiter, leider nur viel langsamer, als er zuvor geritten war. Während sich Sally beruhigte, trat bei Willow der gegenteilige Effekt ein.

Nervös versuchte sie, zu Mortimer ganz vorn aufzuschließen. Gonzo, der das Schlusslicht bildete, ließ sich von beiden Stuten nicht stören und trottete unbeirrt weiter.

Ich war froh, als Josse an der nächsten Biegung wieder aufstieg. Je schneller wir vorankamen, desto besser!

Kurz darauf mündete der Pfad in einen etwas breiteren Feldweg.

»Und jetzt?« Kay drehte sich im Sattel um und Mortimer schlug unruhig mit dem Schweif. Ich hörte die Nervosität in ihrer Stimme. Natürlich, auch Kay musste vor Sorge halb verrückt sein.

Mila stieg ab, holte wieder die Karte aus dem Rucksack und ging damit zu Lukas und Kay, nachdem sie mir Gonzos Zügel in die Hand gedrückt hatte.

»Wenn wir dem Feldweg folgen, müssten wir geradewegs zum Steinbruch kommen«, meinte sie und zeigte den beiden anderen, wohin es ging.

Lukas nickte. »Genau. Das dauert zu lange. Siehst du hier? Das ist der Trampelpfad, von dem ich euch im Zelt erzählt habe, der ist bestimmt kürzer.«

Mila sah zweifelnd zu ihm hoch. »Sollen wir den wirklich nehmen? Der Weg eben war auch viel steiler, als wir gedacht hatten.«

»Aber nicht schlimm«, konterte Lukas. »Es ist doch alles gut gegangen. Und mit dem Trampelpfad gewinnen wir Zeit.«

Seinen Worten folgte eine unangenehme Stille. Alle schauten mich an. Ich schluckte. Sollte ich jetzt entscheiden? Natürlich, schließlich ging es um meine Schwester, die plötzlich aus der Leitung verschwunden war. Also gut!

»Wir nehmen die Abkürzung«, sagte ich entschlossen.

»Aber der Trampelpfad führt durchs Moor«, wandte Josse ein, der inzwischen ebenfalls abgestiegen war und sich die Karte angesehen hatte. »Ist das nicht gefährlich?«

»Nicht, wenn wir auf dem Weg bleiben«, beruhigte Lukas ihn. »Also los.«

Nach wenigen Minuten erreichten wir die Stelle. Ein schmaler Durchgang zwischen zwei Steinen markierte die Abzweigung zum Trampelpfad.

Mila und ich wechselten einen Blick.

»Also los«, flüsterte sie. »Jetzt gilt's.«

Die ersten Meter war es still, doch dann brach ein ziemlicher Lärm aus. Mitten in der Nacht veranstalteten die Frösche im Moor ein ohrenbetäubendes Konzert, das um uns herum an- und wieder abschwoll. Dazwischen fuhr der Wind durchs Schilf, der hier deutlicher zu spüren war als bei unserem Schlafplatz.

Ich machte mir furchtbare Sorgen um Marlene und auch um Ben. Trotzdem konnte ich nicht anders, als die Umgebung zu bewundern. Im Mondlicht sah die Landschaft wunderschön verwunschen aus. Aber auch sehr, sehr verlassen. Ich kniff die Augen zusammen, als ein kleines Tier einige Meter vor uns über den Pfad wieselte. Nicht übertrieben eilig. Eher so, als würde es jede Nacht um diese Zeit hier entlangkommen.

Ich musste lächeln, dann fiel mir sofort wieder Marlene ein. Hoffentlich ging es ihr gut. Hoffentlich war sie nicht verletzt. Ob Mama und Papa sie vielleicht schon gefunden hatten? Ich zog das Handy hervor, das ausnahmsweise eingeschaltet in meiner Tasche steckte, und sah auf das Display. Seit Marlenes Anruf war gerade mal eine Dreiviertelstunde vergangen. Es kam mir viel länger vor, fast wie eine Ewigkeit.

Plötzlich hörte ich Josses Ausruf: »Seht mal, das Licht da vorn. Und da ist noch eins.«

»Sind das Suchtrupps?«, fragte Kay verwirrt. »Aber wie kommen die so schnell hierher? Und warum hört man nichts?«

»Weil das Glühwürmchen sind«, kam es von hinten. »Habt ihr etwa noch nie welche gesehen?«

»Bist du sicher?«, fragte Josse.

»Natürlich.« Mila lachte. »Was dachtest du denn? Moorgeister? Oder die Seelen von denen, die hier im Moor versunken sind? Wie nennt man die? Irrlichter?«

»Ich würde darüber jetzt lieber keine Witze machen«, entgegnete Josse. »Aber wenn du meinst, das sind Glühwürmchen, dann ist mir das die liebste Variante.«

»Besser als Augen«, flachste Lukas.

Mir lief ein Schauer über den Rücken. Fasziniert beobachtete ich die Funken, die in der Dunkelheit umherschwirrten. Dabei bemerkte ich, dass es hier unten im Moor deutlich dunkler war als vorhin im Wald. Seltsam. Der Himmel war hier doch viel offener.

Ich sah nach oben. Genau, der Himmel. Es waren erneut Wolken aufgezogen, die sich immer wieder vor den Mond schoben. Das konnten auch die Glühwürmchen bei aller Anstrengung nicht wettmachen. Die Luft war weiterhin schwer und würzig, doch nun war etwas Neues hinzugekommen. Feuchtigkeit. Es roch nach Regen.

Oh nein, das nicht auch noch!

Ich biss die Zähne zusammen und konzentrierte mich aufs Reiten, denn es war sinnlos, sich den Kopf über das Wetter zu zerbrechen.

Nach und nach verstummten die Frösche, bis ihr Konzert schließlich endete. Nur die Halme der Gräser wiegten sich noch leise raschelnd im Wind.

Irgendwann ging die Moorlandschaft in Hügel über, es wuchsen wieder Sträucher und niedrige Birken, die jetzt im Dunkeln wie Gnome aussahen.

Inzwischen war der Mond fast vollständig von einer dichten Wolkendecke bedeckt, die nur noch vereinzelt aufriss. Unsere kleinen Stirnlampen kamen gegen die Dunkelheit um uns herum kaum an. Endlich erreichten wir das Ende des Pfads. Zumindest das Moor lag schon mal hinter uns. Ringsum breitete sich die Heidelandschaft aus.

»Hey, das hat doch gut geklappt«, sagte Lukas mit gedämpfter Stimme. »Wir sind alle noch da, keiner ist im Moor versunken.«

»Da haben wir ja Glück gehabt«, brummte Josse. »Wie geht es weiter? So langsam müsste doch mal dieser verdammte Steinbruch kommen.«

»Ruhe«, kam plötzlich Milas Stimme von hinten. »Seid mal still.«

Alle hielten die Luft an und lauschten, doch nach einigen

Sekunden meinte Kay: »Was war denn? Hast du etwas gehört?«

Mila nickte. »Ich dachte, ich hätte ein … ein Heulen gehört.«

»Das war bestimmt nur Einbildung«, sagte Lukas schnell. »Ich wette, die wollten so schnell wie möglich weg von dem Gehege.«

Wir sahen uns unsicher an. Wer wusste schon, wie die Wölfe wirklich reagiert hatten?

Wir warteten nochmals einige Augenblicke, bis Josse sagte: »Also, zurück zum Thema. Wo ist jetzt der Steinbruch?«

»Von hier aus führen zwei Wege dorthin«, erklärte Mila.

»Und welcher ist schneller?«, wollte Kay wissen.

Mila hob die Schultern. »Ich weiß es nicht. Auf der Karte sieht es so aus, als wären sie ungefähr gleich lang.«

Ich wurde ungeduldig. »Dann teilen wir uns eben auf.«

»Aufteilen?«, fragte Josse alarmiert.

Lukas schüttelte heftig den Kopf. »Niemals! Das schärfen sie uns seit unserem allerersten Ausritt ein: immer zusammenbleiben!«

Kay nickte heftig. »Das haben wir auch Corinna hoch und heilig versprochen.«

»Ja, ihr habt recht«, gab ich zu. »Nur was ist, wenn wir sie verpassen? Oder nur einen von beiden finden?«

Kay seufzte. »Da ist was dran.«

»Wahrscheinlich ist das wirklich das Schlaueste«, sagte Mila. »Auch wenn meine Mutter mir den Kopf abreißen wird, sollte sie das jemals erfahren. Aber es reitet ja auch niemand ganz allein.«

Einen Moment lang sahen wir uns alle beklommen an.

»Dann trennen wir uns hier«, entschied Kay. »Ich suche mit Josse und Lukas nach Ben. Vielleicht ist er weiter weggelaufen. Dann müssten wir uns noch einmal aufteilen, obwohl ich echt hoffe, dass das nicht nötig sein wird.«

»Habt ihr eure Handys?«, fragte Lukas. »Abgesehen von Josse natürlich. Wir sollten in Kontakt bleiben.«

»Oh, aber mein Akku ist fast alle«, stellte Mila bestürzt fest.

»Meiner ist noch halb voll«, beruhigte ich sie. »Und wir sind ja die ganze Zeit zusammen.«

»Wir bleiben immer in Verbindung«, wiederholte Lukas eindringlich. »Dafür schicken wir regelmäßig eine Nachricht an die Gruppe. Sagen wir, alle zwanzig Minuten?«

»Ist gut«, sagte ich. »Dann viel Glück!«

KAPITEL 48

»Meinst du wirklich, das Gehege ist hier irgendwo?«, fragte ich, nachdem wir uns von den anderen verabschiedet hatten.

»Bestimmt. Das hat Ben doch neulich erzählt. Es muss ganz in der Nähe des Steinbruchs sein«, antwortete Mila überzeugt. »Beim Roten Felsen.«

»Warst du auch schon mal dort?«

»Ja, ein Mal, letztes Jahr. Da war ich mit meiner Mutter in der Nähe wandern«, erwiderte Mila. »Aber wir haben uns die ganze Zeit unterhalten, deshalb war ich ziemlich abgelenkt und habe nicht auf den Weg geachtet.«

Langsam ritten wir weiter. Inzwischen war der Weg breit genug, dass die Pferde locker nebeneinanderlaufen konnten. Die Bäume wuchsen dichter und wenig später waren wir mitten im Wald.

Um uns herum wurde es immer dunkler. Und dann hörte ich weit entfernt ein leises Grollen.

»Donnert es etwa?« Das hatte noch gefehlt. Warum kam eigentlich immer alles auf einmal? Es reichte doch, dass wir hier im Dunkeln herumirrten, da brauchten wir wirklich nicht noch ein Gewitter. Und schon gar nicht Marlene, die jetzt vielleicht irgendwo verletzt herumlag. Schnell schob ich den Gedanken beiseite.

In diesem Moment brach ein Reh vor uns durchs Unterholz. Gonzo wieherte und Willow zuckte zusammen. Ich wurde durchgerüttelt, als sie einen Satz nach vorn machte.

»Hooo«, rief ich mit Nachdruck und setzte mich wieder aufrecht in den Sattel. Meine Stimme und Körperhaltung schienen Willow zu beruhigen, denn nach zwei Galoppsprüngen fiel sie in einen leichten Trab und einige Meter weiter ging sie wieder ruhig im Schritt.

»Das war super«, rief Mila von hinten. »Jetzt siehst du mal, wie sich euer Training gelohnt hat. Letzten Monat wäre Willow bei so etwas durchgegangen.«

Ich nickte, noch etwas außer Atem.

Langsam ritten wir weiter. Plötzlich sah ich einen Blitz über den Himmel zucken, zum Glück ziemlich weit weg. Hoffentlich zog das Gewitter nicht zu uns herüber.

Nach einiger Zeit hielt ich an, stieg ab und zog mein Handy aus der Tasche. »Hältst du mal die Zügel? Ich glaube, es ist Zeit für unsere Nachricht.«

Mila nickte, beugte sich vor und nahm Willows Zügel.

Willow drängte sich dicht an Gonzo, der ihr wie immer Sicherheit vermittelte.

»Alles in Ordnung bei den anderen«, berichtete ich. »Sie sind noch zusammen und müssten jetzt ungefähr südlich vom Steinbruch sein. Kay versucht gerade wieder, Ben zu erreichen.«

Bei der Gelegenheit probierte ich es auch noch einmal bei Marlene, aber wieder ohne Erfolg.

Ob Mama und Papa mittlerweile die Polizei verständigt hatten? Und ob sie vielleicht auch schon auf dem Weg zum Gehege waren? Wenn sie denn herausbekommen hatten, wo es war.

Einen Moment wurde ich unsicher: Sollte ich sie doch noch mal anrufen und ihnen sagen, dass wir Marlene hier irgendwo in der Nähe vermuteten? Aber sie würden ausrasten, wenn sie wüssten, dass wir uns nicht an mein Versprechen gehalten hatten und nun durch die Nacht geisterten, noch dazu mit den Pferden! Nein, lieber nicht!

»Wollen wir?«, fragte Mila, nachdem ich das Handy wieder verstaut hatte. »Ich habe eben ein paar Tropfen abbekommen.«

Ich nickte, nahm ihr die Zügel ab und stieg auf.

Wir ritten weiter, bis sich der Wald ein wenig lichtete und ein großes dunkles Etwas in einiger Entfernung vor uns auftauchte.

»Ist das eine Ruine?«, fragte ich überrascht. »Ich wusste gar nicht, dass es hier im Wald eine Burg gibt.«

»Nein, das ist der Rote Felsen«, erklärte Mila. »Ein Stück dahinter kommt dann der Steinbruch. Er besteht aus hohen Felsen, die in einem Halbkreis steil abfallen. Unten gibt es eine große, kreisförmige Fläche.« Sie runzelte die Stirn. »Ich glaube, von hier aus führt ein Weg bis zur Kante des Steinbruchs. Dort in der Nähe teilt sich der Weg. Über zwei schmale Pfade gelangt man rechts und links ins Innere des Steinbruchs. Ich weiß es nicht mehr genau, aber ich glaube, einer von beiden Wegen war ziemlich steil.«

»Ist es im Steinbruch eigentlich gefährlich?« Die Frage hätte mir auch schon ein bisschen früher einfallen können.

»Da wird schon ewig nichts mehr abgebaut«, erklärte Mila. »Natürlich ist es trotzdem verboten, im Steinbruch herumzuklettern. Aber im Dunkeln haben Ben und Marlene bestimmt die Schilder übersehen. Vielleicht hat Marlene ja auch unten im Steinbruch Schutz gesucht.«

Die andere Möglichkeit erwähnte sie nicht, das war auch nicht nötig. Ich hatte sie auch so vor Augen. Was, wenn sie vorhin, als unser Gespräch abbrach, ausgerutscht und die Kante hinuntergestürzt war? Oder sie steckte an einem ganz anderen Ort. Das blöde Wolfsgehege hatten wir schließlich immer noch nicht gefunden.

Vorsichtig ritten wir weiter, bis Mila sich zu mir umdrehte und sagte: »Von hier aus gehen wir besser zu Fuß. Meine Stirnlampe ist schon so schwach. Ich kann nicht mehr gut erkennen, wo der Weg verläuft. Nicht dass wir noch abstürzen!«

»Ja, meine Batterie gibt auch gleich den Geist auf.«

Wir führten die Pferde hintereinander durch die pechschwarze Finsternis. Ohne Mondlicht und unter den dicht belaubten Bäumen erkannte ich kaum meine Hand mit den Zügeln. Doch im nächsten Moment bequemte sich eine massige Wolke ein Stückchen weiter und gab so den Halbmond frei. In dem fahlen Licht konnten wir plötzlich einen Zaun vor uns ausmachen. Willow legte die Ohren an und trat einen Schritt zurück. Ich meinte, aus dem Augenwinkel einen Schatten zu sehen. Schnell blinzelte ich und schaute noch einmal hin, doch da war nichts. Ich musste es mir eingebildet haben.

»Der Zaun«, sagte Mila aufgeregt, was sich bei der Stille um uns herum anhörte, als würde sie schreien. »Ich glaube, wir haben das Wolfsgehege gefunden.«

Sie klang so erleichtert, wie ich mich fühlte. Irgendwo hier musste Marlene also sein. Nur wo? Sollten wir sie rufen?

Ich versuchte, mich daran zu erinnern, was uns Ben von seinem ersten Ausflug zum Gehege erzählt hatte.

»Ich glaube, Rufen bringt nichts«, sagte ich nachdenklich.

»Wenn ich es richtig verstanden habe, verläuft der Wanderweg nur an einem ganz kleinen Teil des Geheges entlang. Ben meinte, es sei ziemlich groß. Und die beiden haben mit dem Bolzenschneider die Tore geöffnet. Wahrscheinlich sind sie eher vom Gehege weggelaufen, jedenfalls hat Marlene das vorhin am Handy so beschrieben.«

»Dann lass uns jetzt weiter zum Steinbruch«, drängte Mila. »Vielleicht sind Marlene und Ben wirklich dort.«

Ich nickte zustimmend. Inzwischen lag Marlenes Anruf etwas mehr als zwei Stunden zurück. Das war eine ziemlich lange Zeit, wenn man bei Nacht durch den Wald irrte. Oder schlimmer noch, irgendwo verletzt herumlag. Mir wurde schlecht. Wir mussten sie finden! Nur wie? Fieberhaft überlegte ich, wo Marlene stecken könnte. Doch meine Gedanken drehten sich im Kreis, ich brachte nichts Gescheites zustande.

»Komm«, drängte Mila mich und schob mich sanft vorwärts. »Jetzt gehen wir zum Steinbruch und suchen den ab. Und wenn sie da nicht ist, sehen wir weiter.«

Wir folgten dem Weg, der nun einen Bogen machte und vor einem großen Felsbrocken endete. Ich tastete mich noch ein Stück vor und ärgerte mich zum hundertsten Mal in dieser Nacht, dass wir außer den Stirnlampen nur eine einzige Taschenlampe eingepackt hatten, die jetzt bei Lukas war. Der Felsen ragte steil vor mir auf wie eine Klippe am Meer.

Meine Schulter schrammte gegen den kalten Stein, als sich der Weg auf einem kurzen Stück verengte, bevor er sich wenige Meter weiter gabelte. Das musste die Stelle sein, die Mila vorhin beschrieben hatte, die beiden Wege, die hinunter zum Steinbruch führten, einmal auf der rechten und einmal auf der linken Seite.

»Sollen wir hier entlang oder dort?«, fragte Mila unschlüssig.

»Ich weiß nicht.« Da fiel mir die Nachricht ein. Wir hätten uns längst melden müssen! Zwanzig Minuten waren bestimmt um. Ich zog das Handy aus der Tasche. Mehrere eingegangene Nachrichten blinkten auf. Die hatte ich gar nicht gehört! Schnell stellte ich den Ton lauter.

»Alles gut, wir haben das Gehege gefunden«, tippte ich schnell. *»Sind jetzt beim Steinbruch. Wo seid ihr?«*

»Wir sind in der Heide und suchen dort nach Ben. Kay hat ihn ganz kurz am Handy erwischt, aber dann brach die Verbindung ab«, antwortete Lukas. *»Meldet euch gefälligst regelmäßig!«*

Ich sparte mir die Antwort und steckte das Handy wieder weg.

»Wir machen es so: Du gehst mit Gonzo links lang, ich nehme den rechten Weg. Und dann treffen wir uns unten wieder am Steinbruch.«

Mila seufzte. »Ich weiß nicht. Hältst du das wirklich

für eine gute Idee? Ich glaube, wir bleiben besser zusammen.«

»Ich würde auch lieber mit dir zusammen weitergehen. Nur verlieren wir dann so viel Zeit. Stell dir vor, wir nehmen den einen Weg, aber Marlene ist irgendwo auf dem anderen. Wir müssen sie so schnell wie möglich finden! Bitte, Mila.«

»Dann sind wir ja ganz allein. Im Dunkeln! Das ist so gefährlich!«

»Was sollen wir sonst tun? Mir fällt einfach nichts Besseres ein.«

Mila seufzte. »Ist gut«, willigte sie schließlich ein und klang dabei immer noch alles andere als begeistert.

»Danke! Wir sehen uns dann unten. Hoffentlich gleich!«

Wenige Augenblicke später hatte die Dunkelheit die beiden verschluckt. Willow drehte den Kopf und sah Gonzo hinterher. Sie tänzelte auf der Stelle und wollte unbedingt mit. Mit aller Kraft hielt ich sie zurück, damit sie nicht hinterherstürmte. Ihr Wiehern war herzzerreißend, doch es ging nicht anders. Wir mussten allein weiter.

»Es ist ja nur das kurze Stück«, tröstete ich sie und wuschelte durch ihre Mähne. »Unten beim Steinbruch treffen wir die beiden gleich wieder. Versprochen.«

Hoffentlich hörte ich mich wenigstens zuversichtlich an, wenn es in mir drinnen schon so völlig anders aussah.

Normalerweise spürte Willow immer sofort, wie ich mich fühlte, und reagierte darauf. Aber ich hoffte inständig, dass ich ihr wenigstens dieses eine Mal etwas vormachen konnte.

KAPITEL 49

Schwacher Mondschein beleuchtete den Pfad, sobald sich die Wolkendecke mal ein wenig lichtete. Der Weg war gerade breit genug, dass ich Willow dort entlangführen konnte. Immer wieder hielt ich kurz inne und lauschte, ob irgendwo Zweige brachen oder sich sonst etwas auffällig anhörte. Bei dem Gedanken daran, dass vielleicht Wölfe ganz in der Nähe umherstreiften, erschauerte ich. Doch zum Glück blieb alles ruhig und wir kamen ungehindert voran. Nur auf die Brombeerranken musste ich achten, damit sich Willows Schweif oder die hochgezogenen Steigbügel nicht darin verfingen.

Nach einigen Minuten blieb ich stehen und schickte die Sicherheitsnachricht an die anderen. Kurz darauf blinkte mein Display.

»Hier alles ruhig«, lautete die Antwort.

Erleichtert wollte ich das Handy schon wieder wegstecken, aber dann wählte ich noch einmal Marlenes Nummer. Es geschah nichts, gar nichts. Weder ein Freizeichen noch die Computerstimme war zu hören, stattdessen war die Leitung einfach tot. Panik wallte in mir auf, doch ich unterdrückte sie. Jetzt bereute ich bitterlich, dass ich mich nicht richtig von Marlene verabschiedet hatte. Warum war ich bloß so verdammt kindisch gewesen? Vielleicht hatte sie mir da schon erzählen wollen, was sie vorhatte. Aber ich war einfach davongeritten.

Wenn ihr etwas passiert war ... Ich würde es mir nie verzeihen. In dem Moment, in dem sie mich wirklich gebraucht hatte, war ich nicht für sie da gewesen.

Die Vorwürfe machten alles nur noch schlimmer. Tränen schnürten mir die Kehle zu und ich stolperte halb blind vorwärts.

Plötzlich verfingen sich einige Brombeerranken in meinem Pulli und die Dornen ratschten mir die Haut am Oberarm auf. Der Schmerz brachte mich zur Besinnung und mit einem Mal war ich wieder klar im Kopf.

Genau zum richtigen Zeitpunkt, denn Willow war in den letzten Minuten immer unruhiger geworden. Sie schnaubte wieder und wieder und stemmte plötzlich alle vier Hufe in den aufgeweichten Waldboden.

Ich musste sie so schnell wie möglich beruhigen. Wenn sie sich da weiter hineinsteigerte, würde sie sich in den nächsten Minuten von mir losreißen und davongaloppieren. Da konnte mein Gewicht gegen ihres wenig ausrichten.

»Schschschh«, machte ich und kraulte ihre Lieblingsstelle am Hals. Ich musste sie dazu bringen, sich wieder zu entspannen. Einige Augenblicke später senkte sie den Kopf und schnaubte. Gut so!

Doch der Moment hielt nicht lange an. Feiner Nieselregen benetzte mein Gesicht und auch der Wind hatte zugenommen. Ein Blitz zuckte über die Baumwipfel und dann donnerte es auch noch – diesmal nicht in der Ferne, sondern ziemlich nah bei uns. Willow wieherte schrill.

»Alles gut.«

Sie rollte mit den Augen. Ihr Schweif peitschte hin und her, und alles an ihr zeigte mir, wie unwohl sie sich hier fühlte. Immer wieder wollte sie sich auf dem schmalen Weg umdrehen. So gut es ging, zog ich sie weiter. Der Regen wurde immer stärker und der Wind wirbelte Laub auf. Ich hustete, als ich aus Versehen etwas einatmete und mich daran verschluckte.

In den nächsten Minuten beruhigte sich Willow wieder. Sie schien sich damit abgefunden zu haben, eine Weile mit mir allein zu sein. Und wir hatten das Führen so oft geübt, dass es fast so war, wie eine weitere Trainingsstunde, jedenfalls versuchte ich, mir das einzureden. Allerdings eine Stunde unter Extrembedingungen! Und noch dazu vielleicht mit einem Wolfsrudel im Nacken.

»Ach was«, versuchte ich, die aufkommende Panik zu

ersticken, »Lukas und Mila meinten doch beide, dass die Wölfe gewiss längst über alle Berge sind.«

Eine Windböe fegte uns eine leere Chipstüte vor die Füße. Willow sprang zurück. Mit bebenden Flanken und aufgeblähten Nüstern beäugte sie das knisternde Ding.

Langsam wurde ich ungeduldig. In dem Tempo erreichten wir den Boden des Steinbruchs ja nie! Es kam mir vor, als würden wir seit einer halben Ewigkeit an seiner Kante entlangwandern. Wir konnten doch nicht bei jedem Rascheln oder Fetzchen Papier anhalten und alles erst einmal eingehend untersuchen! Am liebsten hätte ich sie einfach weitergezerrt. Ich stieg über die Chipstüte. Die Zügel spannten sich. Willow war stocksteif stehen geblieben und machte keine Anstalten, mir zu folgen.

Ich zog ein wenig stärker am Zügel, aber plötzlich hielt ich inne. Die Situation kannte ich doch! Auch das hatten wir die letzte Zeit hundertmal geübt. Und was hatte ich daraus gelernt? Anscheinend nichts, wenn ich sie jetzt so hinter mir herzog. So ging es eben nicht, ganz egal, wie sehr die Zeit drängte!

Wenn ich Willow sicher bei mir behalten wollte, blieb mir nichts anderes übrig, als mich auf sie einzustellen. Sie hatte es sich schließlich nicht ausgesucht, mitten in der Nacht hier herumzurennen. Ich atmete tief ein. Noch einmal von vorn.

»Entschuldige, Willow«, murmelte ich und bückte mich nach der Chipstüte. Ich knisterte ein wenig damit und hielt sie ihr dann unter die Nase. Misstrauisch beschnupperte sie die Tüte, während ich sie sanft streichelte und wartete, bis sie sich endlich überzeugt hatte, dass von der Tüte keine Gefahr drohte.

Auch wenn es nur wenige Sekunden dauerte – das Warten war unendlich schwer. Alles in mir schrie danach, loszulaufen und Marlene zu suchen, sie endlich zu finden!

Mit aller Kraft schob ich den Drang beiseite. Sollte ich das hier nicht hinbekommen, konnte ich genauso gut aufgeben. Wenn Willow noch ängstlicher würde, könnte ich es vollends vergessen. Ich musste das Gegenteil erreichen und sie irgendwie überzeugen, dass sie bei mir in Sicherheit war.

Das Warten lohnte sich. Willow ließ von der Tüte ab und durchsuchte stattdessen meine Taschen nach einem Leckerli. In der Eile vorhin hatte ich überhaupt nicht daran gedacht, noch etwas einzustecken. Doch ich hatte Glück: Die Wolkendecke riss für Sekunden auf. Ich bückte mich und zupfte die Löwenzahnblätter ab, die am Wegrand wuchsen. Keine Sekunde zu früh, denn kurz darauf war es stockfinster.

Der nächste Blitz erhellte die Landschaft und wieder donnerte es. Doch zu meinem Erstaunen ließ Willow sich davon nicht aus der neu gewonnenen Ruhe bringen. Sie schmiegte sich nur näher an mich und stieß ein leises grummelndes Geräusch aus.

Nun aber endlich weiter!

Der Regen war noch stärker geworden. Jetzt erst bemerkte ich, wie durchnässt meine Klamotten waren. Noch schlimmer aber war: Der Weg wurde immer rutschiger. Ich hatte im Dunkeln kaum bemerkt, dass es langsam wieder bergab ging. Rinnsale flossen den Abhang hinunter, und beim nächsten Blitz sah ich, dass die Felswand des Steinbruchs vor Nässe glänzte. Die Ränder des Pfads wirkten ausgefranst, Pflanzenteile, Erde und kleine Steinchen wurden davongespült.

Falls Marlene wirklich dort unten am Fuß des Steinbruchs lag, wurde es jetzt richtig ungemütlich für sie. Hoffentlich hatte sie wenigstens einen kleinen Unterschlupf gefunden!

Ich lief schneller, um den Steinbruch so bald wie möglich zu umrunden. Je weiter wir kamen, desto zerklüfteter wurden die Felsen, die die rückwärtige Wand des Steinbruchs bildeten. Sobald es blitzte, taten sich dunkle Öffnungen zwischen den Felsen auf. Ich schauderte. Ob es dort in die Tiefe ging? Das wollte ich lieber nicht herausfinden.

Der Weg machte unvermittelt eine Kurve. Damit hatte ich nicht gerechnet. Ich ging langsamer, doch der Boden war nass und glitschig und dann trat ich auch noch in ein kleines Loch. Ich fand keinen Halt und ruderte mit den Armen, verlor das Gleichgewicht und stieß gegen einen Felsen. Es tat weh, aber ich konnte gerade noch einen Aufschrei unterdrücken, um Willow nicht noch mehr aufzuschrecken.

Wieder ein Blitz, direkt gefolgt von einem gewaltigen Donnerschlag. Im gleißenden Licht sah ich, wie Willow sich erschrocken zur Seite warf. Das Gewitter musste jetzt direkt über uns sein, denn Blitz und Donner wechselten sich in schneller Folge ab. Wieder krachte es, so laut, dass ich mir am liebsten die Ohren zugehalten hätte.

Das war zu viel.

Willow wieherte und bäumte sich auf. Ich wurde herumgeschleudert und knallte zu Boden, dabei glitten mir die Zügel aus den Händen. Instinktiv umfasste ich meinen Kopf und rollte zur Seite. Leider war es die falsche. Unter meinen Füßen war plötzlich nur Leere. Sofort krallte ich mich an den Steinen fest, so gut ich konnte, während meine Beine in der Luft baumelten. Dunkel, wie es war, konnte ich nicht erkennen, ob der Boden darunter nun fünfzig Zentimeter oder fünfzehn Meter entfernt war.

Jetzt bloß keine falsche Bewegung!

Mir wurde schlecht und dann glitten auch noch meine Finger an der schmierigen Oberfläche der Steine ab. Ich musste unbedingt wieder auf den Weg und Willow halten, bevor sie mir davonstürmte. Nur wie? Einen weiteren Fehler durfte ich mir auf keinen Fall leisten!

Ich atmete heftig ein und aus, trotzdem hatte ich das Gefühl, kaum Luft zu bekommen. Fieberhaft tasteten meine Füße nach Halt. Mit den Stiefelspitzen berührte ich den Abhang, doch immer wieder rutschte ich an der feuchten Oberfläche ab.

Da, das fühlte sich fester an! Ich trat mit dem Fuß auf einen Stein, holte noch einmal Luft und wollte mich hochstemmen. Im selben Augenblick löste sich der Stein und ich schrie überrascht auf. Nur mit Mühe konnte ich mich an der Kante halten. Wie erstarrt hing ich halb über dem Rand und traute mich überhaupt nicht mehr, mich zu bewegen. Wie kam ich hier bloß hoch? Wieder rutschten meine Finger einige Zentimeter nach unten. Ich packte zu und krallte mich an einem herausstehenden Stein fest. Eine scharfe Kante bohrte sich in meine Handfläche und ich zuckte zusammen.

Willow schnaubte. Ich spürte mehr, als dass ich es im Dunkeln tatsächlich sah, wie sie sich leicht bewegte.

»Steeeh«, versuchte ich, sie zu beruhigen, und sie prustete laut. Hoffentlich war das als Zustimmung gemeint.

Sie war einen Schritt vorgetreten, nun senkte sie den Kopf und fuhr mir durchs Haar. Ihre Berührung gab mir neuen Mut. Das hier war immer noch der Steinbruch, nicht der Mount Everest, ermahnte ich mich. Vorsichtig tastete ich den Boden vor mir ab, bis ich ein Stückchen weiter rechts endlich eine einigermaßen stabile Wurzel gefunden hatte.

»Jetzt oder nie.«

Willow schnaubte wieder laut. Ich griff die Wurzel und zog nacheinander die Beine an. In einer fließenden Bewegung hievte ich mich hoch und verlagerte beim Aufstehen das Gewicht nach vorn, weg von dem schwarzen Loch hinter mir.

Willow zitterte am ganzen Körper. Sie beschnupperte mich kurz, während am Himmel weiter ein Blitz auf den nächsten folgte.

»Komm«, flüsterte ich.

Unter Donnergetöse tasteten wir uns Schritt für Schritt den Abhang hinunter, der stetig steiler wurde. Ich stöhnte. Was für ein verdammter Weg! Hörte der denn nie auf? Ich konnte froh sein, wenn wir hier wegkamen, ohne uns dabei den Hals zu brechen.

Plötzlich blieb Willow stocksteif stehen. Ich schaute zu ihr hoch. Was hatte sie diesmal entdeckt? Ihre Nüstern bebten, ihr ganzer Körper war aufs Äußerste gespannt.

»Was ist denn, Willow?« Ich streckte die Hand aus und erstarrte im selben Moment.

Nicht weit von uns erklang ein Ton, lang gezogen und hoch. Ein Ton, wie ich ihn noch nie gehört hatte. Trotzdem wusste ich sofort, was es war. Gänsehaut überkam mich, und in meinem Nacken kribbelte es, als bissen tausend Ameisen gleichzeitig zu.

Klagend, wild, unheimlich. Das Heulen eines Wolfes.

Die Antwort der anderen ließ nicht lange auf sich warten.

KAPITEL 50
Ben

Er lief durch den Wald, rannte drauflos, so schnell, dass jeder Atemzug schmerzte. Er stolperte, schlug hin. Stemmte sich wieder hoch und raste weiter. Zwängte sich durch die Büsche, kopflos, ohne zu wissen, wohin. Aber das war ihm gleichgültig, nur fort von hier, fort! Es war alles schiefgegangen. Warum? Er hatte so gut geplant. Hatte an alles gedacht, alles durchdacht.

Nur mit Marlenes Zögern im falschen Moment hatte er nicht gerechnet. Und mit der wilden Entschlossenheit der Tiere, die sie befreien wollten. Die sie befreit hatten.

Es hatte ewig gedauert, im Dunkeln den Weg zum Gehege zu finden. Währenddessen hatte er Marlenes Anspannung bemerkt, ihre wachsende Unsicherheit. Doch anstatt sie zu beruhigen, war er nur mit sich selbst beschäftigt gewesen. Immer wieder hatte er im Kopf den Plan durchgespielt.

Und dann war alles anders gekommen.

Bevor er das zweite Schloss durchtrennen konnte, hatte Marlene ihm plötzlich den Bolzenschneider weggerissen.

»Warte. Wir sollten das nicht tun.«

»Was? Bist du verrückt? Wir sind ewig durch die Nacht gelaufen, nur um jetzt aufzuhören? Wir waren uns doch einig, was wir machen wollen.«

»Ja, schon. Aber jetzt bin ich mir nicht mehr sicher«, sagte Marlene. »Ich weiß nicht mehr, ob es wirklich richtig ist.«

»Natürlich ist es richtig.« Er hatte alles in diesen Satz gelegt, alles, um sie zu überzeugen, Entschlossenheit, Mut und – es tat weh, daran zu denken – die gleiche eisige Endgültigkeit, die er an seinem Vater so hasste. Diese Gewissheit, im Recht zu sein.

»Wir haben doch noch nicht mal herausgefunden, wem die Wölfe überhaupt gehören. Vielleicht gibt es einen Grund dafür, dass sie eingesperrt sind«, hatte sie gesagt und sich dicht an ihn gedrängt. »Bitte, lass uns erst mehr rauskriegen, bevor wir entscheiden, ob wir das tun wollen.«

Natürlich wollten sie das! Die Wölfe waren in diesem Gehege eingesperrt! Und er würde sie jetzt da herausholen. So einfach war das. Und noch nicht einmal Marlene würde ihn davon abhalten.

Jetzt wünschte er, er hätte auf sie gehört. Alles wäre anders gekommen.

Ob sie auf sie gewartet hatten? Lautlos, in der Dunkelheit, direkt hinter dem Tor?

Blind und taub hatte er Marlene ein Stück zur Seite geschoben, nur wenige Zentimeter. Dann hatte er das Metall mit dem Bolzenschneider durchtrennt.

Im nächsten Moment war das Tor aufgeflogen. Eine riesige Gestalt sprang an ihm vorbei, gefolgt von einer zweiten – so dicht, dass er vor Überraschung das Gleichgewicht verlor und taumelte. Hinter sich hörte er Marlene schreien.

Er tastete in der Dunkelheit, bis er ihren Arm zu fassen bekam. Riss sie hoch. Riss sie mit.

Gemeinsam stolperten sie los, nur weg, weg vom Tor.

Sie rannten durch den Wald. Hand in Hand. Bis das Heulen anfing.

Ihre Hand entglitt seiner, als er stolperte und hinschlug. Er stand auf, lief weiter, rief dabei ihren Namen.

»Marlene, Marlene.«

Er hörte Zweige knacken, Laub rascheln, sie musste hinter ihm sein. Oder doch vor ihm? Er rannte weiter. Sah sich immer wieder um, doch da war niemand. Auch nicht Marlene.

Er rief, brüllte ihren Namen, doch die einzige Antwort, die er bekam, war das Prasseln des Regens auf den Blättern.

Er hatte sie verloren.

Also war er weitergerannt und hatte sie gesucht und

währenddessen immerzu nach ihr gerufen, doch es kam keine Antwort.

Irgendwann fiel ihm auf, dass er im Kreis gelaufen war. Erschöpft hielt er an und lehnte sich gegen einen Baum. Seine Brust hob und senkte sich, als er langsam am Stamm hinunterglitt. Er musste sie suchen, unbedingt, doch zuerst musste er sich hier endlich im Dunkeln zurechtfinden. Er hatte vollkommen die Orientierung verloren.

KAPITEL 51

Immer wieder erinnerte ich mich daran, dass ich wenig zu befürchten hatte. Menschen gehörten nicht zum Beuteschema der Wölfe. Die hatten andere Leibspeisen, das hatte Ben uns erklärt und er wusste einiges über Wölfe.

Willow zitterte und ich schlang die Arme um ihren Hals. Durch mein Shirt und ihr Fell spürte ich ihr Herz heftig schlagen.

In der Ferne grollte der Donner, die Baumwipfel rauschten und dazu noch das Heulen der Wölfe. Hätten sie sie doch bloß nicht befreit. Nun mussten wir irgendwie aus dem ganzen Schlamassel rauskommen und endlich Marlene finden.

Ich holte mein Handy heraus. Es war längst Zeit für ein weiteres Lebenszeichen. Schnell gab ich den Stand bei mir durch.

Doch die Nachricht, dass ich eben Wolfsgeheul gehört hatte, rief natürlich alle auf den Plan. Das Display blinkte und eine Frage folgte auf die andere, aber zum Antworten blieb mir keine Zeit. Ich nahm die Zügel wieder fest in die Hand und machte mich an den letzten Teil des Abstiegs. Willow folgte mir dicht auf den Fersen.

Unten im Steinbruch war es plötzlich beinahe still. Das Krachen des Donners war hier viel leiser, auch die anderen Geräusche nahm ich kaum noch wahr. Ich konnte kaum etwas sehen – bis ich endlich darauf kam, dass ja auch mein Handy leuchten konnte. Der Lichtschein war mickrig gegen die Finsternis um uns herum, aber auf jeden Fall besser als gar nichts.

Den Steinbruch hatte ich mir mit Löchern und Felsbrocken übersät vorgestellt. Doch was ich sah, war einfach eine ovale, ebene Fläche, die zu drei Seiten von hohen Felswänden umschlossen war. Ich schaute nach oben: Zwischen den Felsen machte ich mehrere Einkerbungen aus. Da wäre ich vorhin also fast hinuntergerutscht – keine schöne Vorstellung.

In der Mitte ragte eine große Felsnase schräg in den Himmel. Das musste der Rote Felsen sein. Ob er bei Tageslicht wohl wirklich rot war? Bis dahin war es noch eine ganze Weile, außerdem wäre ich dann hoffentlich weit weg von hier.

»Marlene?« Meine Stimme hallte unheimlich laut.

Keine Antwort. Mir wurde eng in der Brust. Sie war nicht hier. Die ganze Anstrengung sollte umsonst gewesen sein?

Jetzt erst fiel mir Mila ein. Hoffentlich war ihr Weg nicht so beschwerlich gewesen wie meiner!

Ich schrieb ihr eine Nachricht, doch sie ging nicht durch. Anscheinend hatte ihr Akku nun endgültig den Geist aufgegeben.

»Marlene?«, rief ich wieder. »Mila?«

Es blieb still. Wie es aussah, waren wir hier ganz allein. Und jetzt? Ich hatte alles darauf gesetzt, dass sich Marlene hierhergeflüchtet hatte, doch offensichtlich hatte ich mich geirrt. Es war Zeit für einen Plan B, auch wenn ich gerade keine Ahnung hatte, wie der aussehen sollte.

Bevor ich ging, wollte ich sicherheitshalber noch näher bei den Felswänden suchen. Vielleicht war Marlene ja hier gewesen und hatte etwas liegen lassen, versehentlich oder als Botschaft.

Willow folgte mir, ohne zu zögern. Inzwischen hatte sie sich deutlich entspannt. War das wirklich dasselbe Pferd, das sich vor zwei Wochen noch geweigert hatte, mit mir die Weide zu verlassen? Das nun vertrauensvoll neben mir durch einen stockdunklen Steinbruch wanderte?

Unglaublich!

Vorsichtig lief ich zwischen größeren Steinbrocken hindurch, die sich am Fuß der Wände angesammelt hatten. Willow hob den Kopf. Als ich es ihr nachtat, löste sich oben ein Stein und polterte den Abhang hinunter, wobei auch Kiesel und Erdbröckchen herunterrieselten. Ich sprang zurück und duckte mich unter einen hervorstehenden Felsen. Das war ja lebensgefährlich! Hätte Willow mich nicht gewarnt, hätte ich bestimmt etwas abbekommen.

»Komm, Willow, wir suchen woanders weiter«, sagte ich halblaut. »Zuerst müssen wir aber Mila einsammeln.«

Doch Willow wandte sich von mir ab und ging auf eine Nische in der Felswand zu. Sie beschnupperte eingehend den Boden, fast wie ein Hund. Merkwürdig. Was interessierte sie da bloß?

Neugierig tastete ich mich näher. Im Licht des Handys kauerte eine Gestalt zusammengekrümmt an der Wand. Lange blonde Haare, vollkommen zerzaust und mit Laub und Zweigen gespickt.

»Marlene!«

Ruckartig fuhr Marlene hoch und stieß dabei einen leisen Schrei aus. »Ylvi!«

Ich stürzte zu ihr hin und drückte sie. Sie warf sich in meine Arme und umschlang mich.

»Bist du verletzt?«

Sie schüttelte den Kopf.

Meine Knie wurden weich. Erleichtert sog ich den vertrauten Marlene-Duft ein. Noch nie war ich so froh gewesen, sie zu sehen.

»Was machst du bloß für Sachen?«

Sie lachte kurz auf, doch es klang so, als bekäme sie nicht richtig Luft.

Ich drückte sie noch einmal ganz fest, dann löste ich mich vorsichtig von ihr. Sie lebte! Nicht von Wölfen angenagt, nicht vom Blitz erschlagen und auch nicht die Steilwand hinuntergestürzt. Mensch, war ich froh! Alles war gut.

»Ich muss kurz eingeschlafen sein«, erklärte Marlene und fröstelte. Ihre Regenjacke war völlig durchweicht. Leider konnte ich ihr auch keine trockenen Sachen bieten. Die steckten ja noch in Milas Rucksack.

»Ich habe dich gar nicht gehört, noch nicht mal Willow.« Marlene beugte sich vor und strich über Willows Fesseln.

»Was ist passiert? Warum warst du vorhin auf einmal weg?«, fragte ich.

»Ich bin im Dunkeln gestolpert«, erzählte Marlene stockend. »Dabei ist mir das Handy aus der Hand gefallen. Ich hab gesucht, aber es nicht wieder gefunden. Und dann habe ich sie wieder gehört.« Sie schluckte. »Die Wölfe. Hast du sie auch gehört?«

Ich nickte. »Ja, vorhin. Aber jetzt ist alles ruhig.«

»Ich bin so schnell gerannt, wie ich konnte. Leider bin ich

nicht weit gekommen, mein Fuß ist an einer Wurzel hängen geblieben.«

Sie streckte das Bein aus und zog die Jeans hoch. Ich erschrak. Das sah nicht gut aus. Die Haut am Fußgelenk war geschwollen und schillerte blaurot. Kein Wunder, dass sie damit nicht laufen konnte.

»Ich bin gekrochen, nur um wegzukommen. Seitdem hocke ich hier.« Sie schlang die Arme um den Körper. »Mir ist furchtbar kalt.«

»Du musst unbedingt ins Warme. Kannst du laufen, wenn ich dich stütze?«

»Versuchen wir es«, sagte Marlene und rappelte sich auf. Sie stieß einen Schrei aus, als sie dabei versehentlich mit dem verletzten Fuß auftrat. »Verflucht.«

Ich half ihr hoch, so gut es ging.

Keuchend lehnte sie sich an die Felswand. In dem Zustand war es ausgeschlossen, dass sie auch nur drei Meter weit hüpfte. Und jetzt?

»Soll ich Hilfe holen?«

Marlenes Hand schnellte vor und krallte sich in meinen Ärmel. »Nein. Nein! Du lässt mich hier auf gar keinen Fall allein!«

»Ist ja gut, jetzt beruhige dich mal.« In dem Moment fiel mir etwas ein. »Was ist mit Ben? Wo steckt der eigentlich?«

Marlenes Gesicht verschloss sich augenblicklich. Als

hätte man die Fensterläden heruntergelassen. Ihre Augen verdunkelten sich und sie presste die Lippen zusammen.

»Keine Ahnung«, stieß sie hervor. »Und es interessiert mich auch nicht. Der kann mir echt gestohlen bleiben.«

Erschrocken holte ich Luft. »Aber wenn er verletzt ist? Wir können ihn doch nicht hier allein im Wald lassen!«

»Wer war hier stundenlang allein?«, fauchte Marlene. »Das war ja wohl ich. Als ich ihn zuletzt gesehen habe, konnte er noch ganz gut laufen. Doch dann haben wir uns aus den Augen verloren! Glaubst du, er hat mitbekommen, dass ich hingefallen war? Natürlich nicht! Er war viel zu sehr mit sich selbst beschäftigt! Und mit den Wölfen!«

Das war ja richtig mies gelaufen! Ob Ben sie wirklich allein zurückgelassen hatte? Oder ob es alles furchtbares Pech gewesen war?

Hoffentlich würden die anderen ihn irgendwo aufsammeln. Ich hatte genug damit zu tun, Marlene von hier fortzuschaffen. Was mich wieder zurück zu unserem Problem brachte: Sie konnte nicht laufen. Außerdem waren wir beide komplett durchnässt, und Marlene schien völlig durchgefroren, so, wie sie zitterte.

Wir mussten weg, und zwar möglichst schnell. Ich holte mein Handy heraus. Mist, der Empfang war weg!

Ich drückte Marlene die Zügel in die Hand und lief einige Schritte zur Seite. Doch auch dort war der Empfang nicht besser. Damit fiel Hilfeholen schon mal aus. Ich musste mir etwas Neues überlegen, wie ich Marlene von hier fortbrachte.

»Laufen kannst du nicht«, sagte ich langsam, »aber reiten.«

Marlene riss die Augen auf. »Reiten? Auf Willow?«

»Siehst du hier noch ein anderes Pferd?«

»Aber wird Willow mich wieder tragen?«, fragte Marlene. »Das neulich auf dem Reitplatz war etwas ganz anderes.«

»Schon, aber da hat alles gut geklappt. Jetzt macht sie das bestimmt genauso.«

Doch Marlene weigerte sich. »Nein, lieber nicht. Was ist, wenn sie mich abwirft und ich gegen einen Felsen pralle? Ich habe ja noch nicht mal einen Reithelm.«

»Du setzt natürlich meinen auf.«

»Du weißt genau, dass mir der nicht passt. Er ist zwei Nummern zu klein. Da kann ich genauso gut ohne Helm reiten.« Sie verschränkte die Arme und starrte mich eigensinnig an. »Nein, das mache ich nicht. Du musst dir etwas anderes einfallen lassen!«

Wie bitte? Hatte ich mich eben verhört? Sie hatte sich in diese Lage gebracht – und ich sollte sie gefälligst da rausholen, und zwar genau so, wie es für sie am angenehmsten war?

Ich holte tief Luft. Ruhig, ganz ruhig bleiben. Doch innerlich brodelte es in mir, und ich war kurz davor, das auch herauszulassen. Einzig Willow, die ich mit meinem Ausbruch sicher erschreckt hätte, hielt mich davon ab.

Es war nicht so, dass ich bereute, Marlene gefunden zu haben. Das nicht. Aber ich überlegte mir ernsthaft, sie einfach hier sitzen zu lassen. Was hielt mich eigentlich davon ab? Ich könnte aufsteigen und auf Willow davonreiten.

Marlene schien von dem Aufruhr in mir nichts mitzubekommen und starrte einfach vor sich hin. Ich fühlte mich hilflos und zornig und enttäuscht zugleich. Das war doch verrückt! Dieses ganze Auf und Ab der letzten Wochen. Mal waren Marlene und ich auf einer Wellenlänge und verstanden uns prima, dann wieder war sie richtig gemein zu mir. Sie zwang mich auf ihre Seite, obwohl ich das nicht wollte. Und dann baute sie so richtig Mist und brach auch noch ein Wolfsgehege auf. Um sie zu retten, hatte ich mich und meine Freunde mitsamt unseren Pferden in Gefahr gebracht. Und was machte sie? Schnauzte mich hier an und spielte die beleidigte Leberwurst.

Auf einmal fühlte ich mich gar nicht mehr hilflos. Auch die Wut war verflogen. In den letzten Wochen hatte ich so viel erreicht. Und darauf war ich stolz. Es spielte keine Rolle mehr, was Marlene wollte oder dachte. Ich hatte sie gerettet, ob sie jetzt dafür dankbar war oder nicht.

Es fühlte sich an, als hätte ich sehr lange einen sehr schweren Baumstamm mit mir herumgeschleppt und auf einmal festgestellt, dass ich ebenso gut ohne ihn weiterlaufen konnte.

Mittlerweile hatte Marlene doch mitbekommen, dass etwas anders war. »Was stehst du denn die ganze Zeit so blöd rum?«, fuhr sie mich an. »Lass dir endlich etwas einfallen, damit wir hier wegkommen.«

»Das habe ich eben«, sagte ich. »Du hast die Wahl. Entweder steigst du auf Willow und wir verschwinden zusammen von hier. Oder ich reite los, bis ich wieder Empfang habe, und rufe Hilfe.«

Ich nahm ihr sanft die Zügel aus den Händen und streichelte Willows Hals. Es wurde Zeit, dass wir hier wegkamen.

»Also? Was willst du machen?«

Marlene brauchte nicht lange, um sich zu entscheiden, denn im nächsten Augenblick erklang ein seltsamer Ton und ließ uns beide erstarren. Nicht weit von hier sang ein Tier sein einsames Nachtlied. Es war ein langer, heulender Laut, der auf- und abschwoll und dann wieder von vorn begann.

Kapitel 52

Willow wieherte schrill und machte einen kleinen Satz.

»Hoooo, alles gut.«

Ich fasste die Zügel etwas kürzer und redete mit tiefer Stimme auf sie ein, doch das Wolfsgeheul hatte Willow in Alarmstimmung versetzt. Es dauerte endlose Minuten, bis sie sich wieder ein bisschen beruhigt hatte, sodass ich sie dicht an Marlene heranführen konnte.

»Schön stehen bleiben«, bat ich sie. »Marlene wird jetzt auf deinen Rücken steigen.«

Willow spielte mit den Ohren und trippelte nervös auf der Stelle. Ich strich ihr über den Nasenrücken.

»Sollen wir?«, drängte Marlene. »Ich glaube, eben hat schon ein zweiter Wolf angefangen zu heulen.«

Das hatte ich auch gehört, und genau wie Marlene hatte ich es eilig, hier wegzukommen. Doch mittlerweile wusste ich ja, dass es nichts brachte, Willow zu drängen. Im Gegenteil. Also wartete ich ruhig, bis sie Marlenes Schultern und Haare beschnuppert hatte und schließlich still stand.

»Ich mache eine Räuberleiter und hieve dich hoch«, erklärte ich. »Auf drei. Eins, zwei …«

»Au, mein Fuß«, rief Marlene.

Willow trat einen Schritt zur Seite.

»Kannst du aufpassen, dass du nicht dagegenstößt?«, bat Marlene mich.

Mit einem Mal war sie wieder lammfromm. Ob das an den Wölfen lag?

»Ich gebe mein Bestes, aber ganz vermeiden kann ich es nicht«, erwiderte ich. »Noch mal.«

Ich richtete Willow wieder neben ihr aus und versuchte es erneut.

»Du musst mithelfen, sonst haben wir nicht genug Schwung«, stöhnte ich.

»Das versuche ich ja«, jammerte Marlene, »aber ich fühle mich so schlapp.«

Kein Wunder. Sie zitterte immer noch und ihre Hände waren eiskalt.

Beim dritten Versuch schwoll das Geheul der zwei Wölfe wieder an und diesmal waren sie näher gekommen. Willow wieherte leise und legte die Ohren an. Sie trat vor und zurück. Es war offensichtlich, dass sie so schnell wie möglich wegwollte.

Aber vorher mussten wir Marlene auf ihren Rücken bekommen! Und ich brauchte für genau diesen Moment Superkräfte.

Wir probierten es noch einmal und dann erneut. Mit jedem Versuch wurde Willow unruhiger und Marlene kraftloser. Das Wolfsgeheul kam immer näher, inzwischen aus drei verschiedenen Richtungen.

Plötzlich hatte ich einen dieser Dokumentarfilme vor Augen. Jagten Wolfsrudel nicht so? Indem sie ihre Beute einkreisten?

Quatsch, Wölfe jagen keine Menschen, versuchte ich, mich zur Vernunft zu bringen. Dennoch bekam ich eine Gänsehaut und wurde, ohne es zu wollen, langsam hektisch.

»So wird das nichts«, gab ich schließlich zu. Wie ich es hasste aufzugeben! Aber es blieb mir nichts anderes übrig. Willow wurde nur immer aufgeregter und verstand nicht, was wir von ihr wollten.

Marlene fing an zu schluchzen. »Dann reite los und hol Hilfe, ich warte so lange.«

»Jetzt? Mit den Wölfen direkt vor unserer Nase? Spinnst du? Ich lasse dich doch nicht ausgerechnet jetzt allein.«

Ich starrte in die Dunkelheit. Mein Handylicht hatte ich ausgeschaltet. Der Akku war inzwischen ein gutes Stück gesunken. Ich wollte nicht riskieren, ihn für das Licht zu verbrauchen. Es war viel wichtiger, telefonieren zu können, und zum Glück brauchte ich die Handytaschenlampe auch nicht mehr so dringend, denn mittlerweile war es nicht mehr ganz so finster wie vorhin. Die Wolkendecke war aufgerissen und hatte den Blick auf einen klaren, sternenübersäten Himmel freigegeben. Ich konnte genug erkennen, um hier wegzukommen.

Nur auf das, was ich in diesem Moment zu sehen bekam, hätte ich gern verzichtet. Eine große dunkle Gestalt, kräftiger als ein Reh und hochbeiniger als ein Schäferhund, glitt am Zugang zum Steinbruch vorbei.

Willow wieherte schrill. Ich fasste sofort die Zügel noch kürzer und sah mich fieberhaft um. Marlene musste schnell aufs Pferd kommen. Nur wie?

Da entdeckte ich einige dunkle Schemen in der Nähe. Das musste einfach funktionieren! Hastig führte ich Willow dorthin.

Der erste Stein hatte eine Kerbe und geriet ins Wackeln, sobald Marlene ihren unverletzten Fuß daraufsetzte. Der zweite Stein, den ich auf der Fläche ausmachte, lag ziemlich nah an der offenen Seite des Steinbruchs. Nach dem, was ich eben gesehen hatte, definitiv zu nah!

Endlich entdeckte ich einen kantigen Felsblock einige Meter weiter, der in etwa die Höhe unseres Holztrittes hatte. Perfekt! Jetzt musste ich nur noch Marlene dorthinbekommen. Ächzend zerrte ich sie zu dem Stein, während Willow hinter uns hertänzelte.

Marlene stützte sich schwer auf mich, als sie auf den Felsblock kletterte.

»Jetzt noch mal mit Schwung«, befahl ich. »Eins, zwei, drei!«

Bei drei saß sie oben. Geschafft!

Im selben Moment stimmte einer der Wölfe erneut ein kurzes Geheul an, was mir einen neuerlichen Schauer einjagte. Je eher wir hier wegkamen, umso besser.

Ich schnalzte leicht mit der Zunge und trat einen Schritt nach vorn, doch Willow wandte den Kopf und beschnupperte Marlenes Bein und den verletzten Fuß.

»Komm, du musst sie jetzt tragen«, erklärte ich ihr ein wenig ungeduldig.

Willow stieß einen tiefen, kehligen Laut aus, wie immer, wenn sie verunsichert war. Ich seufzte und strich ihr beruhigend über den Hals.

»Komm«, flüsterte ich, »bitte komm.«

Nun endlich setzte sich Willow in Bewegung.

So schnell es ging, überquerten wir die große, ovale Fläche Richtung Ausgang. Plötzlich fiel es mir siedend heiß ein: Mila! Wo war Mila? Ob sie auf ihrem Weg hinunter in den Steinbruch auch zu kämpfen gehabt hatte? Aber inzwischen war so viel Zeit vergangen – sie hätte längst hier sein müssen. Ich holte mein Handy heraus und begann, eine Nachricht an die Gruppe zu schreiben.

»Was machst du denn da?«, zischte Marlene. »Sieh zu, dass wir hier wegkommen.«

»Nicht ohne Mila«, zischte ich zurück. »Ich muss erst wissen, was mit ihr ist.«

Doch die Nachricht wurde nicht abgerufen. Vielleicht hatte sie gerade Ben gefunden, versuchte ich mich zu beruhigen.

»Wir können ebenso gut weitergehen, während du auf die Antwort wartest«, sagte Marlene verzweifelt. »Bitte, Ylvi. Lass uns verschwinden.«

Sie hatte recht. Es war unsinnig, noch länger hierzubleiben, denn Willow wurde immer unruhiger. Aber ich durfte doch Mila nicht im Stich lassen! Ich versuchte zu erkennen, wo der zweite Weg war, auf dem Mila eigentlich in den Steinbruch hätte kommen müssen. Doch ich konnte ihn nirgends entdecken. Ob es ihn überhaupt noch gab?

»Wir finden sie vielleicht unterwegs«, sagte Marlene. »Lass uns bitte hier weg und sie suchen.«

Ich sah mich ein letztes Mal um. Sie musste irgendwo anders sein. Vielleicht hatte sie wirklich die anderen gefunden. Hoffentlich! Also nichts wie weg hier, Warten brachte wirklich gar nichts!

Mittlerweile hatte sich das Heulen entfernt, es klang, als

käme es eher von oben als von vorn. Dann war der Eingang des Steinbruchs hoffentlich frei! Entschlossen marschierte ich los, raus aus dem Steinbruch, raus aus diesem verflixten Wald.

KAPITEL 53

Vor dem Steinbruch wandte sich Willow automatisch nach rechts, in die Richtung, aus der wir gekommen waren. Doch diesen Weg wollte ich nicht noch einmal nehmen. Mit Marlene auf dem Rücken war das bei dem glitschigen Boden lebensgefährlich. Vielleicht war Milas Weg ja besser befestigt. Außerdem konnte ich nur hoffen, dass wir sie hier unterwegs trafen. Also dirigierte ich Willow nach links.

»Halt dich gut fest, falls Willow mal zur Seite hüpft«, warnte ich Marlene. Die nickte und umklammerte Willows Mähne. Sie war immer noch blass, hatte aber aufgehört zu zittern.

Einige Meter weiter zweigte ein Trampelpfad von dem Hauptweg ab. Er schien eng am Steinbruch vorbei nach oben zu führen. Von dort hätte Mila kommen müssen. Wenn sie den Pfad überhaupt genommen hatte.

Aber ich hatte ja gesehen, wie sie oben die Richtung eingeschlagen hatte. Was war also unterwegs passiert?

Ich machte mir solche Sorgen! Wo steckte sie nur? Mein einziger Trost war, dass Mila sich bedingungslos auf Gonzo verlassen konnte. Solange sie bei ihm war, würde ihr bestimmt niemand etwas tun können, selbst ein Wolf nicht.

»Warum gehen wir hier lang?«, fragte Marlene mit schwacher Stimme, als ich den Trampelpfad betrat. »Wäre der breite Weg nicht viel besser?«

»Wenn wir oben sind, weiß ich wieder, wo ich bin«, sagte ich, was auch absolut der Wahrheit entsprach. Die Karte war ja bei Lukas und den anderen und im Gegensatz zu Mila hatte ich sie mir in den letzten Tagen auch kaum angesehen. Ich musste mich also auf mein Gedächtnis verlassen. Wenn wir erst einmal aus dem Wald heraus waren und wieder in der Heide, konnte ich Hilfe holen.

Nach kurzer Zeit wurde auch hier der Weg ziemlich steil, na klar, das war zu erwarten gewesen, wir mussten ja nach oben. Während wir uns vorantasteten, warf ich immer wieder einen Blick zu Marlene. Sie schwieg die meiste Zeit, und wenn sie doch einmal etwas sagte, kam nur ein heiseres Flüstern hervor. Ihre Nase hatte sich gerötet und sie zitterte wieder. Das gefiel mir nicht. Hätte ich wenigstens an etwas zu trinken gedacht! Und wahrscheinlich brauchte sie auch dringend etwas zu essen.

»Ist alles okay so weit?«, fragte ich besorgt.

Sie lachte krächzend. »Klar, es könnte nicht besser sein.«

Ich zog eine Grimasse, dann musste ich auch lachen. Wenigstens hatte das Wolfsgeheul wieder aufgehört. Und schattenhafte Gestalten hatte ich auch keine mehr gesehen, allerdings vermied ich es, irgendwo anders hinzuschauen als auf den Weg vor uns.

Es fing wieder an zu regnen. Zwar längst nicht so heftig wie zuvor, aber es reichte, um den ohnehin noch nassen Untergrund in eine Rutschbahn zu verwandeln. Ausgerechnet jetzt!

Wir kamen immer langsamer voran, denn ich wollte kein Risiko eingehen. Außerdem leuchtete ich in Abständen immer wieder den Boden kurz mit der Handytaschenlampe ab und suchte nach Hufabdrücken. Vielleicht schimmerte ja auch Gonzos helles Fell zwischen den Bäumen auf, doch zu meiner Enttäuschung tauchten weder er noch Mila auf.

Endlich waren wir wieder oben, wo sich der breitere Waldweg in die zwei Pfade gegabelt hatte. Von hier aus konnten wir zurückgehen bis zu der Stelle, wo wir uns von Kay und den anderen getrennt hatten.

War Mila vorhin etwa wieder umgekehrt? Zumindest konnte ich nun sicher sein, dass ihr auf dem Weg hinunter nichts zugestoßen war. Ich hatte im schlammigen Boden keine Hufabdrücke gesehen und auch das Gestrüpp auf der Waldseite war nirgendwo zerdrückt oder zerknickt gewesen.

Ich konzentrierte mich auf die letzte Biegung. Dahinter musste die Weggabelung kommen. Doch was ich sah, war eine einzige schwarze Masse. Ein riesiges Hindernis versperrte uns den Weg.

Auch das noch!

»Was ist das denn?«, murmelte Marlene schwach.

»Ein Baum«, seufzte ich. »Ein umgestürzter Baum.« Der Stamm war durchtrennt, spitze, lange Holzsplitter ragten an der Bruchstelle wie Reißzähne in die Luft. Jetzt wusste ich auch, warum es vorhin so geknallt hatte. Der Blitz war in den Baum gefahren. Und Mila?

Wann genau hatte das Gewitter über uns getobt? Später, eine Weile später. Da hätte sie längst ein gutes Stück weiter sein müssen. Ich betete, dass ich recht hatte, dass Mila nicht hinter oder noch schlimmer unter den Baum geraten war.

Vorsichtig ging ich so nah heran, wie ich es mit Willow am Zügel konnte, und stellte mich auf die Zehenspitzen. Fast hätte ich vor Erleichterung aufgeschluchzt. Nichts deutete darauf hin, dass hier etwas anderes unter dem breiten Stamm lag als Blätter und Äste.

In diesem Moment vibrierte mein Handy. Das winzige bisschen Empfang reichte anscheinend aus, um die kurze Nachricht von Lukas zuzustellen. *»Mila ist bei uns. Sie hat sich verirrt. Wir suchen weiter nach Ben.«*

Jetzt weinte ich doch. Erleichterung durchströmte mich.

Mila war in Sicherheit! Wie auch immer sie die anderen in der dunklen Heide gefunden hatte, ich war so froh, dass ihr nichts passiert war.

»Können wir irgendwie außen herumgehen?«, fragte Marlene. »Oder müssen wir umkehren?«

»Ich fürchte, wir müssen umkehren.« Was an sich schon eine Herausforderung war, denn der schmale, glitschige Pfad mit dem Abgrund an der einen Seite lud nicht gerade zu fröhlichen Wendemanövern ein. Außerdem gefiel mir die Aussicht gar nicht, schon wieder zum Steinbruch und somit in die Richtung zu laufen, in der wir die Wölfe zuletzt gehört hatten. Aber es half nichts. Hierbleiben konnten wir auf keinen Fall.

Doch zuerst würde ich endlich Hilfe holen. Und vor allem Mama und Papa Bescheid geben.

Ich schaute auf das Handy und ließ es enttäuscht wieder sinken. Kein Empfang. Der winzige Balken von eben war verschwunden.

Zweige knackten, als Willow sich mit dem Po ins Gebüsch schob.

»Noch ein winziges bisschen, dann passt es«, versprach ich ihr.

Willow schnaubte, ließ sich aber dann doch noch einige Zentimeter weiter rückwärtsrichten. Ohne Marlene auf ihrem Rücken wäre es sicher leichter gegangen, zumal ich darauf achten musste, dass kein herabhängender Ast sie aus dem Sattel fegte. Ich fürchtete, dass ich sie dann nicht wieder aufs Pferd bekäme. Es war vorhin schon schwierig genug gewesen, dabei war Marlene da noch in besserer Verfassung gewesen als jetzt. Ihr Gesicht war mittlerweile fleckig und immer wieder wischte sie mit ihrem Ärmel über ihre Nase.

Behutsam führte ich Willow in einer engen Wendung herum. Ein Schritt zu viel … und ihr Huf würde ins Leere treten.

Geschafft!

Nun konnten wir uns an den Abstieg machen. Doch das war schwieriger als gedacht. Das hätte mich eigentlich nicht überraschen sollen. In dieser Nacht war bisher ja schon so einiges schiefgegangen.

Der Regen nahm wieder zu, ebenso der Wind. Wir schlitterten mehr, als dass wir liefen, und immer wieder musste ich die Arme ausstrecken, um auf dem Abhang nicht das Gleichgewicht zu verlieren.

Endlich erreichten wir die Stelle, an der unser Trampelpfad vom Hauptweg abzweigte. Wir waren wieder dort, wo wir aufgebrochen waren, und zwar alle drei mit heilen Knochen. Wenn das kein Erfolg war!

»Und jetzt?«, flüsterte Marlene.

Ich trat zu ihr und stellte mich auf die Zehenspitzen, um ihre Stirn zu fühlen. Sie war warm, viel wärmer als sonst. Marlene hatte Fieber. Verdammt!

Erneut schaute ich aufs Handy. Immer noch kein Empfang.

Enttäuscht führte ich Willow den Hauptweg entlang, der uns hoffentlich geradewegs durch den Wald zur Heide bringen würde. Oder zu einer Straße. Oder zu irgendetwas. Hauptsache, wir fanden die anderen wieder und waren alle so bald wie möglich in Sicherheit.

KAPITEL 54

»Hatte ich dir nicht gesagt, du sollst dich nicht vom Fleck rühren?« Papas Stimme dröhnte durch den Wald.

Ich verzog das Gesicht und hielt das Handy auf Abstand. Danke zu sagen, war in meiner Familie anscheinend nicht besonders verbreitet.

Anstatt vor Freude völlig aus dem Häuschen zu sein, dass ihre älteste Tochter zwar krank, aber in Sicherheit war, hatte Mama zu weinen und Papa zu brüllen angefangen.

Deshalb sparte ich mir jetzt auch meine eigenen Heldentaten. Sie hätten zwar allen Grund gehabt, stolz auf mich zu sein, doch momentan schienen meine Eltern dafür nicht besonders empfänglich.

»Wo seid ihr jetzt?«, blaffte Papa mich an.

Jetzt reichte es aber.

»Weiß ich doch nicht!«, schnauzte ich zurück. »Das ist das erste Mal seit Stunden, dass ich hier endlich mal Empfang habe.«

Papa holte tief Luft, dann sagte er: »Okay, Ylvi, es tut mir leid. Ich weiß, was du heute Nacht alles durchgemacht hast.«

Oh nein, das wusste er nicht. Von den Wölfen und ihrem Geheul hatte ich nämlich noch nichts erzählt. Ebenso wenig vom Gewitter und dem umgestürzten Baum. Eigentlich war ich sogar ziemlich einsilbig gewesen für alles, was passiert war. Nur wie es Marlene ging, das hatte ich ihnen in allen Einzelheiten geschildert.

Papa holte wieder tief Luft. Wenn es so weiterging, brauchte er eine Papiertüte, um hineinzuatmen. »Also, wir sind froh und dankbar, dass es euch gut geht. Und jetzt wollen wir alles tun, um euch da heil herauszuholen.«

Das hatte ich zwar schon erledigt, aber gut: Was den letzten Rest anging, war ich gern bereit, mir unter die Arme greifen zu lassen.

»Wir schicken euch einen Rettungshubschrauber«, sagte Papa.

Ich hätte mich fast verschluckt. Wie bitte? Jetzt wurden aber die ganz dicken Bretter gebohrt! »Wozu das denn?«

»Es gibt kaum Wege, die durch das Naturschutzgebiet führen«, machte Papa mir geduldig klar. »Und die meisten sind Sandwege. Da bräuchte ein Krankenwagen viel zu lange, um zu euch zu kommen.«

»Okay.«

»Aber vorher müssen wir genau wissen, wo ihr seid«,

fuhr Papa fort. Ich hörte, wie er hektisch einige Tasten auf dem Computer drückte. »Du hast gesagt, ihr seid etwa eine halbe Stunde vom Steinbruch entfernt?«

»Genau«, erwiderte ich. »Aber könnt ihr uns nicht über mein Handy orten?«

Jetzt war es still in der Leitung.

»Wir sind hier nicht bei Miami Vice«, sagte Papa schließlich.

»Was ist Miami Vice?«

Tiefes Seufzen. »Eine Fernsehserie aus den Achtzigerjahren.«

»Die hatten doch damals bestimmt noch gar keine Handys«, antwortete ich.

»Also, Handyortung finde ich jetzt ein wenig übertrieben«, erklärte Papa resolut. »Wir machen es auf die altmodische Art. Ich schaue auf die Karte und sage dann dem Rettungsteam, wo sie Marlene einsammeln können. Ach, warte mal, gerade sehe ich hier, dass es nur einen einzigen Weg gibt, der vom Steinbruch Richtung Heide führt. Den müsst ihr weitergehen bis zum Ende. Dort holt euch dann der Hubschrauber ab.«

»Darf Willow auch mitfliegen?«

»Witzbold.« Plötzlich wurde Papa ganz aufgeregt. »Moment, wo sind denn die anderen? Du bist doch nicht allein losgeritten?«

Blitzmerker.

»Nein, wir haben uns unterwegs getrennt.«

Wieder eine Pause.

»Ihr habt euch getrennt? Bedeutet das, die anderen vier irren auch noch irgendwo durch die Heide?« Jetzt klang Papa so richtig entsetzt.

Zumindest in dem Punkt konnte ich ihn aber beruhigen. »Keine Sorge, die vier sind alle zusammen, soweit ich weiß.«

»Soweit du weißt?«

»Na ja, wir haben jetzt länger nichts mehr voneinander gehört. Und sobald ich wieder Empfang hatte, habe ich zuerst euch angerufen.«

»Was zum Teufel machen die vier denn dann jetzt?«

»Sie suchen nach Ben.«

»Verdammt, der ist ja auch noch da«, murmelte Papa. »Okay, wir machen es so: Ihr geht jetzt bis zur Heide und wartet dort auf den Hubschrauber. Unterwegs versuchst du, deine Freunde zu erreichen. Und halte mich auf dem Laufenden!«

»Klar.« Nachdem unser Gespräch beendet war, drückte ich Marlenes Hände, die im Gegensatz zum Rest ihres Körpers eiskalt waren. »Wir sind fast am Ziel.«

Marlene lächelte gequält. »Danke, Ylvi«, flüsterte sie.

Ich umarmte sie kurz. Auf zur nächsten Runde.

Unterwegs meldete ich mich bei den anderen. Wir tauschten nur das Nötigste aus, denn alle Akkus waren bereits fast am Ende.

»Ben haben wir immer noch nicht gefunden«, sagte Lukas.

Ich stöhnte. Natürlich wünschte ich ihm nichts Schlechtes und wollte, dass er endlich irgendwo heil auftauchte. Schon allein, damit ich ihn zusammenstauchen konnte, denn ich war stocksauer, dass er Marlene so im Stich gelassen hatte. Doch das musste noch warten.

Immerhin gab es eine gute Nachricht. Anhand der Karte fanden Josse und Mila schnell heraus, wo das Heidestück war, zu dem wir gehen sollten.

»Das ist nicht weit von hier. Wir treffen uns dort.« Lukas' Stimme brach ab, dann war er wieder in der Leitung. »Und, Ylvi?«

»Ja?«

»Seid bloß vorsichtig! Ich glaube, wir haben eben die Wölfe gehört.«

Ich schluckte. Das war noch ein Grund mehr, jetzt einen Zahn zuzulegen. Auf eine weitere Begegnung mit den Wölfen konnte ich gut verzichten.

KAPITEL 55

Je weiter wir kamen, desto mehr lichteten sich die Bäume. Doch nicht nur deshalb wurde es allmählich heller. Am Himmel konnte ich einen dunkelvioletten Streifen ausmachen.

Die Morgendämmerung! Erleichtert strich ich Willow über den Nasenrücken. Bis zum Sonnenaufgang war es jetzt bestimmt nicht mehr lange hin. Ich sehnte mich danach, endlich wieder meine Umgebung zu erkennen und mich nicht länger vor Schatten gruseln zu müssen.

Marlene saß ziemlich erschöpft im Sattel, deshalb ließ ich mir Zeit für das letzte Wegstück. Hauptsache, Willow lief langsam und gleichmäßig, sodass Marlene oben blieb.

Kurz darauf erreichten wir den Waldrand. Nur noch eine magere Reihe Gestrüpp trennte den Wald von der Heidefläche vor uns. Hier war es wirklich so flach, dass ein Hubschrauber gut landen konnte. Und abgesehen von dem schmalen Weg gab es tatsächlich nichts, was den Namen Straße verdient hätte.

Ich führte Willow zu einem Feldstein in der Nähe und kauerte mich hin. Ringsum wurde es immer heller. Ich sah mich in alle Richtungen um. Wo blieben denn die anderen? Hoffentlich kamen sie bald! Auf dem Smartphone war keine weitere Nachricht, aber das hatte sicher nichts zu bedeuten.

Im nächsten Moment fiel mir vor Schreck das Handy aus der Hand. Durchdringendes Geheul ertönte. Ein Wolf, nein, zwei! Sekunden später stimmte auch der dritte ein.

Ich sprang vom Stein auf.

»Runter da!«, schrie ich. »Du musst sofort absteigen.«

Ich zerrte an Marlenes Arm, während ich gleichzeitig versuchte, Willow zu bändigen, die wie von einer Hornisse gestochen im Kreis tänzelte und an den Zügeln riss. Nicht auszudenken, wenn Willow plötzlich losgaloppierte und Marlene nicht schnell genug vom Pferd kam.

Doch ihr fehlte die Kraft. Sie hing hilflos im Sattel, nicht in der Lage abzusteigen, aber auch zu schwach, um sich richtig hinzusetzen.

Willow gebärdete sich immer wilder. Es war ja auch unheimlich! Das Wolfsgeheul schwoll in immer höheren Tönen an, viel lauter als vorhin im Wald. Sobald einer der Wölfe seinen Gesang beendete, stieß der andere in die Lücke.

Es half nichts, ich hatte nur zwei Hände. Und ich hätte

beide gebraucht, um Marlene heil vom Pferd zu bekommen. Doch dann wäre Willow mit Sicherheit durchgegangen.

Das Wolfsgeheul schien näher zu kommen. Ich musste mich entscheiden!

Willow wieherte und schlug mit den Hinterhufen aus. Sobald alle vier Hufe wieder den Boden berührten, machte sie Anstalten zu steigen. Bloß nicht!

Ich packte mit beiden Händen die Zügel und rief ihren Namen. »Willow. Willow.«

Sie wieherte und einer ihre Vorderhufe kam meinem Gesicht gefährlich nah.

»Willow!«

Ich klopfte ihr beruhigend auf die Schulter, doch in ihrer Panik nahm sie das gar nicht wahr.

Jetzt gab es nur eine Möglichkeit. Ich wandte ihr den Rücken zu und betete, dass mich nicht einer ihrer Hufe treffen würde. Wie wir es so oft bei der Bodenarbeit geübt hatten, lief ich einige Schritte voraus.

Würde sie mir folgen? Würde sie sich ablenken lassen?

Die ersten Schritte waren holprig. Willow sprang verängstigt hin und her und versuchte immer wieder, sich loszureißen. Marlene stöhnte leise.

»Halt dich bloß fest!« Ich kämpfte mit dem Drang, aus lauter Angst einfach loszuschreien, denn das hätte alles nur noch schlimmer gemacht.

Stur lief ich geradeaus, immer tiefer in die Heide hinein. Mit jedem Meter beruhigte Willow sich ein bisschen. Sie hörte auf, an den Zügeln zu reißen, und senkte den Kopf nach und nach ein Stückchen tiefer. Schaum tropfte von ihrem Gebiss und ihre Flanken zitterten schweißnass.

Schließlich blieb ich stehen und lauschte. Allmählich verebbte das Geheul der Wölfe. Hoffentlich waren sie wieder im Wald verschwunden!

»Alles in Ordnung?«, fragte ich.

Marlene nickte. Ihr Gesicht war so bleich wie der Mond vorhin.

Ich trat zu ihr und legte ihr die Hand auf den Arm. »Gleich hast du es geschafft«, flüsterte ich.

Marlene brach in Tränen aus.

In wenigen Minuten waren wir wieder bei dem Stein.

»Komm, jetzt kannst du absteigen«, sagte ich und streckte den Arm aus, während ich mit der anderen Hand Willows Zügel festhielt. Jetzt, nachdem Willow sich wieder beruhigt hatte, würde ich Marlene hoffentlich einigermaßen heil vom Pferd bekommen.

Halb glitt Marlene aus dem Sattel, halb fiel sie auf mich drauf. Mit letzter Kraft hievte ich sie zu dem Stein und half ihr, sich dort hinzusetzen. Dann bückte ich mich und suchte den Boden ab. Ob von meinem Handy noch etwas übrig war?

Einige Zentimeter neben dem Stein schimmerte etwas auf dem Boden. Ein Splitter vom Display?

Heute war doch mein Glückstag! Das Ding war heil und es begann sogar zu klingeln.

»Wo seid ihr denn genau?«, hörte ich Lukas fragen.

Kurz darauf hörte ich Hufgetrappel. Kay, Mila, Josse und Lukas galoppierten in einer Reihe auf uns zu. Und das im Licht der aufgehenden Sonne! Es war so schön, sie wiederzusehen. Alle schienen wohlauf, auch wenn sie genauso müde wirkten, wie ich mich fühlte.

»Ihr steigt wohl besser ab«, sagte ich zur Begrüßung und zeigte zum Himmel. »Der Hubschrauber landet gleich.«

Nur wenige Minuten dauerte es, dann hob der Rettungshubschrauber auch schon wieder ab. Er war ein ganzes Stück von uns entfernt auf einer freien Fläche gelandet, sodass die Pferde einigermaßen gelassen geblieben waren. Routiniert hatten die Sanitäter Marlene versorgt.

»Keine Sorge, abgesehen vom Fuß ist sie morgen bestimmt wieder ganz die Alte«, hatte mich eine von ihnen beruhigt.

Ganz die Alte? Ich grinste schief. War das jetzt eine gute Nachricht?

»Wir bringen deine Schwester ins Krankenhaus, untersuchen ihren Fuß und schauen, dass ihr auch sonst nichts fehlt«, fuhr ein Sanitäter fort. »Ich schätze, deine Eltern können sie spätestens morgen Mittag abholen.«

Ich strich Marlene zum Abschied über die Wange. Sie umklammerte meine Hand. »Lass mich nicht allein.«

»Ich kann nicht«, sagte ich, »ich muss mich doch um Willow kümmern.«

»Wir könnten sie auch für dich mitnehmen«, bot Mila an.

Alle blickten mich an, auch die Rettungssanitäter.

Ich überlegte nicht lange. »Das ist lieb, aber danke. Ich sage gleich Mama und Papa Bescheid, dass sie sofort zu dir ins Krankenhaus fahren sollen, Marlene.«

»Ist gut.« Marlene lächelte schwach. »Wir sehen uns dann.«

Ich nickte, hauchte ihr einen Kuss auf die Wange und sah ihr nach, bis der Hubschrauber verschwunden war. Dann tippte ich Papas Nummer.

»Sie sind los.«

»Endlich! Dann bin ich beruhigt!« Die Erleichterung in Papas Stimme war nicht zu überhören. »Am besten sagen wir Corinna und den anderen Bescheid.« Jetzt klang Papa ganz betreten. »Bei all der Aufregung haben wir gar nicht daran gedacht, aber jetzt informieren wir sie natürlich sofort.«

»Bescheid sagen?«, rief ich bestürzt. »Bloß nicht!«

»Aber natürlich müssen sie das erfahren. Und ich denke,

das Beste wäre, es würde jemand kommen und euch und die Pferde mit dem Transporter abholen.«

Die anderen schauten mich entsetzt an, sogar Kay. Mir ging es genauso! Jetzt alles abbrechen und noch nicht mal nach Hause reiten, sondern fahren?

»Papa, jetzt ist doch alles gut. Keiner von uns ist verletzt, wir sind nur total müde, aber deshalb muss uns doch niemand holen.«

»Soll ich mal?«, fragte Lukas halblaut. Ich nickte und gab ihm das Handy.

Er versicherte Papa wortreich, dass wirklich alle noch fit genug waren, um von hier aus zur Wanderreitstation zu kommen. Dann schaltete sich Josse ein und beschrieb ganz genau, wie wir auf direktem Wege durch die Heide zum Bauernhof zurückreiten konnten, ohne wieder durch den Wald, am Steinbruch oder dem Gehege vorbeizumüssen.

Mila rief: »Hier, wo wir sind, kommt der Transporter sowieso nicht gut hin.«

Zum Schluss kam auch noch Kay zu Wort. »Von den Wölfen gibt es keine Spur mehr«, beruhigte sie ihn. »Die sind hoffentlich über alle Berge. Wahrscheinlich hat der Hubschrauber sie längst verjagt.«

Für einen Moment war es in der Leitung still, dann seufzte Papa. »Ich hoffe wirklich, ich muss das nicht bereuen. Aber falls noch irgendwas ist, brecht ihr ab, haben wir uns da verstanden?«

»Versprochen.«

»Und wenn ihr beim Zelt seid, sagt ihr umgehend Bescheid.«

»Natürlich.«

Papa brummte noch etwas und drückte mich dann weg.

Ich warf einen Blick auf die Uhr. Nicht mehr lange, dann war Marlene im Krankenhaus. Die Entscheidung, sie nicht zu begleiten, war mir nicht schwergefallen. Noch vor Kurzem hätte ich das bestimmt anders gemacht. Doch jetzt hatte ich die richtige Wahl getroffen. In diesem Augenblick gehörte ich hierher, zu Willow und zu meinen Freunden.

Ich wandte mich um. »Wollen wir?«

Zitronengelbes Sonnenlicht fiel auf unser Lager, als wir am frühen Morgen die Wanderreitstation erreichten. Das Zelt hatte auf dem Dach eine Kuhle, in die ein kleiner See gepasst hätte, aber ansonsten hatte es den Gewitterregen anscheinend unbeschadet überstanden.

Leider galt das nur für außen. Drinnen war alles von einer zentimetertiefen Wasserlache bedeckt.

Oje! Mila und ich wechselten einen Blick. Würden sich Kay und Josse deswegen nun wieder in die Haare kriegen?

Doch keiner von beiden schnitt das Thema an. Im Gegenteil: Einträchtig holten sie das Zeug aus dem Zelt und breiteten es zum Trocknen in der Sonne aus. Denn zum Glück war es warm! Hauchfeine Dampfwölkchen stiegen auf, fast wie in einer Waschküche.

Unser Frühstück bestand aus den letzten noch einigermaßen trockenen Vorräten. Anschließend legten wir uns vor das Zelt.

»Aber was ist mit den Wölfen?«, fragte Kay. »Können wir hier einfach so im Freien liegen?«

Daran hatte ich gar nicht mehr gedacht. Mussten wir uns jetzt wieder in das stickige Zelt quetschen?

»Ich glaube schon«, sagte Josse. »Die Pferde werden in den Paddocks bestimmt unruhig, wenn sich hier ein Wolf anschleicht. Und dann wachen wir auf.«

Kay überlegte noch einen Moment, dann siegte die Vernunft. Oder vielleicht eher die Müdigkeit.

Ich glaube, mir fielen die Augen zu, noch bevor mein Kopf überhaupt das Gras berührt hatte.

Gegen Mittag brachen wir auf. Wir wären gern noch die ursprünglich geplante Strecke geritten, trotz der Nacht, die hinter uns lag. Doch zum einen hatten wir unsere Essensrationen viel zu knapp berechnet. Zum anderen hatte Mila einen Anruf von Corinna bekommen. Mit Mühe und Not hatte sie abgewendet, dass Corinna sofort in den Transporter gestiegen war. Allerdings hatte Corinna darauf bestanden, dass wir nach allem, was vorgefallen war, auf direktem Wege nach Hause kamen.

»Das habe ich Josses Eltern und vor allem Kays Eltern hoch und heilig versprechen müssen«, sagte sie streng.

Es war zwar schade, aber natürlich konnten wir es auch verstehen. Abgesehen davon wollte Kay auch unbedingt wissen, wie es Ben ging – und wir anderen natürlich auch. Er hatte ihr zwar vor Stunden geschrieben, dass er in Sicherheit war, doch wo er steckte, hatte er nicht gesagt. Jetzt hoffte sie, dass er heil zu Hause angekommen war oder zumindest ihre Eltern mehr wussten.

»Dieser Idiot!«, schimpfte Kay. »Geht erst ewig nicht ans Handy und dann speist er mich mit so einer kurzen Nachricht ab. Der kann was erleben, wenn ich ihn sehe.«

Auf dem Heimweg erstellten wir eine lange Liste an Dingen, die wir beim nächsten Wanderritt besser machen wollten.

»Mehr Karten«, wünschte sich Mila. »Und vor allem: GPS!«

Einen Augenblick sahen wir uns alle stumm an. Dann schlug sich Josse an die Stirn. »Mensch, wie kann man nur so vernagelt sein! Das hatte ich völlig vergessen. GPS! Das können doch all unsere Handys.«

Kay seufzte. »Nächstes Mal.«

»Und wir brauchen für jeden mehrere Ersatztaschenlampen«, sagte Lukas, »und extrastarke Stirnlampen.«

»Und mehr Schokolade!«, rief ich.

Kay drehte sich empört im Sattel um: »Spinnst du? Das müssen doch alles unsere armen Pferde schleppen! Aber wir brauchen unbedingt …«

»… ein heiles Zelt«, ergänzte Josse.

Wieder zurück auf dem Hollerhof schloss Corinna uns alle in die Arme.

»Und sie ist dir nicht durchgegangen? Selbst bei den Wölfen nicht?« Corinna lächelte mich an. »Wunderbar! Ich bin so stolz auf dich. Das habt ihr beiden klasse gemeistert, Willow und du.«

Ich strahlte. Nach der Standpauke am Handy tat mir Corinnas Anerkennung gleich doppelt gut.

Dann musterte sie uns der Reihe nach streng. »Aber eins muss klar sein: Wenn ihr jemals wieder so eine Tour macht, dann bleibt ihr zusammen, verstanden?«

Wir nickten alle.

»Versprochen!«, sagte Mila.

»Hoch und heilig«, ergänzte Josse.

Kay hob die Hände. »Riesenreiterinnenehrenwort!«

Corinna schnitt uns eine Grimmasse. »Wollen wir mal hoffen, dass ihr das so schnell nicht vergesst.« Sie verschwand im Hexenhäuschen und wir trotteten hinüber zum Stall.

Erleichtert grinsten wir uns an. Josses Eltern hatten einigermaßen gelassen reagiert, als Josse ihnen alles erzählt hatte. Und Kays und meine Eltern waren vor allem mit Ben und Marlene beschäftigt, so fiel auch unser nachträgliches Donnerwetter viel kleiner aus, als Kay und ich befürchtet hatten.

Alles war gut ausgegangen auf unserem ersten Wanderritt und ganz sicher würde es nicht der letzte gewesen sein.

KAPITEL 56
Ben

Durchs Fenster drang der Lärm von der Straße herauf: Autos schoben sich dicht an dicht am Haus vorbei, dazu waren Gelächter und Stimmengewirr zu hören. Er sprang auf und schloss das Fenster, dann klappte er den Laptop auf. Einen Augenblick lang verharrten seine Finger auf der Tastatur, dann seufzte er. Noch länger zu warten, würde es nicht besser machen. Also schickte er eine Nachricht und wartete darauf, dass sie reagierte.

Ein paar Sekunden lang passierte gar nichts, dann erschien Kays Gesicht auf dem Bildschirm. Sie sah wütend aus, aber das konnte er ihr natürlich nicht verdenken.

»Hey, danke, dass du rangegangen bist.«

Sie warf die Haare nach hinten. »Tja, auf die Dauer sind Textnachrichten nicht gerade befriedigend. Ich wusste ja schon gar nicht mehr, wie du aussiehst.«

»Jetzt übertreib mal nicht. Ich bin gerade mal ein paar Tage weg.«

»Wo wir gerade beim Thema sind: Wo steckst du jetzt?«

Er lehnte sich im Stuhl zurück und seufzte. »Bei einem Kumpel. In Buenos Aires.«

»Weiter weg ging's ja wohl nicht!« Sie schnaubte empört und er musste grinsen.

»Was ist denn so witzig?«

Sofort wurde er wieder ernst. »Gar nichts, tut mir leid.« Er fuhr sich durch die Haare. »Und alles andere tut mir auch leid.«

»Mama und Papa sind immer noch ganz schön sauer.«

»So schnell lasse ich mich wohl besser nicht bei euch blicken.«

»Quatsch.« Sie blitzte ihn an. »Du weißt genau, dass du immer hier willkommen bist. Außerdem hat es geholfen, dass wir vor deiner Abreise über alles geredet haben. Oder sollte ich besser ›Flucht‹ sagen?«

»Jetzt übertreib mal nicht!«

»Ist doch wahr! Also, wann kommst du wieder?«

»Wie jetzt? Ich dachte, deine Eltern jagen mich sofort vom Hof, sobald ich auch nur einen Fuß auf euer Grundstück setze.«

»Du bist so ein Idiot! Natürlich nicht. Sie sind sauer, weißt du. Wer ist schon so idiotisch und bricht in ein Wolfsgehege ein? Aber natürlich haben sie dich auch lieb. Mama hat schon nach dir gefragt.«

Seine Kehle fühlte sich plötzlich rau an und er schluckte. »Hat sie die Blumen bekommen?«

»Sie hat sich gefreut. Lass ihr jede Woche so einen Strauß zukommen und die Sache ist bis Weihnachten vergessen.«

Er lachte auf und sie stimmte mit ein. »Also, verzeihst du mir?«, fragte er leise.

Sie nickte und beugte sich zum Bildschirm vor. »Aber was ist mit Marlene? Hast du mit ihr gesprochen?«

»Ja, bevor ich geflogen bin.«

»Und wie geht es ihr? Ich bin noch gar nicht dazu gekommen, Ylvi zu fragen.«

»Sie war ein bisschen unterkühlt und hat sich den Knöchel verrenkt. Mehr nicht zum Glück, sie konnte noch am Vormittag wieder aus dem Krankenhaus nach Hause.«

»Danke für die Diagnose«, sagte sie trocken. »Aber ich meinte eher was anderes.«

Er verzog das Gesicht. »Ehrlich? Ich weiß es nicht genau. Als wir geredet haben, war sie ganz ruhig, aber ich wette, das alles hat sie gewaltig aufgewühlt.«

»Wow, sehr einfühlsam, Freud«, spottete sie.

»Tut mir leid! Ich hoffe einfach, wir halten Kontakt und ich kann bald wieder mit ihr sprechen.«

»Das wäre bestimmt das Beste«, sagte sie. »Ich muss los. Bis bald und mach keinen Quatsch.«

»Ich versuch's«, sagte er.

KAPITEL 57

Drei Tage nach unserer Rückkehr lag ich auf der Weide und leistete Willow und den anderen Pferden Gesellschaft. Zufrieden faltete ich die Hände hinter dem Kopf, streckte die Beine aus und schaute in den blitzblauen Himmel, der nur hin und wieder von einer Schwalbe durchkreuzt wurde. Um mich herum grasten die Pferde, sie waren allesamt so entspannt und friedlich, als hätten die Ereignisse auf dem Wanderritt gar nicht stattgefunden.

»Hier bist du!« Mila ließ sich neben mir ins Gras fallen. »Wir haben dich schon gesucht.«

In einiger Entfernung schlenderten auch Kay, Lukas und Josse zu uns.

»Sagt mal, was ist eigentlich aus den Wölfen geworden?«, wollte Josse wissen und setzte sich neben mich ins Gras.

»Habt ihr es nicht gehört? Das waren gar keine richtigen Wölfe«, erzählte Kay.

»Was denn sonst?«, fragte Mila entgeistert.

»In dem Gehege waren Wolfhunde«, erklärte ich.

Natürlich hatte ich schon mitbekommen, wie es weitergegangen war. Marlene hatte nämlich gerade ziemlichen Ärger am Hals. Der Besitzer des Geheges war alles andere als begeistert davon gewesen, dass Marlene und Ben seine Tiere befreit hatten. In ihrer Haut wollte ich jetzt wirklich nicht stecken.

»Wolfhunde?« Lukas zog die Stirn kraus.

»Bei denen ist ein Elternteil ein Wolf und der andere Elternteil ist ein Hund«, beantwortete ich seine Frage.

»Davon habe ich auch noch nie was gehört«, meinte Josse. »Sind so Züchtungen überhaupt erlaubt?«

Kay schüttelte den Kopf. »Manche Menschen finden es aufregend, so einen wilden Hund zu halten, der sich äußerlich fast nicht von einem Wolf unterscheidet. Nur kommt kaum jemand mit einem Wolfhund zurecht. Die meisten müssen eingeschläfert werden oder werden ihr Leben lang nur im Zwinger gehalten.«

»So wie die drei in dem Gehege im Wald?«, fragte Mila. »Wem gehörten die denn?«

»Einem Hundetrainer, der sie aus einem kleinen Einfamilienhaus gerettet hat. Nachdem sie den ursprünglichen Halter gebissen hatten, sollten sie eingeschläfert werden. Doch der Trainer wollte das nicht zulassen und hat sie deshalb in dem Gehege untergebracht.«

»Oh Mann.« Lukas fuhr sich durchs Haar. »Da hätten sich Marlene und Ben besser mal vorher schlaugemacht!«

»Allerdings. Das hat Ben auch zugegeben. Bevor er nächstes Mal irgendwelche Tiere retten will, erkundigt er sich genauer, was Sache ist, das hat er mir hoch und heilig versprochen«, sagte Kay.

»Und wo sind die Wolfhunde jetzt?«, fragte Josse.

Kay wickelte eine Haarsträhne auf ihren Finger und seufzte. »Zwei wurden mit dem Betäubungsgewehr erwischt und eingefangen. Sie sind wieder in dem Zwinger. Den dritten suchen sie noch.«

»Was?«, rief Mila fassungslos. »Warum lassen sie die Wolfhunde nicht einfach laufen?«

Kay schüttelte den Kopf. »Wölfe könnten sich ihr Verhalten abgucken und dann nicht mehr scheu auf Menschen reagieren.«

Auch wenn ich das alles nicht zum ersten Mal hörte, konnte es immer noch nicht fassen! Es war wie so oft: Die Tiere mussten unter dem idiotischen Verhalten der Menschen leiden.

In bedrückter Stimmung radelte ich nach Hause. Mir taten die Wolfhunde leid. Für Ben war die Nachricht bestimmt auch schlimm gewesen, schließlich hatte er sie befreien wollen. Aber dann war alles schiefgegangen.

Als ich reinkam, sagte Mama: »Marlene möchte mit dir reden.«

»Worum geht's denn?«

Mama hob die Schultern. »Das weiß ich auch nicht.«

Gespannt ging ich über den Rasen auf die Hollywoodschaukel zu. Dort lag Marlene unter einer Decke, obwohl es so sommerlich warm war.

Ich war vor allem froh, sie heil wieder zu Hause zu haben. Auch wenn ich immer noch genervt davon war, wie sie mich in letzter Zeit behandelt hatte. Aber zugleich fühlte ich mich freier als früher, denn ich machte mir viel weniger Gedanken darüber, was mit Marlene und mir gerade war.

»Danke, dass du gekommen bist«, sagte sie und richtete sich auf.

»Was ist denn?«, fragte ich und setzte mich neben sie.

Sie knetete die Hände. »Mir tut das alles echt leid«, brach es aus ihr heraus, dann fing sie an zu schluchzen.

»Ist ja gut, beruhige dich mal«, sagte ich bestürzt, doch sie schüttelte nur den Kopf und warf sich in meine Arme.

»Ich war so ein Biest in den letzten Wochen. Meine blöden Stimmungsschwankungen und dazu habe ich dich auch noch erpresst und war fies zu dir. Und dann musstet ihr wegen mir auch noch den Wanderritt abbrechen.«

In der Summe war das nicht gerade wenig. Erstaunlich – aber all das machte mir plötzlich kaum noch was aus.

»Schon okay«, sagte ich. »Wir wiederholen den Ritt nächstes Jahr. Dann wird er bestimmt noch besser, wenn wir ein neues Zelt haben und mehr Proviant.«

Marlene wischte sich die letzten Tränen ab. »Und wir? Frieden?«

»Von mir aus gern«, sagte ich. »Aber tu das nie wieder.«

»Versprochen«, sagte Marlene und sah aus, als meine sie das auch.

Ich stand auf und brachte die Schaukel in Schwung.

»Hast du etwas von Ben gehört?«, wechselte ich das Thema.

»Ja, wir haben gestern Abend wieder lange telefoniert und noch mal über alles gesprochen.«

»Und ist es jetzt wieder okay zwischen euch?«, wollte ich wissen.

Sie nickte zögerlich. »Ich glaube schon. Aber es tut echt weh«, sagte sie. »Die ganzen Wochen war es so toll mit ihm, und dann so was.« Sie schnitt eine Grimasse. »Er hat meine Bedenken und Ängste einfach ignoriert, als ich ihn in letzter Minute von der Aktion abbringen wollte. Allerdings wurmt es mich auch, dass ich mich nicht besser durchgesetzt habe.«

Das konnte ich gut verstehen, an ihrer Stelle hätte mich das auch geärgert.

Mit leiser Stimme fuhr sie fort: »Und es war echt so schlimm, dass er mich im Wald alleingelassen hat!«

»Aber ich dachte, er hat dich aus den Augen verloren und selber Panik bekommen?«, hakte ich nach.

»Schon, das glaube ich ihm auch. Trotzdem fühlt es sich mies an.« Sie fuhr sich durchs Haar. »Und jetzt ist er plötzlich weg. Und trotz allem, was passiert ist, vermisse ich ihn.«

Sie seufzte.

»Irgendwie kann ich ihn auch verstehen. Nur warum ausgerechnet Argentinien? Das ist so furchtbar weit weg. Na ja, vielleicht ist es wirklich das Beste, wenn wir erst einmal eine Pause machen. Mal schauen, wie es ist, wenn er wiederkommt. Morgen Abend machen wir auf jeden Fall einen Video-Call.«

»Hey, das ist doch schon mal ein Anfang.« Ich wollte gerade gehen, doch sie hielt mich am Ärmel fest.

»Du, kommst du morgen Nachmittag mit mir ins Tierheim? Wir haben vielleicht jemanden, der die Ponys übernimmt.«

»Echt? Das ist ja toll!«

»Die Frau schaut sie sich gegen Abend an. Aber vorher will ich die Ponys ein bisschen herausputzen ...«

»... und dabei könntest du Hilfe gebrauchen?« Ich grinste. »Geht klar.«

Nach dem Abendessen fuhr ich spontan noch mal zum Hollerhof.

»Hey, du bist ja auch gekommen«, begrüßte Lukas mich, als ich mein Rad an die Stallwand lehnte. Wir lächelten uns an. Er wies mit dem Kopf Richtung Weide. »Ich war eben schon bei Peanut.«

»Lässt du ihn hier?«, fragte ich.

»Nein, er wird morgen abgeholt, dann sind wir wieder auf Birkenmoor.«

»Wie schade.« Irgendwie hatte ich gehofft, dass Lukas auf dem Hollerhof bleiben würde.

»Ich reite einfach so gern bei Hanno«, sagte er, fast schon entschuldigend. »Hör mal, Ylvi …« Er trat einen Schritt vor.

»Ja?« Ich sah ihm in die Augen und plötzlich guckte er verlegen.

»Ach, schon gut. Ich wollte nur sagen, dass wir uns ja sowieso sehen, auch wenn wir auf zwei verschiedenen Höfen reiten. In der Schule ja auch.«

»Erinnere mich bloß nicht daran.« Es war nicht zu fassen, nächste Woche waren die Ferien schon wieder vorbei, dabei hatten sie gefühlt doch gerade erst angefangen.

Sachte berührte er meine Hand. »Komm doch mal wieder nach Birkenmoor, machst du das?«

Ich nickte und spürte, wie mir plötzlich ziemlich warm wurde.

»Und ich komme natürlich auch weiter auf den Hollerhof.«

»Wann denn das nächste Mal?« Mein Herz klopfte, während ich auf die Antwort wartete.

In einer schnellen Bewegung strich er mir eine Haarsträhne aus dem Gesicht, dann wandte er sich abrupt ab.

»Morgen natürlich«, rief er mir über die Schulter zu und schloss sein Fahrrad auf.

Morgen? Ich lächelte. Okay, das war auszuhalten. Da fiel mir noch etwas ein. »Du, Lukas?«

Er blieb auf dem Hofplatz stehen und drehte sich um. »Ja?«

»Danke für alles«, sagte ich leise. »Dass du mich bei Willow so unterstützt hast.«

Er strahlte mich an. »Gern geschehen.«

Ich sah ihm noch nach, bis er hinter der ersten Kurve verschwunden war, dann schlenderte ich los. Jetzt um diese Zeit war der Hof wie ausgestorben. Das einzige Geräusch war das Knallen von Hörnern, die aufeinanderprallten, denn Zeus und Hades lieferten sich in ihrem Gehege einen Ringkampf vor dem Einschlafen.

Ich schlenderte zur Weide und hielt Ausschau nach Willow. Sobald ich mich über den Zaun lehnte, kam Gonzo angetrabt. Er stieß eine Art Grunzen aus, als ich ihm die hochstehende Mähne kraulte. Doch plötzlich legte er die Ohren an und machte einen Satz zur Seite. Hinter ihm war Willow aufgetaucht, die ihn von seinem Platz am Zaun verdrängte und nun ihrerseits gekrault werden wollte.

Endlich! Dass sie mal so zu mir kam, hatte ich mir schon so lange gewünscht! Zärtlich strich ich über Willows Hals. Sie schnaubte leise und beschnupperte mein Gesicht.

Mit einem Mal erinnerte ich mich wieder an den Traum von vor einigen Wochen. Die schrullige Fee, die nach meinem Herzenswunsch gefragt hatte.

Da stand er doch vor mir, leibhaftig, auf vier grauschwarzen Hufen. Ich lächelte und schmiegte mich an Willow. Genau so sollte es sein.

© privat

Mit Büchern hatte Ruth Rahlff schon früh zu tun: Sie sortierte die Wälzer ihres Vaters um, probierte sich als Verkaufstalent in der Buchhandlung ihres Onkels, ließ sich zur Verlagsbuchhändlerin ausbilden, arbeitete in einem sehr großen und einem sehr kleinen Verlag und ist nun freie Autorin und Lektorin. Dabei schlüpft sie auch gern in andere Identitäten. Sie schreibt Geschichten, Sach- und Spielbücher, Kinderromane, verfasst Texte für Apps und gibt Workshops für Kinder im Vor- und Grundschulalter.

STECKBRIEFE

NAME: Ylvi Kirsch

LIEBLINGSPFERD: Willow

ALTER: 13 Jahre

HAARFARBE: dunkelblond

AUGENFARBE: grau-blau

LIEBSTE ART ZU REITEN: Ausritte im Wald

LEIBSPEISE: Lasagne

MAROTTE: Naschkatze, ohne Vollmilch-Nuss-Schokolade geht gar nichts

PEINLICHSTES ERLEBNIS: als letztes Jahr beim Aufsteigen meine Hose am Hintern geplatzt ist

SEHNLICHSTER WUNSCH: ein eigenes Pferd – natürlich Willow!!

NAME: *Mila Aidoo*

LIEBLINGSPFERD: *Gonzo*

ALTER: *14 Jahre*

HAARFARBE: *schwarz*

AUGENFARBE: *dunkelbraun*

LIEBSTE ART ZU REITEN: *alles ohne Sattel*

LEIBSPEISE: *Veggie-Burger*

MAROTTE: *esoterische Lebensweisheiten und Tarot*

PEINLICHSTES ERLEBNIS: *als Gonzo vor zwei Jahren Mamas Dressurturnier gesprengt hat*

SEHNLICHSTER WUNSCH: *alle Tiere dieser Welt retten!*

NAME: Lukas Grunwald

LIEBLINGSPFERD: Peanut

ALTER: 13 Jahre

HAARFARBE: dunkelbraun

AUGENFARBE: grün

LIEBSTE ART ZU REITEN: Dressur, Ausritte

LEIBSPEISE: Pizza und Grillen, aber nur mit vegetarischen Würstchen

MAROTTE: wenn ich nicht aufpasse, zwirbel ich an meinen Locken rum

PEINLICHSTES ERLEBNIS: als sich der knallharte Thriller, den ich neulich mit Ylvi gucken wollte, als Liebesschnulze rausstellte

SEHNLICHSTER WUNSCH: so gut wie Hanno reiten können

NAME: Kay Nowak

LIEBLINGSPFERD: Mortimer

ALTER: 13 Jahre

HAARFARBE: dunkelbraun

AUGENFARBE: braun

LIEBSTE ART ZU REITEN: Springen

LEIBSPEISE: Sushi

MAROTTE: Augenbrauengymnastik

PEINLICHSTES ERLEBNIS: vermeide ich grundsätzlich

SEHNLICHSTER WUNSCH: einmal beim World Press Photo Award mitmachen

NAME: Josse Haag

LIEBLINGSPFERD: Sally

ALTER: 13 Jahre

HAARFARBE: blond

AUGENFARBE: blau

LIEBSTE ART ZU REITEN: erst mal oben bleiben

LEIBSPEISE: Hackbällchen (aber nur die von meiner Mutter)

MAROTTE: kann am besten beim Basketballspielen nachdenken

PEINLICHSTES ERLEBNIS: Als ich von Sally gerutscht bin – genau vor Kays blankgeputzte Stiefel!

SEHNLICHSTER WUNSCH: den Basketball-Junior-Cup nächstes Jahr holen

SOUL HORSE

Ausblick auf Band 3

Auf den nächsten Seiten erfährst du, wie es weitergeht auf dem Hollerhof!

AUSBLICK AUF BAND 3

Seit dem Wanderritt im Sommer sind Ylvi und Willow unzertrennlich – Ylvi verbringt jede freie Minute auf dem Hollerhof und ihre Reitstunden verlaufen richtig harmonisch. Die Schimmelstute und sie sind mittlerweile ein eingespieltes Team.

Dafür sorgt jemand anderes bei Ylvi gerade für Aufregung: Lukas. Seit ein paar Wochen ist es plötzlich anders zwischen ihnen ... Kaum denkt sie an ihren eigentlich guten Freund, fahren Ylvis Gefühle Achterbahn. Was ist da los?

Als dann die attraktive Chloé aus Frankreich auf Gut Birkenmoor Urlaub macht, ist das Chaos perfekt. Hanno bittet nämlich Lukas, sich um Chloé kümmern. Eine Aufgabe, die er zu Ylvis Ärger nur zu gern übernimmt. Plötzlich ist Lukas wieder ständig auf Gut Birkenmoor und hat kaum noch Zeit für Ylvi. So hatte sie sich das aber nicht vorgestellt!

Enttäuscht und wütend konzentriert Ylvi sich auf ihre

Zeit mit Willow. Zumindest ist da alles harmonisch! Aber auch das ändert sich, als plötzlich Willows Besitzer aus Florida auf dem Hollerhof aufkreuzen. Ylvis schlimmste Befürchtungen werden war: Sie überlegen, Willow wieder zu sich zu nehmen. Ylvi ist verzweifelt – Willow in Amerika? Das darf nicht sein! Ylvi muss handeln! Sie hat nur ein kurzes Zeitfenster, um die Besitzer davon zu überzeugen, dass Willow bei ihr am besten aufgehoben ist.

Die Lage spitzt sich zu, als Unbekannte mit Feuer zündeln – und die Brandherde immer näher an den Hollerhof heranrücken.

Lies auch das dritte Abenteuer von Ylvi und Willow.

Band 3 von Soulhorse erscheint im Sommer 2022

DANKSAGUNG

Meine Lektorin im Verlag Caroline Fuchs betreut die Reihe »Soulhorse« mit so viel Herzblut und Engagement – dafür den herzlichsten Dank!

Marion Perko hat wie auch schon beim ersten Band das Außenlektorat übernommen. Ich danke ihr für ihren genauen Blick und die sorgfältige sowie sehr engagierte Arbeit am Manuskript.

Auch dieses Mal hat mich Nicole Künzel in allen Fragen rund um die Pferde, Haltung und das Reiten beraten. Sollten sich dennoch Fehler eingeschlichen haben, gehen diese auf mein Konto.

Darüber hinaus danke ich Derya Yildirim herzlich für die liebevolle Gestaltung des Buches.

Bianca, Katrin und Petra danke ich ebenfalls für ihre vielfältige Unterstützung bei der Entstehung dieses Buches.

Für die fachliche Beratung bei der Entstehung dieses Buches
bedanken wir uns herzlich bei Nicole Künzel (www.evipo.de),
Ausbilderin für klassische Reitkunst.

FSC
www.fsc.org
MIX
Papier aus verantwortungsvollen Quellen
FSC® C014496

Unser Versprechen für mehr Nachhaltigkeit
• Klimaneutrales Produkt
• Papiere aus nachhaltiger Waldwirtschaft
• Hergestellt in Deutschland

Umschlaggestaltung: formlabor
Umschlagfotografie: shutterstock.com / © Rita_Kochmarjova
(294449390) / © ArnaPhoto (1120818434) / © Nenilkime (231571603) /
© Istry Istry (1033080232)
Illustration Karten & Vignetten: Henner Rahlff
Lektorat: Marion Perko
Redaktion: Frank Kühne, Caroline Fuchs
Herstellung: Derya Yildirim
Lithografie: Margit Dittes MEDIA
Satz: Dörlemann Satz, Lemförde
ISBN 978-3-551-65173-0

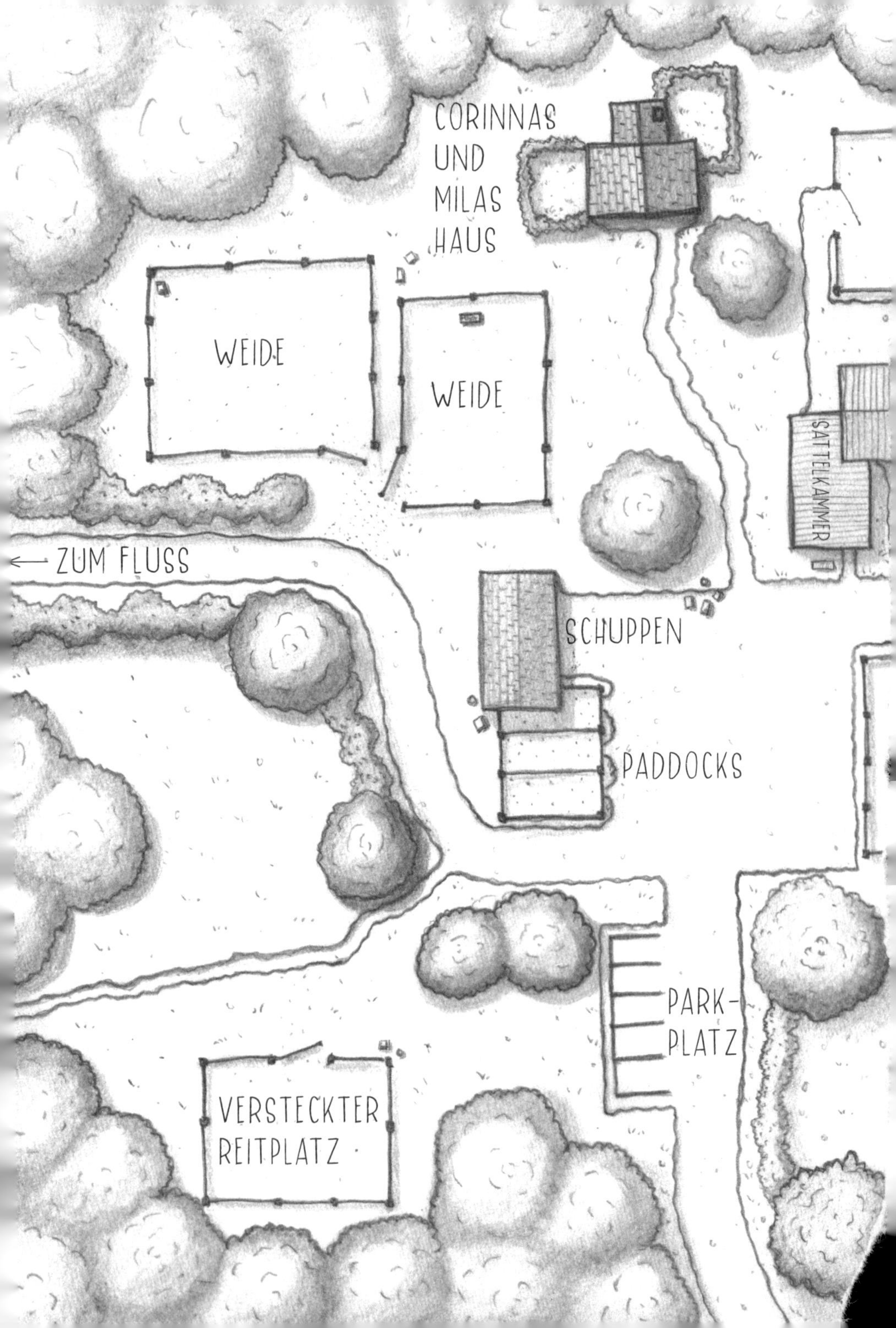
CORINNAS
UND
MILAS
HAUS
WEIDE
WEIDE
SATTELKAMMER
← ZUM FLUSS
SCHUPPEN
PADDOCKS
PARK-
PLATZ
VERSTECKTER
REITPLATZ